REINHARD PELTE
Inselbeichte

EISHEILIGE Der Kriminalrat Tomas Jung ist auf dem Karriereabstellgleis gelandet. Ins Abseits gelobt als Leiter und einziger Mitarbeiter des regionalen Dezernats für unaufgeklärte Kapitalverbrechen bei der Polizeiinspektion Nord in Flensburg. Sein Chef bestraft ihn auch noch mit der Arbeit an einem fünfzehn Jahre zurückliegenden Fall. Ein junges Mädchen verschwand auf dem Weg vom elterlichen Hof nach Husum spurlos. Sie und ihr Fahrrad waren wie vom Erdboden verschluckt. Jung steht wie die damaligen Ermittler vor einem Rätsel, das sich jedem probaten Zugang entzieht. Die Familie des Mädchens ist nach ihrem Verschwinden auseinander gebrochen, die Mutter schon verstorben, Vater und Bruder ausgewandert. Jung versucht dennoch, sich der Familie zu nähern. Mit Akribie und dem ihm eigenen Instinkt macht er sich an die Ermittlungen. Während eine Schneekatastrophe über Schleswig-Holstein hereinbricht, stößt er auf die lang ersehnte erste Spur …

Reinhard Pelte wurde 1943 in Wernigerode geboren. Der Diplommeteorologe und Ozeanograf lernte die Welt durch zahlreiche Fahrten zur See kennen, unter anderem auf dem Segelschulschiff Gorch Fock. Reinhard Pelte ist verheiratet und hat zwei erwachsene Kinder, er ist Weinliebhaber und raucht hin und wieder eine gute Zigarre.

Bisherige Veröffentlichungen im Gmeiner-Verlag:
Mordsee (2013)
Tiefflug (2012)
Kielwasser (2010)
Inselkoller (2009)

REINHARD PELTE
Inselbeichte
Der dritte Fall für Kommisar Jung

GMEINER *Original*

Personen und Handlung sind frei erfunden.
Ähnlichkeiten mit lebenden oder toten Personen
sind rein zufällig und nicht beabsichtigt.

Besuchen Sie uns im Internet:
www.gmeiner-verlag.de

© 2011 – Gmeiner-Verlag GmbH
Im Ehnried 5, 88605 Meßkirch
Telefon 07575/2095-0
info@gmeiner-verlag.de
Alle Rechte vorbehalten
4. Auflage 2013

Lektorat: Claudia Senghaas, Kirchardt
Herstellung/ Korrekturen: Julia Franze / Sven Lang
Umschlaggestaltung: U.O.R.G. Lutz Eberle, Stuttgart
unter Verwendung eines Fotos von: Icehouse / photocase.com
Druck: GGP Media GmbH, Pößneck
Printed in Germany
ISBN 978-3-8392-1122-9

Für Nadja und Nils

›Paint it Black‹
Rolling Stones

KAPITELVERZEICHNIS

DER LEITENDE

Jung klappte seinen Laptop zu. Das Einschnappen in den Verschluss machte das satte, elegante Geräusch, das nur eine perfekte, industrielle Fertigung hervorzubringen vermag. Der Klang gefiel ihm. Er hatte eine Aktennotiz geschrieben. Vor Kurzem war er von einer Wehrübung bei der Marine zurückgekehrt. Er hatte in Afrika erfolgreich das Verschwinden eines Mariners von Bord seines Schiffes aufgeklärt*. Dabei war er auch auf die Fährte zweier Männer gestoßen, die vor Jahren spurlos aus Deutschland verschwunden waren. Die Polizei vermutete damals, sie seien Opfer krimineller Gewalt geworden. Als ihre Ermittlungen ins Leere liefen, war der Fall bei Jung gelandet, dem Leiter des Dezernats für unaufgeklärte Kapitalverbrechen bei der Polizei-Inspektion Nord in Flensburg.

Das Telefon klingelte. Jungs Telefon klingelte selten. Seine Abteilung war aus dem Fokus des aktuellen, hektischen Tagesgeschehens gerückt, und manchmal hatte er das unangenehme Gefühl, als gehöre er gar nicht mehr dazu. Verstärkt wurde sein Einzelkämpferdasein dadurch, dass außer ihm kein weiterer Kollege seiner Abteilung angehörte. Er war Führer und Geführter in Personalunion. Manchmal, wenn er darüber ins Grübeln kam, lachte er herz-

* siehe »Kielwasser«

haft und beglückwünschte sich dazu, wie es ihm absichtslos, aber gerade deswegen umso wirkungsvoller gelungen war, seinen Chef dazu zu bewegen, ihn in diese komfortable Lage zu versetzen. Denn was nach außen wie eine Anerkennung aussah, war nach innen nur der Ausdruck stiller Missbilligung gewesen, die sein Chef nie laut zu artikulieren gewagt hätte.

Jung nahm den Hörer auf und meldete sich. »Jung, Polizei-Inspektion Nord.«

»Holtgreve. Kommen Sie mal hoch, Jung. Ich hab hier was.« Sein Chef bediente sich einer sehr eigenen, unverwechselbaren Sprache.

»Ich bin sofort bei Ihnen«, antwortete Jung.

Er verließ sein Büro im ersten Stock und betrat das Treppenhaus. Die Polizei-Inspektion war in einem alten, herrschaftlichen Gebäude aus der Gründerzeit untergebracht. Die Straßenfront war prächtig mit Steinmetzarbeiten, hübschen Balkonen und aufwendigen Simsen dekoriert. Die Zimmer waren geräumig und hell, die hohen Decken stuckverziert, das Treppenhaus breit und hoch. Jung erklomm die Teppichetage, wo Holtgreves Bürosuite lag. Die Etage hatte ihren Namen von den Bewohnern der unteren Etagen erhalten, deren Büros ohne Teppiche auskommen mussten. Die Holzdielen waren im Laufe der Jahre arg verschlissen worden. Als Holtgreve Jungs Schritte auf dem Flur vernahm, rief er ihn zu sich herein. Seine Tür stand die meiste Zeit offen, und Jung hatte stets das Gefühl, als hocke sein Chef den ganzen Tag mit gespitzten Ohren hinter seinem Schreibtisch, um auch ja nichts zu verpassen, nicht einmal das flüchtigste Rascheln einer imaginären Maus in den Wänden des alten Gemäuers. Holtgreve las in einem Papier, das er, die Ellenbogen auf die Schreibunterlage gestützt, vor sich in den Händen hielt.

»Setzen Sie sich«, brummte der Leitende ohne aufzusehen.

»Guten Morgen Herr Holtgreve. Danke«, begrüßte Jung seinen Chef.

Er setzte sich auf den Besucherstuhl, dessen Sitzfläche unter der Sitzhöhe des Chefsessels lag, und lehnte sich, die Beine übereinandergeschlagen, entspannt aber doch erwartungsvoll zurück.

»Wehrübung gut überstanden?«, begann Holtgreve in seiner eigentümlich verstümmelten Diktion. Jung merkte seinem Chef an, dass er sich unwohl fühlte und der Rolle, die höhere Mächte ihm hier aufgezwungen hatten, lieber aus dem Weg gegangen wäre.

»Ja, danke der Nachfrage«, erwiderte Jung leutselig.

»Sehen gut aus. Glückwunsch«, rang Holtgreve sich mühsam ab und sah seinem Gegenüber jetzt in die Augen.

»Danke.« Jung wartete gespannt auf das, was kommen musste. Der Leitende hätte ihn niemals zu sich bestellt, nur um sich nach seinem Befinden zu erkundigen oder sein Aussehen zu loben.

»Post aus Kiel. Einsatzmedaille und Beförderung.« Der Leitende klang, als könne nicht wahr sein, was er zu verkünden hatte. Für ihn war das einfach nicht zu fassen.

»Für mich?«

»Ja«, japste sein Chef.

»Danke.«

Jung behielt seine Gefühle für sich, blieb einsilbig und verharrte in seiner Hab-Acht-Haltung.

»Einsatzmedaille. Wofür, Jung?«, rang sich der Leitende die Frage ab, die stellen zu müssen er nach eigenem Selbstverständnis nicht hätte gezwungen sein sollen, schon gar nicht an seinen Untergebenen.

»Ich war als Berichterstatter des Flottenchefs zum Einsatzstab des CTF* 150 am Horn von Afrika abkommandiert. Das muss wohl der Grund sein«, antwortete Jung wahrheitsgemäß.

»Der Flottenchef, so, so.« Holtgreve fuhr mit der Hand an seinen Krawattenknoten und zerrte nervös daran herum. Wie immer saß sein Binder perfekt gebunden und exakt mittig auf seinem blütenweißen Hemd und hätte einer Korrektur gar nicht bedurft. Er sah angestrengt aus dem Fenster, als wolle er dort etwas entdecken, was ihm helfen könnte zu verstehen, was hier vor sich ging. »Beförderung. Kommt überraschend«, bellte er mehr, als dass er sprach.

Holtgreve machte klar, dass der Polizeipräsident in Kiel seinen Statthalter in Flensburg nicht über die wahren Hintergründe von Jungs Arbeit in der Marine informiert hatte. Jung stellte sich unwissend.

---

* Commander Task Force

»Wieso überraschend? Habe ich das nicht Ihrer Beurteilung und Anerkennung zu verdanken?«

»Gut. Ja. Richtig.«

Jung vermerkte, dass sein Chef davor zurückschreckte, ungehemmt brutal zu lügen. Immerhin etwas.

»Aber nun zum Kern.« Holtgreve hatte sich einen Ruck gegeben und rettete sich ins Praktische. »Kiel wünscht, Beförderung und Verleihung zusammenzulegen.«

»Sie meinen, der Präsident kommt hierher?«

»Ja. Genau genommen ins Marineflottenkommando. Da gibt es die Medaille.«

»Warum im Flottenkommando?«

»Kiel will das so«, antwortete Holtgreve barsch.

Jung akzeptierte die Antwort. Er wusste ohnehin, dass sein Chef nicht in der Lage war, ihm näheren Aufschluss über die Sinnhaftigkeit dieser Entscheidung zu geben, denn er selbst wäre nie auf die Idee gekommen, danach zu fragen.

»Und wann soll das stattfinden?«, fragte Jung ruhig.

»Nächsten Mittwoch. Kiel wünscht, dass wir in größerer Zahl erscheinen. Haben Sie Wünsche, wen Sie dabei haben wollen?«

Jung war nun doch von seinem Chef überrascht. Diese Frage hätte er ihm nicht zugetraut. Er ließ sich nichts anmerken und antwortete: »Ja, Polizeiobermeister Petersen, im Übrigen ist es mir egal.«

»Petersen ist Mittlerer Dienst.« Holtgreve sah Jung unwillig, fast strafend an.

»Ist das eine ansteckende Krankheit?« Jung glaubte sich in der Position, diese freche Frage stellen zu dürfen, ohne Sanktionen befürchten zu müssen, die zu Mehrarbeit und Unbequemlichkeiten führen würden.

»Nein«, quälte sich Holtgreve. »Die Auszeichnung findet aber im Rahmen der Großen Lage statt. Kiel hat mir das signalisiert. Da sind ausschließlich Offiziere zugelassen. Petersen hat keinen entsprechenden Dienstgrad.«

»Dann geht er in Zivil. Dann sieht keiner, was er hat, oder besser, was er nicht hat.« Jungs Ironie war unüberhörbar. Er war mit seiner Antwort sehr zufrieden. Vor allem deswegen, weil sie ihm jetzt, im richtigen Moment, über die Lippen gekommen war, und nicht erst später, zu Hause im Bett, nach längerem Grübeln darüber, wie man eigentlich auf Unerträglichkeiten angemessen reagieren sollte.

»Okay, weil Sie es sind.« Holtgreve fuhr sich mit der Hand über seinen kahlen Schädel. »Haben Sie mit der Arbeit an dem Fall des verschwundenen Mädchens begonnen?«, wechselte er abrupt das Thema.

»Ich werde mich sofort daran machen. Haben Sie sonst noch etwas für mich?«

»Nein. Sie können gehen.«

»Danke.«

Jung erhob sich und verließ Holtgreves Büro. Er freute sich. Weder mit seiner Beförderung noch mit einer Auszeichnung hatte er gerechnet. Er hatte es im Laufe seiner Dienstjahre verlernt, auch nur daran zu denken, und wunderte sich darüber, dass ihm jetzt als

Erstes durch den Kopf ging, wie viel mehr er verdienen würde. Er musste Petersen danach fragen. Der kannte die Gehaltstabellen aller Dienstgradgruppen in- und auswendig und würde ihm aus dem Stehgreif sagen können, was den Unterschied zwischen Rat und Oberrat ausmachte, wenn auch nur brutto und nicht netto. Obwohl Netto das eigentlich Interessantere war.

JUNG

Zurück in seinem Büro schloss Jung die Tür und setzte sich an seinen Schreibtisch. In den Augen seiner Frau Svenja war sein Schreibtisch schäbig. Sie hatte ihn des Öfteren gefragt, wie er es aushielte, so zu arbeiten. Neben einem Aktenschrank, einem Aktenbock, seinem Bürosessel mit verstellbarer Sitz- und Rückenlehne und einem Besucherstuhl war der Schreibtisch das einzige Möbelstück in Jungs Büro. Die spärliche und abgenutzte Möblierung ließ den Arbeitsraum leer und karg erscheinen. Es hätte nicht gepasst, Bilderschmuck oder andere dekorative Elemente darin unterzubringen. Früher hatte Jung sich über die armselige Ausstattung aufgeregt, heute schätze er es, sich ohne Ablenkung auf seine Arbeit konzentrieren zu können.

Die Akte auf seinem Schreibtisch war dick, jedenfalls gemessen an den Akten, die unaufgeklärte Kapitalverbrechen üblicherweise nach sich ziehen. Er las sie in einem Zug durch, und als er danach auf seine Uhr schaute, war mehr Zeit verstrichen, als sein Gefühl ihm weismachen wollte. Der Ordner enthielt die Ermittlungsergebnisse im Fall eines spurlos verschwundenen 11-jährigen Mädchens aus Nordfriesland. Der Fall lag 15 Jahre zurück. Jetzt standen sie kurz vor dem Jahreswechsel 2006/2007.

Das Mädchen war mittags mit dem Fahrrad vom elterlichen Hof ins nahe Husum zu ihrem Klavierlehrer gefahren und dort nicht angekommen. Sie und ihr Fahrrad wurden niemals gefunden. Ungewöhnlich war die Tatsache, dass Jungs Kollegen niemanden hatten ausfindig machen können, der das Mädchen nach dem Verlassen des elterlichen Hofes noch einmal gesehen hatte. Ihr älterer Bruder war der Letzte gewesen, der beobachtet hatte, wie sie auf ihrem Fahrrad die Auffahrt hinunter auf die Straße rollte. Danach schien sie wie vom Erdboden verschluckt zu sein, so, als hätte es sie nie gegeben.

Ihr üblicher Weg in die Stadt wurde in einer Suchaktion, deren Aufwendigkeit und Akribie Jung selten vorher so erlebt hatte und die ihm große Bewunderung abnötigte, auf alle nur erdenklichen Spuren, auch auf die nebensächlichsten Kleinigkeiten abgesucht. Dabei stellte sich heraus, dass der überwiegend landwirtschaftlich genutzte Raum, der Fremden weit und leer erscheinen musste, durchaus belebt war. Der Kontrolle der Anrainer entging so gut wie nichts. Ihre Aufmerksamkeit spürte selbst weggeworfene Zigarettenkippen in den Entwässerungsgräben auf. Sogar ausgespuckte Kaugummis registrierten sie naserümpfend.

Jung fragte sich, warum sein Chef ihn erst nach so langer Zeit, aber noch vor seiner Einberufung zur Marine, auf diesen Fall angesetzt hatte. Die Vermutung lag nahe, dass er mit Jungs Arbeit an der Aufklärung eines Giftmordes auf Sylt unzufrieden war. Er hielt mit den Gründen für seinen Missmut aber hinter dem Berg und wollte Jung nun auf diesem

Weg spüren lassen, wie ungehalten er war. Denn für Holtgreve war die Arbeit an einem so weit zurückliegenden und äußerst kompliziert erscheinenden Fall eine Art Strafe. Er bot keinerlei Aussicht, erfolgreich abgeschlossen zu werden und sich Respekt zu verschaffen, ganz zu schweigen von öffentlicher Anerkennung.

Aber für Jung war es ein Glücksfall. Er schätzte stille, langsame und subtile Fälle, die aus dem Brennpunkt der Aufmerksamkeit gefallen waren. Gerade die unaufgeklärten Fälle berührten, seiner Meinung nach, die tiefsten Abgründe menschlichen Daseins. Jedes Geschehen auf dieser Erde hatte seine Gründe und Folgen, es gab keine Zufälle, sondern nur Botschaften, davon war er zutiefst überzeugt. Und er wusste, dass Gründe, Folgen und Botschaften, wenn sie unerkannt blieben oder bleiben sollten, unterhalb der zivilisatorischen Politur lagen. Sie waren schwer zu finden und auch schwer zu verstehen. Ein guter Ermittler musste Distanz wahren und die Signaturen des Untergrundes auf der polierten Oberfläche lesen lernen. Und je tiefer die Gründe lagen, desto versteckter waren die Zeichen. Hier lagen die unaufgeklärten Fälle. Das war etwas für ihn. Ihm lag das einfach. Er glaubte zu wissen, wo auch die flüchtigsten Kräuselungen aufzuspüren waren, und traute sich zu, sie zu deuten. Sein Gespür für kleinste Nuancen und falsche Töne hatte ihm seine Frau schon das ein oder andere Mal vorgeworfen, wenn ihr die Gelegenheit dafür einen Grund zu liefern schien. Er sei nicht nur misstrauisch, sondern auch kleinkariert und besserwisserisch. Sie glaubte sogar, zwanghafte Züge an ihm entdeckt zu haben. Er aber vertraute seinen Fähigkeiten und glaubte genau erkennen zu können, wo forcierte Freundlichkeit schlechte Absichten verbarg, hinter sympathischer Aufmerksamkeit List und Tücke lauerten, wo ein eiskaltes Herz heiße Tränen vergoss und hinter kalter Teilnahmslosigkeit glühende Liebe loderte. Er witterte die tiefe Traurigkeit hinter einem lockeren Lachen, die verzweifelte Einsamkeit in umtriebiger Geselligkeit, die herzlose Grausamkeit hinter schwelgerischer Gefühlsseligkeit und die unsägliche Angst in der Heldenpose. Er spürte fast körperlich, wo hinter einer zur Schau gestellten Hilfsbedürftigkeit Hass, Wut und Neid lauerten. Er sah die Menschen, wie sie um ihr Auskommen kämpften, wie sie ihren Hunger und Durst stillten, er sah ihr Verlangen nach Sex, ihre Gier nach Geld und ihre verzehrende Suche nach Liebe. Und er kannte den Hexentanz, wenn unter übermenschlichem Druck oder im Rausch von Alkohol, Drogen und überbordender Laune oder im Zustand manischen Verliebtseins alles durcheinander purzelte. Es kam ihm dann so vor, als entpuppte sich die unerträgliche Leichtigkeit des Seins als der unerträgliche Schmerz zutiefst verletzter Seelen. Er dachte oft und lange darüber nach. Auch darüber, wo er sich selbst in diesem Panoptikum aus Instinkten, Gefühlen, Trieben, Leidenschaften und Bedürfnissen einzuordnen hatte. Und dann öffnete sich in ihm die vage Ahnung von einer fernen, kosmischen Kraft, die zwar hintergründig aber nie hinterlistig oder fies, und deren geheimnisvolles Wirken so unfassbar gewaltig, so richtig und gerecht war, dass ihm schwindelig wurde. Ja, dachte er, wenn seine Gedanken ihn nachts am Schlaf hinderten, ja und nochmals ja, so ist es, und so muss es einer gewollt haben. Und dann trieb es ihn plötzlich auf die Toilette, und hinterher fiel er in einen tiefen, traumlosen Schlaf.

*

Damals waren die Medien voll von dem Fall des verschwundenen Mädchens gewesen. Als die Polizei keine schnellen Aufklärungsergebnisse liefern konnte, schlugen die Wellen der öffentlichen Empörung hoch. Die Angst vor einer Wiederholung und das Grauen vor der gespenstischen Unerklärlichkeit der Tat regte die Menschen auf. Ihre Reaktionen verloren jedes Maß und alle Vernunft. Aber Menschen, vor allem, wenn sie nicht unmittelbar betroffen sind, halten einen derartigen Erregungszustand nicht lange durch. Und so war der Fall relativ schnell aus den Schlagzeilen verschwunden. Die ermittelnden Beamten konnten kein frisches Futter für eine Dauererregung nachliefern.

*

Jung atmete aus. Die Luft im Raum war stickig. Weihnachten war nicht mehr fern, und die Heizung lief schon längst auf vollen Touren. Er drehte den Thermostat herunter und öffnete das Fenster. Alles war trüb und grau. Die Temperatur musste bis nahe an den Gefrierpunkt gesunken sein. Die Nässe schlug sich zwar noch nicht als fester Belag nieder, aber es war so unangenehm feucht und kalt, dass es einer Bestrafung gleichkam, sich draußen an der frischen Luft aufhalten zu müssen. Jung blickte auf die schräg gegenüberliegende, schemenhaft auszumachende Hafenspitze. Das Wasser lag wie ein Bleiklotz in der Förde, obwohl ein steifer Wind ging und tiefe, dunkle Wolkenfetzen unter einem düsteren Himmel vorbeihasteten.

Jung schüttelte sich und schloss das Fenster. Er überlegte, wie er den Fall am besten angehen sollte. Er schätzte es, sich mit einem Kollegen seines Vertrauens darüber zu besprechen, vor allem zu Beginn, bevor er loslegte. In der Vergangenheit hatte ihm sein pensionierter Kollege Boll dafür zur Verfügung gestanden. Das letzte Mal hatte er Jung sogar dazu animiert, höhere Mächte für das afrikanische Abenteuer einzuspannen, was ursprünglich gar nicht in Jungs Absicht gelegen hatte. Denn er war zu diesem Zeitpunkt schon auf den vorliegenden Fall angesetzt gewesen. Sein Chef beugte sich aber den Anweisungen von oben, vergaß das spurlos verschwundene Mädchen und ließ Jung in die Fremde ziehen. Holtgreve wusste damals nicht, wohin es Jung trieb. Falls doch, hätte er trotz allem keine Einwände bei seinen Vorgesetzten vorgebracht. In seinen Augen machte man das einfach nicht, streng genommen, verbot es sich sogar.

Jung beschloss, Boll anzurufen und um ein Gespräch zu bitten. Er hatte ohnehin vor, ihn zu treffen. Schließlich war Boll der Auslöser für seinen Aufenthalt am Horn von Afrika gewesen, und er würde sicherlich interessiert sein, zu hören, welchen Ausgang Jungs afrikanische Spiele genommen hatten. Er nahm den Hörer auf und wählte.

»Boll.«

»Hallo, Klaus. Tomas hier. Wie geht's dir?«

»Hallo, Tomi. Du lebst? Ich machte mir schon Vorwürfe und dachte, du wärst bei der Marine abgesoffen«, erwiderte Boll launig.

»So schnell geht das nicht, auch wenn ich kurz davor war.«

»Was, du bist in Seenot geraten? Das glaub ich einfach nicht.« Boll lachte.

»Nicht mit dem Schiff, aber im Pool, als ich die Rettungsweste ausprobierte.«

»Das muss ja eine tolle Schwimmweste gewesen sein. Normalerweise sind sie dafür da, oben zu bleiben.« Bolls Tonfall ärgerte Jung.

»Dazu will ich weiter nichts sagen, sonst werde ich wieder sauer. Aber deswegen rufe ich dich nicht an.«

»Okay, vergessen wir das. Was gibt's denn?« Boll hatte gemerkt, dass es Jung ernst war.

»Erinnerst du dich an das letzte Mal, als ich den Fall des vor Jahren spurlos verschwundenen Mädchens erwähnte?«

»Ja, dunkel.«

»Der liegt jetzt vor mir auf dem Schreibtisch. Ich möchte gerne deine Meinung dazu hören.«

»Gut. Wann passt es dir?«

»Sagen wir morgen Nachmittag, gegen vier Uhr bei dir?«

»Geht in Ordnung. Ich bereite eine Kleinigkeit für uns vor. Lässt sich dann besser reden. Aber du musst mir noch erzählen, ob du den verschwundenen Seemann gefunden hast.«

»Mach ich. Versprochen. Also bis morgen. Tschüss.«

»Tschüss.«

Jung legte den Hörer zurück. Er freute sich auf das Treffen mit Boll. Sicherlich würde er einen guten Tropfen aus seinem Keller holen. Und bei ihm konnte man sicher sein, dass er bei der herrschenden Witterung keinen eiskalten Rosé servieren würde.

*

Jung machte für heute Schluss. Er stieg das kahle Treppenhaus hinunter. Die nasskalte Luft war in den Windfang gesickert, und Jung beneidete Petersen, der in seiner warmen Wachstube stand.

»Schluss für heute, Herr Kriminalrat?«

»Ja. Widerliches Wetter draußen. Sie haben es gut in ihrer warmen Stube.«

»In Afrika war es sicherlich noch wärmer, oder nicht?«

»Woher wissen Sie denn davon, Petersen?«

»Man hört das Eine oder Andere. Sie sehen ganz normal aus.«

»Warum sollte ich nicht normal aussehen?«, fragte Jung. Petersens Beobachtung amüsierte ihn.

»Da, wo Sie gewesen sind? Ich möchte nicht dorthin.«

»Sie haben falsche Vorstellungen, Petersen. Bei der Marine sind Menschen wie Sie und ich. Und nach Afrika sollten Sie auch mal reisen. Das kann nicht schaden.«

»Gibt's da nicht überall AIDS? Und unter Leuten, die immer mit Waffen rummachen, fühle ich mich auch nicht wohl. Da kommt doch nichts Gutes bei rüber, finden Sie nicht auch?«

»Sie übertreiben, Petersen. Tschüss bis morgen.«

»Tschüss, Herr Jung.« Petersen legte den rechten Zeigefinger gegen die Schläfe und lächelte Jung hinterher.

Jung verließ die Inspektion und betrat den Hof. Petersen hatte mit seiner Bemerkung über die Marine einen empfindlichen Punkt in ihm berührt, den er bis jetzt vor sich und anderen verborgen gehalten hatte. Aber er schüttelte jeden weiteren Gedanken schnell ab und widmete sich seiner Verwunderung darüber, dass die Nachricht von seiner Beförderung noch nicht bis zu Petersen durchgedrungen war. Wenn es überhaupt einer in der Inspektion gehört haben konnte, dann Petersen. So war er einfach, und Jung mochte ihn so.

*

Auf dem Weg zum Auto dachte Jung an seine Frau. Er überlegte, wie er sie zu Weihnachten mit einem

Geschenk beglücken könnte, das sie von ihm nie und nimmer erwartet haben würde. Seine Beförderung stimmte ihn großzügig. Kurz entschlossen verließ er den Hof und lenkte seine Schritte durch die Rathausstraße in die Fußgängerzone. Die aufdringliche, weihnachtliche Dekorationsorgie, die aus allen Schaufenstern und Lautsprechern und sogar vom Himmel quoll, ertrug er heute ohne Murren. Es machte ihm keine Mühe, sich durch die angetrunkenen Menschentrauben zu kämpfen, die sich um die Punschbuden drängten und die Luft mit launigen Sprüchen erfüllten.

Bis zur Parfümerie war es nicht weit. Am Eingang stieg ihm die Wolke aus Gerüchen und Düften und betäubend in die Nase. Seine Aufmerksamkeit wurde von einer jungen Verkäuferin eingefangen, die sich ihm lächelnd in den Weg stellte, und die, wie er erleichtert feststellte, keine rote Zipfelmütze auf dem Kopf trug.

»Kann ich Ihnen behilflich sein?«, sprach sie ihn an.

Ihre Stimme klang interessant: weich, mit einem rauen Schmelz. Ihre Aufmachung war auf eine Art gelungen, die völlig vergessen ließ, welcher Aufwand dafür nötig gewesen sein musste.

»Ja, bitte. Ich suche einen Duft für meine Frau.« Jung lächelte sie an und vermerkte, dass er heute gerne tat, was sonst nicht unbedingt seine Art war.

»Denken Sie an einen bestimmten Duft, oder soll es eine Überraschung werden?«

»Eine Überraschung, etwas Besonderes soll es sein.«

»Welcher Typ ist sie denn, wenn ich fragen darf?«
Ihr Tonfall verriet Aufmerksamkeit und Entgegenkommen. Jung fiel die Antwort nicht schwer. Seine Frau war groß und schlank, aber nicht zierlich. Man hätte sie für eine nordische Schönheit halten können, wenn ihre Proportionen nicht einen Hauch von den idealen abgewichen und ihr Schwerpunkt nicht unter dem Bauchnabel gelegen hätte.

Die junge Frau hörte ihm aufmerksam zu, ohne ihn zu unterbrechen.

»Soll es denn ein Tagesduft sein oder lieber etwas für den Abend, für festliche Stunden?«, fragte sie, nachdem er fertig war.

»Für festliche Stunden.« Jung war die Unterscheidung nach Anlässen bei der Duftwahl ganz neu.

»Dann würde ich Ihnen zu PURE POISON von Christian Dior raten. Es ist ein kostbarer Duft, nicht schwer oder opulent, aber auch nicht seicht und flüchtig. Er hat innere Stärke und feminine Klasse.«

Jung sah ihr in die Augen und war auf der Stelle überzeugt, den richtigen Duft gefunden zu haben. Die Riechprobe bestärkte ihn in seiner Meinung. Er selbst roch PURE POISON gerne, ein Phänomen, das ihn überraschte und ihn seltsam berührte.

»Wunderbar. Packen Sie es mir bitte als Geschenk ein«, sagte er erregt von dem angenehmen Gefühl, das absolut Richtige zu tun.

»Aber gern.« Ihr Lächeln entblößte zwei Reihen schöner Zähne, die nicht wie dichte Palisaden in ihrem Gesicht standen. Vor denen hätte Jung sich eher gefürchtet, als dass sie einladend und freundlich auf ihn gewirkt hätten.

Er verließ schließlich den Laden mit dem Wunsch, so schnell wie möglich nach Hause zu kommen. Nicht nur das Wetter, das er noch einmal verfluchte, drängte ihn dazu. Er lief so schnell, wie der vorweihnachtliche Aufgalopp in der Fußgängerzone es zuließ, zurück zur Polizei-Inspektion. Beschwingt bestieg er sein Auto und fuhr am ZOB vorbei über Süderhofenden auf die Husumer Straße. Dann brauchte er nicht mehr lange, um nach Hause zu kommen. Er hatte das Gefühl, als hätte er heute seinen Heimweg in neuer Rekordzeit zurückgelegt.

DER BESUCH

Das kalte, triste Grau in Grau herrschte schon den dritten Tag, und Jung fragte sich, was geschehen müsse, damit endlich ein Zipfel Blau am Himmel zum Vorschein kommen könnte. Solange der schneidende Ostwind anhielt, war nicht damit zu rechnen. Das sagten ihm seine Erfahrung und leider auch der Wetterbericht, von dem er sich gewünscht hätte, er läge diesmal mit seiner Prognose daneben.

Als er am Nachmittag auf der Halbinsel Holnis die Auffahrt zu Bolls Haus hinauffuhr, hatten die Scheibenwischer die feinen Tröpfchen auf der Windschutzscheibe zu einem weißlichen Rinnsal an den Seiten zusammengeschoben. Boll hatte Jungs Auto bereits kommen sehen und wartete in der geöffneten Haustür.

»Moin, Tomi. Schönes Schiet-Wetter, das du da mitbringst. Komm rein, aber fix.«

»Moin Klaus. Sorry, aber ich hab das Wetter nicht gemacht.« Jung beeilte sich, in die Wärme des Hauses zu kommen.

Boll schloss die Tür hinter ihm und nahm ihm seine braune Lederjacke ab, die er schon so lange kannte wie seinen Kollegen selbst. Jung rieb sich fröstelnd die Hände und folgte Boll ins Wohnzimmer zu den bequemen Sofas.

»Wie lange ist es jetzt her, dass du in Afrika geschwitzt hast?«, fragte Boll aufgekratzt.

»Noch nicht lange. Aber ich weiß nicht, welches Wetter ich vorziehen soll. Ich glaube, wir sollten uns hier oben nicht zu laut beklagen.«

Boll lachte und bot Jung mit einer einladenden Geste einen Platz auf dem Sofa an.

»Wir haben ja Grog, Gele Köm und Pharisäer*, um über das Schlimmste hinwegzukommen«, bemerkte er spaßig.

»Bitte nicht. Tu mir das nicht an, bitte«, erwiderte Jung übertrieben und legte seine Handflächen flehend gegeneinander.

»Nun hab dich nicht so. Du kriegst bei mir nur vom Besten. Heute gibt's einen spanischen Roten, Ribera del Duero, Jahrgang 2003. Einverstanden?«, beschwichtigte ihn Boll.

»Fragt sich, wie er heißt«, antwortete Jung mit gespielter Skepsis.

»Marques de Velilla Crianza. Zufrieden?«

»Könnte etwas länger gelagert haben, meinst du nicht auch?« Jung sah Boll schelmisch an und rutschte in die hinterste Sofaecke. Sie lachten beide los wie auf Kommando. Dann verschwand Boll eilig. Er kam zurück, in der einen Hand eine entkorkte Flasche und zwei schlichte Ballongläser, in der anderen ein Holztablett mit Käse und Brot.

»Wie geht's eigentlich deiner Frau, Klaus?«, fragte Jung. »Wann immer ich dich besuche, ist sie weg. Versteckst du sie vor mir?«

»Purer Zufall. Ich weiß gar nicht, wo sie ist.«

Boll stellte die Gläser auf den Sofatisch und

---

* lokaltypische Getränke zum Aufwärmen

hantierte mit einem Messer auf dem Käsebrett herum.

»Einen Weichkäse aus dem Peyrigoux, einen bretonischen Camembert und einen Isigny Calvados aus der Normandie«, stellte Boll die Käsesorten vor.

»Sehr gut. Und das Brot aus Deutschland«, bemerkte Jung lakonisch und vergaß absichtlich, weiter nach Bolls Frau zu fragen.

»Ja, aber nach französischem Rezept, eine Parisien, mit Olivenöl und Paprika. Sehr knusprig ausgebacken.« Boll schenkte den Wein in die Gläser. Sie hoben sie und steckten die Nasen hinein. Über die Ränder sahen sie sich vergewissernd in die Augen und nahmen einen ersten, kurzen Schluck. Danach schwiegen sie andächtig.

»Prima. Fruchtig, mit Tiefe und Wucht, einfach perfekt, was meinst du, Klaus?«, beendete Jung das Schweigen.

»Sehr viel Frucht, wenig Tannin. Du hast recht. Ich mag ihn.«

Sie nahmen einen zweiten, längeren Schluck, stellten die Gläser zurück und ließen sich den Käse schmecken. Boll hob den Kopf und fragte neugierig: »Hast du nun herausgefunden, wo der Seemann abgeblieben ist, Tomi? Ich hab öfter an dich gedacht und mich gefragt, was du wohl gerade da unten treibst. Nun erzähl mal.«

In der Folgezeit berichtete Jung ausführlich von seinen Erlebnissen und seiner Arbeit bei der Marine. Er ließ kein Detail aus und vergaß nicht zu erwähnen, was ihm positiv aufgefallen war und was ihn irritiert und abgestoßen hatte.

»Hast du fein hingekriegt. Reichlich Dusel gehabt«, konstatierte Boll trocken, nachdem Jung geendet hatte.

»Glück hat bekanntlich nur der Tüchtige, obwohl ich allmählich an dieser Weisheit zweifle.«

»Hast du außer dir noch einen anderen Grund für deine Skepsis?«, lachte Boll.

»Ja, den Fall, über den ich mit dir sprechen will. Ich kann mich nicht erinnern, jemals zuvor einen solch arbeitsaufwendigen Einsatz bei einer Spurensuche erlebt zu haben. Ergebnis: null, absolut nichts.«

Jung schilderte Boll in kurzen Worten den Sachverhalt im Fall des verschwundenen Mädchens. Danach schwiegen sie für eine Weile und nahmen einen Schluck Wein und Käsehäppchen zu sich.

»Vielleicht haben sie an der falschen Stelle gesucht. Das würde mir spontan dazu einfallen«, brach Boll schließlich das Schweigen.

»Es gibt nur eine realistische Möglichkeit, mit dem Fahrrad nach Husum zu kommen. Andere Wege sind Umwege. Da wäre sie nie rechtzeitig angekommen, auf manchen nicht mal am gleichen Tag.«

»Vielleicht wollte sie gar nicht rechtzeitig ankommen. Wohin wollte sie denn?«

»Zu ihrem Klavierlehrer. Sie spielte gerne Klavier. Hat nie eine Unterrichtsstunde freiwillig versäumt. Alle Zeugenaussagen dazu sind eindeutig und glaubhaft.«

»Von Vater, Mutter, Lehrer, Freunden«, ergänzte Boll. »Wie war denn die Familie? Gibt es darüber genaue Erkenntnisse?« Boll fühlte sich in der Rolle des Supervisors sichtlich wohl. Seine Anregungen würden nur für Jung Konsequenzen haben. Er selbst war davon befreit, sich über die Folgen seiner Analyse Gedanken machen zu müssen.

»Es muss eine Musterfamilie sein«, fuhr Jung fort. »Vater engagierter Landwirt, einer der ersten in der Region, der auf Bio-Anbau umgestiegen ist. Die Mutter ebenfalls engagiert. Sie organisiert die Selbstvermarktung ihrer Produkte, sehr erfolgreich übrigens. Sie beliefert namhafte Kunden in Husum.«

»Welche denn?«, unterbrach ihn Boll.

»Unter anderem die Sterneküche im ersten Hotel am Platz«, sagte Jung leichthin: »Entsprechend ambitioniert sind sie mit ihren Kindern, beziehungsweise waren sie. Eine gute, vor allem eine musische Ausbildung haben sie sich etwas kosten lassen. Die Kinder machten da gerne mit. Das Mädchen und ihr Bruder waren bei den Lehrern beliebt. Sie waren fleißig und lernten gut, waren aufgeweckt und freundlich.«

»Fast zu schön, um wahr zu sein«, kommentierte Boll, der selbst keine Kinder hatte und, wenn er über Kinder sprach, nur die abschreckenden Exemplare aus seiner Verwandtschaft und Bekanntschaft zitierte.

»Ja, das dachte ich auch, als ich die Gesprächsprotokolle las«, erwiderte Jung. Er hatte eigene Kinder groß gezogen, und war mit dem Ergebnis seiner Bemühungen zufrieden, obwohl er manchmal bezweifelte, ob sein Anteil in diesem Zusammenhang überhaupt erwähnt werden sollte. Oft dachte er, das Ergebnis wäre noch weitaus besser ausgefallen, wenn er seine Anstrengungen gänzlich eingestellt und sie einfach nur gefüttert, gewärmt, beschützt und gestärkt hätte.

»Was ist mit den Nachbarn? Habt ihr die ordentlich in die Mangel genommen?«

»Klar. Die ländliche Nachbarschaft ist aufmerksam und kritisch. Deswegen kam ihr Bedeutung zu. Die Kollegen wollten ja unbedingt herauskriegen, ob die Kleine noch einmal gesehen worden ist. Natürlich wurden sie zur Familie des Mädchens befragt. Übereinstimmend positiv, ohne Ausnahme. Das ist bei dem neumodischen Kram, den die Familie betreibt, schon bemerkenswert.«

Es entstand eine Pause, und sie griffen beide, als hätten sie sich verabredet, zu ihren Gläsern.

»Keine Kinken, keine Macken, keine Flecken. Selten, äußerst selten. Was meinst du?«, fragte Boll schließlich.

»Ja, alles verdächtig glatt. Auf der anderen Seite muss man festhalten, dass die Eltern hart und erfolgreich gearbeitet haben, und das mit Lust und Liebe. Eine glückliche und seltene Kombination, wie mir scheint. Eltern färben auf ihre Sprösslinge ab. Es ist sozialpädagogisch nachgewiesen, dass der Einfluss der Eltern auf ihre Kinder der stärkste ist, den es gibt, vor allen anderen wohlgemerkt.«

»Ist Sozialpädagogik eine Wissenschaft? Das ist ja mal was ganz Neues«, höhnte Boll.

»Was hast du gegen Sozialpädagogik, Klaus?«

»Ich kenne eine Sozialpädagogin, die macht erst einmal 'nen Stuhlkreis, wenn einer ihrer Zöglinge auf ihrer Toilette nicht pinkeln will. Was soll so'n Scheiß?« Boll schüttelte den Kopf. »Wo fängst du nun an, Tomi?«, kam Boll wieder zur Sache. »Ich meine, du besuchst den Hof und redest mit der Familie und der Nachbarschaft. Das Ereignis kann nicht spurlos an den Menschen vorübergegangen sein. Aus dem späten Echo auf das Geschehen lassen sich vielleicht Rückschlüsse auf das Geschehen selbst ziehen.«

»Nach so vielen Jahren?« Jung wiegte bedenklich den Kopf. »Wir leben in 2006. Holtgreve hätte vorher damit kommen müssen.«

»Richtig. Aber nun ist es so, wie es ist. Was bleibt dir sonst übrig?«

»Du hast recht. Wunschdenken bringt nichts.«

»Schnapp dir ein Auto und mach einen Ausflug nach Husum. Das ist 'ne schöne Abwechslung in deinem tristen Büroalltag.«

»Bei dem Wetter sind meine Neigungen, das Haus zu verlassen, eher unterentwickelt«, erwiderte Jung griesgrämig.

»Ich kenn dich doch. Du machst das.«

»Zumindest überredest du mich dieses Mal nicht, in die Wildnis zu fahren.«

»Wer weiß das so genau. Manchmal ist die Wildnis ganz nahe.«

»Wie meinst du das?« Ein neuer Ton in Bolls

Stimme beunruhigte Jung. Boll trank einen Schluck, nahm noch einen Käsehappen und sah Jung in die Augen.

»Darf ich mal persönlich und ernst werden, Tomi?«

»Bitte.« Jungs Stimme hatte noch nicht alle Leichtigkeit verloren. Aber in ihr schwang eine erste Besorgnis mit, die er lieber nicht gehabt hätte, und die er nur bereit war zu ertragen, weil er fühlte, es seinem Gastgeber schuldig zu sein.

»Du hast mich vorhin nach Ulla gefragt. Ich glaubte bis jetzt immer, ich würde sie kennen. Aber in letzter Zeit fühle ich mich, als bewegte ich mich in einem Minenfeld.« Boll legte eine Pause ein.

»Und weiter?«

»Wir sind jetzt, ich weiß schon gar nicht mehr wie viele Jahre verheiratet. Mittlerweile glaube ich, sie liebt nur ihren Kosmetikkoffer und sonst nichts.«

Jung senkte den Kopf und legte die Hände vor sein Gesicht. Nur so konnte er verhindern, nicht lauthals loszulachen und seinen Kollegen eventuell zu verletzen. Er rieb sich die Nase und lenkte den Lachreiz in einen Niesreiz um, dem er sich hemmungslos ergab.

Nachdem er sich beruhigt hatte, sagte er aufgeräumt: »Vielleicht erledigt sich dein Problem, wenn du herausbekommst, wie viele Jahre genau du verheiratet bist, und wann der Hochzeitstermin war. Dann schenkst du ihr zum Hochzeitstag einen großen Strauß Blumen.«

»Das soll klappen?«

»Nur, wenn der Blumenstrauß ein wirkliches Kunstwerk ist und mehr als 100 Euro kostet.«

»Du willst mich doch nicht verarschen, Tomi, oder?« Boll begann langsam, sich aus seiner Düsternis zu lösen und in der Ferne eine lichte Quelle ungetrübter Heiterkeit auszumachen.

»Nichts läge mir ferner, Klaus. Du kannst mir glauben.«

Boll prostete Jung ermutigt zu, und sie tranken einen kräftigen Schluck des herrlichen Rotweins.

*

Als Jung aufbrach, war es draußen stockdunkel geworden. Das unwirtliche Wetter ließ Boll an der Haustür stehen bleiben, sie verabschiedeten sich hastig, um die Kälte nicht ins Haus zu lassen. Jung fröstelte, als er das Auto aufgeschlossen hatte und sich auf den kalten Fahrersitz setzte. Er fuhr die Auffahrt hinunter und bog auf die Straße nach Bockholm ein. Er drehte die Sitzheizung an. In Glücksburg hatte er einen warmen Hintern und Rücken. Seine Frau hatte ihm kürzlich erzählt, dass Sitzheizungen Männer impotent machen. Dabei hatte sie eine plausible Begründung geliefert, an die sich Jung allerdings nicht mehr erinnerte. Es war ihm egal. Ein warmer Hintern tat bei dieser Witterung einfach gut. Und Kinder wollte er ohnehin nicht mehr zeugen. Dennoch drehte er die Heizstufe von vier auf eins zurück, als er in Flensburg den ZOB passierte.

DER AUSFLUG

Jung startete am nächsten Morgen zu seinem Arbeits-ausflug nach Nordfriesland. Er hatte sich über die Örtlichkeiten auf der Karte informiert. Für Husum hatte er sich die Mühe gespart. Die Stadt kannte er aus seinen Jugendjahren in- und auswendig. Aber von den umliegenden, kleinen Dörfern hatte er vor-her nie, oder nicht viel gehört. Warum auch? Das Leben ging dort seinen Gang, und erst ein Ver-brechen zerstörte die scheinbare Ruhe und rückte es vorübergehend in den Fokus öffentlicher Neu-gier. Danach sank das Landleben ins gewohnte Bett zurück. Aber ein Verbrechen, ob nun unaufgeklärt oder aufgeklärt, hinterlässt Narben, da hatte Boll recht, und Jung wollte sie sich ansehen.

Das Wetter hatte sich nicht geändert. Als er kurz vor Husum von der B 200 auf das platte Land abbog, war er auf seinem Weg außer grauer, trüber Langwei-ligkeit nur einigen Milchlastern begegnet, die ihn in seiner dösigen Fahrt aufgehalten hatten.

Das Gehöft, auf dem die Familie des verschwun-denen Mädchens lebte, lag einsam, etwas abgesetzt von der Kreisstraße und außer Sichtweite des Dorfes. Es war ein friesisches Bauernhaus aus rotem Back-stein und mit typischem Friesengiebel. Eine große Scheune war über einen flachen Zwischenbau mit dem Haupthaus verbunden. In das Mauerwerk war aus geschmiedetem Eisen die Zahl 1909 eingelas-

sen. Die Scheune musste aber in der Neuzeit renoviert worden sein. Die Profilbleche, mit denen Dach
und Giebel eingedeckt und verkleidet waren, zeug-
ten davon.

Das Haupthaus hatte eine gravierende Verän-
derung erfahren. Der Eingang lag nicht wie üblich
an der Frontwand, unter dem Friesengiebel, sondern war aus der Seitenwand nachträglich heraus-
gestemmt worden. Der Zutritt zum Haus war jetzt
durch eine zweiflügelige, schwere Tür geschützt.
Vor den Eingang hatte man einen in Weiß und Lind-
grün getünchten Vorbau gesetzt, dessen prunkvoll
geschwungenes Dach auf weißen, griechischen Säulen ruhte. Darüber, in der ersten Etage, leuchteten
weiße, große Rundbogenfenster mit falschen Spros-
sen. Das Ganze machte den Eindruck eines kleinen
aber protzigen Vestibüls. Jung fragte sich, wer auf
diese Idee gekommen war.

Vor dem Hauseingang und der Scheune, deren
Nebentor zu einem Hofladen führte, lag ein großer
Hofplatz. Die Auffahrt von der Kreisstraße war mit
Kopfsteinen gepflastert. Die kreisrunde Kehre führte
vor den protzigen Eingang des Haupthauses.

Jung stellte sein Auto ab. Es war weit und breit das
einzige Fahrzeug. Ihn überfielen Bilder aus dem Film
›Psycho‹, den er in seinen jungen Jahren im Kino
gesehen hatte. Anthony Perkins schlich in trüber
Dunkelheit den Steig zum Haus seiner Mutter hinauf. Dunkel war es hier nicht, aber die Atmosphäre
war von dem gleichen, stummen Grauen erfüllt.

Er trat in den Vorbau und klingelte. Er rechnete

nicht damit, jemanden anzutreffen, und erschrak, als die Tür augenblicklich geöffnet wurde, so, als sei er sehnlichst erwartet worden. Eine rundliche, große Frau stand vor ihm. Ihr gerötetes Gesicht umrahmte eine dauerwellige Haarhaube von undefinierbarer Farbe. Sie schien von einem Haarfestiger für alle Ewigkeit fixiert worden zu sein. Dazu trug sie eine blaue, dicke Strickjacke über einem gräulichen Kittelkleid, und ihre in dicken Stützstrümpfen steckenden Waden endeten in mausgrauen Filzpantoffeln. Ihr Alter war nicht annähernd zu bestimmen, nicht einmal eine Vermutung hätte Jung abgeben wollen. Sie hatte die Hände fröstelnd unter ihre vor der Brust verschränkten Arme gesteckt und sah Jung herausfordernd an.

»Ja?«

»Guten Tag, Kriminalrat Jung aus Flensburg. Spreche ich mit …«

»Sie kommen doch nicht etwa wegen des Mädchens?«, unterbrach ihn der Filzpantoffel schroff und sah ihn aus schlauen Schweinsäuglein misstrauisch an.

»Doch. Ich wollte …«

»Die sind schon lange weg.«

»Seit wann ist die Familie …«

»Wir haben den Hof vor acht Jahren gekauft.«

»Wissen Sie denn, wo die …«

»Nein. Geht mich auch nichts an, nicht wahr?«

Jung überlegte, wie er die Frau zugänglicher und gesprächiger stimmen könnte.

»Bewirtschaften Sie den Hof noch?«

»Wir vermieten an Feriengäste. Für die haben wir Beschäftigung auf den Äckern. Sonst nichts. Was wollen Sie?«

»Haben Sie die Familie des verschwundenen Mädchens gekannt?«

»Nein. Wir haben gekauft. Vom Makler. Die anderen hab ich nie gesehen.«

»Aber Sie wissen von dem Verbrechen, das hier geschah?«

»Ist mir bekannt. Hat den Preis gedrückt. Aber seitdem ist es ruhig. Noch was?«

»Danke. Nein. Wenn ich noch etwas wissen will, komme ich wieder. Ich glaube aber, eher nicht. Vielen Dank. Auf Wiedersehen.«

»Auf Wiedersehen.«

Die Frau schloss die Tür genauso schnell, wie sie sie geöffnet hatte. Jung machte auf dem Absatz kehrt. Er war froh, als er im Auto saß und die Restwärme des Sitzes unter seinem Hintern spürte. Menschen können mich immer noch überraschen, dachte Jung. Vielleicht lag es daran, dass er sich hier nicht auskannte, und die Lektüre der Ermittlungsakte ihm einen anderen Eindruck von der Landbevölkerung vermittelt hatte. Immerhin hatte er eine erste Information: Die Familie lebte nicht mehr auf dem Hof. Er musste im Einwohnermeldeamt fragen, wo sie abgeblieben war.

*

Jung fragte sich, was er noch tun könne, wenn er schon mal hier war. Der Klavierlehrer fiel ihm ein. Er lebte in der Stadt und verdiente sein Brot mit Musikunterricht. Das waren vielleicht bessere Voraussetzungen für ein ergiebigeres Gespräch.

Jung rollte vom Hof und fuhr auf der Kreisstraße zurück nach Husum. Er stellte sein Auto auf dem Parkplatz des ersten Hotels am Platze ab. Das Gebäude stammte aus der Kaiserzeit und beherbergte bis in die 8oer-Jahre ein Gymnasium. Jung hatte dort Abitur gemacht. Seine Erinnerungen an diese Zeit waren schmerzhaft. Er vermied es, sich damit zu konfrontieren. Er war deshalb angenehm überrascht gewesen, als die alte Schule abgewickelt, das Gebäude verkauft und zu einem feinen Hotel umgebaut worden war. Seitdem hatte er bei Gelegenheit im Hotelrestaurant zu Mittag gegessen. Die Küche hatte sich einen guten Ruf erworben. Er erkannte seine alte Schule kaum wieder. Der säuerliche Kasernenmief war einer Atmosphäre heller, freundlicher Zuvorkommenheit gewichen.

Jung ging über die Süderstraße und den Markt in den Schlossgang. Ein steifer Ostwind pfiff über den leeren Markt, und er zog den Kopf zwischen den hochgestellten Kragen seiner Jacke. Die Jacke war uralt. Svenja hatte ihm wiederholt eine neue aufzuschwatzen versucht. Ihre ausgeklügelten Strategien waren allesamt gescheitert. Die unerreichbare Tiefe seines Widerstandes machte ihr Angst, Jung selbst kam sie merkwürdig vor. Seine Frau schüttelte nur noch mit dem Kopf, wenn sie ihn in der Jacke aus dem Haus gehen sah.

Der Klavierlehrer wohnte in einem alten Backsteinhaus im ersten Stock. Der Bau musste kürzlich entkernt und renoviert worden sein. Das Treppenhaus war geschmackvoll und mit modernen Materialien hergerichtet worden und glänzte wie neu. Auf Jungs Klingeln öffnete ihm ein Mann um die 40. Er war nicht groß – Jung schätze ihn zwischen 1,70 und 1,80 –, vollschlank, mit rundem, freundlichen Gesicht und Halbglatze. Er trug eine feine, schwarz eingefasste Brille, einen schwarzen Rollkragenpullover und dunkle Hosen.

»Guten Tag, Kriminalrat Jung von der Polizei-Inspektion Nord in Flensburg. Ich möchte Sie gerne sprechen. Haben Sie einen Moment Zeit?«

»Guten Tag. Ja, kommen Sie herein«, erwiderte der Lehrer fast teilnahmslos.

Er führte ihn in einen Raum, der die gesamte Etage einnahm. Deckenhohe Bücherregale standen vor den Wänden. Im Hintergrund bedeckten Berge von Notenheften einen Flügel von Bösendorfer. Nachdem er Jung die Jacke abgenommen hatte, lud er ihn ein, an einem kleinen Tisch in einem Erker Platz zu nehmen, von dem man auf einen kleinen Platz hinabsah.

»Was kann ich für Sie tun?«, fragte der Mann ruhig.

»Es wird Sie vielleicht überraschen, aber ich komme im Fall Ihrer ehemaligen Schülerin, Imke Carl. Sie erinnern sich?« Der Mann schwieg, senkte den Kopf und sah auf seine Hände, die er vor sich auf dem Tisch gefaltet hatte. Jung ließ seinen Blick durch das Zimmer schweifen und blieb bei seinem Gegenüber stehen. Jung sah ihm an, dass die plötzliche Erinnerung an seine Schülerin ihn schwer getroffen hatte.

»Sie waren damals noch sehr jung, nicht wahr?«, versuchte er ihm über seine Betroffenheit hinwegzuhelfen.

»Ja, das stimmt. Imke war ein außergewöhnliches Mädchen«, sagte der Klavierlehrer leise.

»Können Sie mehr dazu sagen?«

»Sie hatte ein einzigartiges Talent. Ihre Begeisterung war ansteckend und erweckte Freude an konzentrierter Arbeit. Sie verpasste keine Stunde. Ich freute mich jedes Mal auf sie. Ich sehe sie noch dort, am Klavier, als wenn sie gerade erst gegangen wäre.«

»Waren Sie etwa in sie verliebt?«

»Sie war damals elf Jahre alt, ich bitte Sie. Aber ein bisschen Wahres ist doch dran. Ich wusste, dass ich sie über kurz oder lang an einen wirklich guten Lehrer verlieren würde. Das tat mir weh, bevor es überhaupt soweit war.« Er senkte den Kopf und schwieg.

»Umso schlimmer muss es für Sie gewesen sein, als sie das Opfer eines Verbrechens wurde, nicht wahr?« Jung konzentrierte sich auf die Reaktion seines Gegenübers.

»Schlimm. Unfassbar. Aber was ist denn der Anlass Ihres Besuches? Gibt es Neues?« Seine Stimme hatte sich erhoben. Jung entdeckte in ihr nichts außer verzweifelter Hoffnung.

»Nein, leider. Aber ich untersuche den Fall erneut.«

»Ach so.« Es schien, als sackte er in sich zusammen.

»Kam sie immer mit dem Fahrrad? Der Weg hierher ist nicht gerade kurz«, fuhr Jung fort.

»Das hab ich ihren Eltern auch immer gesagt. Selbst im Winter radelte sie hier her. Ich legte ihre Stunden wenigsten so, dass sie nicht im Dunkeln fahren musste. Ich sah ihr aus dem Fenster entgegen, wenn sie zum Unterricht kam. Ich war jedes Mal erleichtert, wenn ich ihren witzigen Fahrradwimpel um die Ecke wippen sah. Er sah aus wie ein Stück Klaviertastatur. Sie hatte ihn selbst genäht.«

»Hatte sie keine Freundinnen, die sie brachten oder abholten?«

»Nein. So war sie nicht. Ich habe sie nur einmal, ganz am Anfang zusammen mit einem Mädchen in der Stadt gesehen. Sie hieß Dörthe. Mir ist der Name nur deswegen im Gedächtnis geblieben, weil die beiden mir so ungleich vorkamen. Sie passten überhaupt nicht zusammen. Ich sprach Imke darauf an.«

»Und?«

»Sie sagte, sie sei Dörthe, eine Mitschülerin. Und das war's dann auch schon.«

»Sie hatte also kein Interesse an Dörthe, wollten Sie das sagen?«

»Ja, das passte zu Imke. Ich glaube, ihre Familie reichte ihr völlig.«

»Sehr selten.«

»Ja, und das, obwohl die Eltern viel von ihren Kindern verlangten.«

»Waren die Eltern streng?«

»Nein, nein. Sie hatte prächtige Eltern. Ich lernte sie gut kennen. Auch nach Imkes Verschwinden hatten wir Kontakt. Sie standen auf dem Standpunkt: Mens sana in corpore sano , Sie verstehen? Sie meinten, Radfahren sei gut für Imke. Sie hatte Asthma.«

»Ja, ich verstehe. Aber körperliche Überanstrengung ist bei Asthma kontraindiziert. Wussten die Eltern das nicht?«

»Doch, doch, natürlich. Wenn das Wetter wirklich schlimm war, wurde sie mit dem Auto gebracht, meistens von ihrem Bruder. Er war auch mal mein Schüler. Aber er hatte kein Talent fürs Klavierspiel.«

»War er mehr sportlich?«

»Ja und nein. Er war schon musikalisch. Vielleicht ist musisch begabt das bessere Wort. Er war sportlich, ja. Mir schien, aus ihm hätte ein guter Tänzer werden können. Er hatte die Figur und das Bewegungstalent dafür.«

»Verstanden sich die beiden Geschwister?«

»Es war die pure Freude zu sehen, wie die beiden miteinander umgingen. Das Wort Geschwisterliebe traf hier wirklich zu. Selten, eigentlich gar nicht mehr, habe ich so etwas erlebt.«

Jung hätte schwören können, dass er die Wahrheit sagte. Der Klang seiner Stimme war klar und kam von Herzen. Jung verspürte einen Kloß im Hals. Er schalt sich sentimental und ermahnte sich, bei der Sache zu bleiben und sich zu konzentrieren.

»Was ist aus der Familie geworden? Ich hörte, sie sei verzogen?«

»Von wem haben Sie das?«

»Von ihren Nachfolgern auf dem Hof.«

»Ach, von denen«, meinte der Klavierlehrer wegwerfend. »Eine Tragödie begann, glauben Sie mir. Die Eltern trugen schwer an dem Verlust ihrer Tochter, ungeheuer schwer. Es drückte sie zu Boden. Die Mutter machte sich Vorwürfe, der Vater auch, beide sich gegenseitig. Das Geschäft und die Landwirtschaft fingen an darunter zu leiden. Der Schwung war weg. Sie kamen ins Straucheln. Sie verkauften und zogen weg in den Süden. Später hörte ich, ich weiß gar nicht mehr von wem, dass sie sich getrennt haben. Die Mutter soll jetzt irgendwo in Bayern oder Österreich leben, ich weiß nicht wo genau da. Der Vater ist ausgewandert, nach Australien.«

»Und der Sohn?«

»Er machte nach dem Abitur eine Lehre als Hotelkaufmann hier, im besten Hotel in Husum. Übrigens zusammen mit seinem Freund Sven. Ich sah sie öfter in der Stadt. Ich sprach hin und wieder mit Hauke. Er wollte nach seinem Abschluss ebenfalls nach Australien auswandern.«

»Zusammen mit seinem Freund?«

»Nein. Sven blieb hier. Er hat inzwischen ein eigenes Restaurant.«

»Wo?«

»In Bordelum. Kann ich wärmstens empfehlen.«

»Schön. Aber bleiben wir bei Imkes Bruder. Welchen Eindruck machte er auf Sie, nachdem seine Schwester verschwunden war?«

»Er war noch immer freundlich. Aber ich spürte

eine unberührbare Verschlossenheit hinter seiner Freundlichkeit. Es tat mir in der Seele weh. Ich glaube, er konnte seine Trauer nicht aushalten und versteckte sie da, wo niemand hinkam, nicht einmal er selbst.« Jungs Gegenüber schüttelte den Kopf. Dann atmete er kurz und heftig ein und richtete sich auf.

»Haben Sie noch weitere Fragen? Ich würde gern Schluss machen. Ich erwarte bald einen Schüler.«

»Selbstverständlich. Wenn mir noch Fragen einfallen, melde ich mich bei Ihnen. Danke, dass Sie bereit waren, mir zu helfen.«

Jung merkte, dass der Klavierlehrer allein sein wollte, und fügte sich seinem Wunsch ohne Zögern. Er nahm seine Jacke und sie verabschiedeten sich. Jung verließ das Haus und trat hinaus auf den kleinen Platz. Der eisige Wind, der durch den engen Schlossgang fegte, schockierte ihn und trieb ihm Tränen in die Augen. Sie mussten schon dagewesen sein, denn normalerweise ging das bei ihm nicht so schnell.

Jung entdeckte ein kleines Café. Der Anblick erweckte in ihm die Vorstellung von Wärme und Heimeligkeit. Beides glaubte er jetzt nötig zu haben. Er beschloss, eine Pause einzulegen und eine Tasse Kaffee zu trinken, bevor er den Heimweg antrat. Er betrat den Gastraum, legte seine Jacke ab und setzte sich auf ein altes Sofa. Die Möblierung war aus alten Beständen wahllos zusammengestellt worden. Die einzigen Kriterien für die Auswahl schienen Funktionstüchtigkeit, Ansehnlichkeit und ein Alter über 30 Jahre zu sein. Nur der Kaffee war modern, weil er aus einer Maschine der neuesten Generation kam, also heiß und sehr aromatisch. Nachdem das Getränk seine Erwartungen übertroffen hatte, bestellte Jung noch ein Stück Obstkuchen mit Schlagsahne. Er wurde nicht enttäuscht. Seine Traurigkeit begann langsam zu schwinden.

*

Nachmittags saß Jung in seinem Bürosessel und ließ die Erkenntnisse, die er aus Nordfriesland mitgebracht hatte, Revue passieren. In seinem Hinterkopf rumorte ein undeutlicher Gedanke. Er lag hinter seinen Gefühlen versteckt, und er vermochte nicht, ihn hervorzuzerren.

Jung widmete sich erst einmal dem Nächstliegenden. Er rief das Amt des Kreises Nordfriesland in Husum an. Im Ordnungsamt erkundigte er sich unter Berufung auf Amtshilfe nach dem Verbleib der Familie Carl. Der zuständige Beamte rief kurze Zeit später zurück und teilte ihm mit, dass die Frau vor acht Jahren, nach der Scheidung von ihrem Mann, nach Füssen im Allgäu umgezogen sei. Der Mann sei zur gleichen Zeit nach Australien ausgewandert, der Sohn ihm später nachgefolgt. Jung schilderte ihm den Grund seines Interesses an der Familie, und der Beamte bot sich an, bei seinem Kollegen in Füssen weitere Informationen einzuholen. Jung nahm das Angebot gerne an. Es dauerte nicht lange, bis er Jung zurückrief und ihn davon in Kenntnis setzte, dass die Frau vor zwei Jahren verstorben sei. Woran, könne er in diesem Moment nicht sagen, aber es sei möglich, auch das noch herauszufinden. Jung bedankte sich und bat den Beamten, sich nicht weiter zu bemühen. Die Familie Carl gab es praktisch nicht mehr.

Jung erhob sich und öffnete das Fenster. Er wollte frische Luft schöpfen. Noch immer herrschte draußen das trübe Grau, aber es schien ihm so, als hätte die Wolkendecke sich angehoben und etwas Struktur bekommen, anders wie noch am Vormittag, als man den Eindruck haben musste, der Himmel läge auf der Erde auf. Waren das die ersten Anzeichen eines Wetterwechsels? Weihnachten stand vor der Tür, und üblicherweise stellt sich zu dieser Zeit das Wetter über Norddeutschland um und mündet in eine heftige Weihnachtsdepression, die Regen und milde Temperaturen bringt.

*

Als Jung sich kurz vor Feierabend einen Tee zubereitete, war er plötzlich da, der Gedanke, der die ganze Zeit in seinem Hinterkopf gelauert hatte: das erste Hotel am Platz. Er hatte heute vor dem Hotel geparkt, der Bruder des verschwundenen Mädchens und sein Freund hatten dort eine Ausbildung gemacht, die Eltern die Hotelküche mit Fleisch und Gemüse beliefert, er selbst hatte dort früher zu Mittag gegessen und war lange Zeit, bevor es zum Hotel geworden war, dort zur Schule gegangen. Die Häufung war auffällig. Er wollte sich gleich nach Weihnachten darum kümmern. Jetzt, kurz vor dem Fest, stand nur seine Beförderung auf der Agenda. Er sollte die Zeit nutzen, die flüchtige Freundin der Verschwundenen und den Freund ihres Bruders aufzusuchen, dachte Jung. Sie würden ihm möglicherweise dabei helfen können, die Welt der Familie Carl zu verstehen.

DIE SCHULFREUNDIN

Ihre Klassenlehrerin war verstorben, die anderen Lehrer versetzt, im Ruhestand und verzogen. Als Jung die Schulleitung gebeten hatte, ihm Lehrer und Mitschüler von Imke Carl aus den Akten herauszusuchen, war er auf freundliches Entgegenkommen gestoßen. Die Direktorin konnte aus eigenem Erleben nichts beitragen, was Jung geholfen hätte, Imkes nähere Lebensumständen zu erhellen. An das schreckliche Geschehen und den guten Ruf, den Imke bei den Kolleginnen und Kollegen hatte, erinnerte sie sich aber lebhaft. Auch Jungs Frage nach einem Mädchen namens Dörthe hatte sie beantworten können. Dörthe Nissen war in den Grundschuljahren Imkes Klassenkameradin gewesen. Nach dem Schulabschluss hatte sie Friseurin gelernt und arbeitete jetzt im Salon Bahnsen auf dem Lande in Bredstedt.

*

Ein neuer Haarschnitt war schon längst überfällig. Seit Tagen lag Svenja ihm damit in den Ohren. Jung verzichtete dieses Mal auf seine Lieblingsfriseurin in Flensburg und ließ sich im Salon Bahnsen einen Termin geben. Er hatte darum gebeten, von Dörthe bedient zu werden. Den Nachnamen hatte er gar nicht erwähnen müssen. Sie war unter ihrem Vornamen hinreichend bekannt. Das war während des Telefonats mehr als deutlich geworden. Sie schien für irgendetwas berühmt oder berüchtigt zu sein. Jung war darüber ins Schmunzeln geraten. Eigentlich war ihm berühmt oder berüchtigt völlig egal. Dennoch erweckte Dörthe seine Neugier.

Die Fahrt langweilte ihn und machte ihn schläfrig. Nachdem er die B 200 vor Wanderup verlassen hatte und auf die Kreisstraße nach Bredstedt abgebogen war, hätte er die Autos, die ihm entgegen kamen, mühelos zählen können. Er fuhr stur vor sich hin, vorbei an konturloser Trübnis und unter einer Wolkendecke, die wie ein Albtraum über dem Land lag. Ihn fröstelte, als er in Bredstedt aus dem Auto stieg. Er hatte das Gefühl, als würde er in allernächster Zeit Opfer der in schöner Regelmäßigkeit vor Weihnachten ausbrechenden Grippewelle werden. Eine Impfung gegen Grippe hatte er immer abgelehnt, aus Prinzip.

Als Jung den Salon betrat, verflüchtigte sich sein Gefühl. Ihn empfing feuchte Wärme und aufgeregtes Geschnatter. Der Salon war brechend voll. Mittendrin, unter gleißenden Deckenleuchten, fiel ihm eine junge Frau auf, die lebhaft auf eine Kundin einredete. Sie drehte sich zu ihm um.

»Hallo. Sie sind Herr Jung, nicht wahr? Ich bin gleich bei Ihnen.«

»Ja, danke«, antwortete Jung beeindruckt.

Sie versprühte eine Vitalität, die auch einen größeren Raum als den Frisiersalon Bahnsen ausgefüllt hätte. Sie war von kräftiger Statur, groß, blond und gut gewachsen. Ihre Aufmachung hatte Geschmack und Stil und betonte ihre gute Figur. Jung hätte nach seinem letzten Besuch auf dem Land eher Kittelkleider und Gesundheitslatschen erwartet.

»Schön, dass Sie da sind«, begrüßte sie ihn, nachdem sie ihre Kundin unter der Obhut einer Trockenhaube zurückgelassen hatte.

»Oh, danke! Die meisten, mit denen ich zu tun habe, sehen mich lieber gehen als kommen.«

Sie lachten und gaben sich die Hand.

»Dörthe Nissen«, stellte sie sich vor.

Sie sah ihn aus dunkelblauen Augen freundlich und interessiert an. Ihr Gesichtsausdruck war offen und klar. Jungs Hoffnung wuchs, in seinen Bemühungen einen Schritt voranzukommen.

»Als ich hörte, dass Sie von der Polizei in Flensburg sind, wusste ich sofort, dass Sie nicht wegen eines Haarschnitts hier sind«, eröffnete sie das Gespräch.

»Woher wissen Sie, dass ich von der Polizei bin?«

»Mein Telefon speichert die eingehenden Rufnummern.«

»Überprüfen Sie jeden Anruf?«, fragte Jung erstaunt.

»Nein. Aber ihre Nummer hatte eine fremde Vorwahl. Da interessiert man sich schon mal.«

Jung nahm sich vor, nie wieder von seinem Dienstapparat Verabredungen zu treffen, die er lieber privat gehalten sehen wollte.

»Okay. Aber selbst dann kombinieren Sie recht vorschnell. Auch Polizisten brauchen ab und zu einen Haarschnitt.«

»Aber nicht in Bredstedt«, erwiderte sie ernst.

»Unwahrscheinlich, zugegeben, aber nicht gänzlich abwegig.«

»Wieso?«

»Weil sich herumgesprochen haben könnte, dass Sie eine gute Friseurin sind.«

Sie lachte herzerfrischend.

»Darf ich Sie hier herüber bitten?«, komplimentierte sie ihn in die Herrenabteilung. Nachdem er auf dem Frisiersessel Platz genommen hatte, fragte sie ernst: »Der wahre Grund Ihres Besuchs ist doch Imke, hab ich nicht recht?«

Jung fühlte sich ertappt. Wie war sie darauf gekommen?

»Sie haben recht, ja«, erwiderte er. »Aber vergessen Sie bitte meinen Haarschnitt nicht.«

»Sicher, klar doch.« Sie machte eine kurze Pause. »Wie möchten Sie es denn? Sehr kurz würde Ihnen gut stehen. Was meinen Sie?«

Jung war froh, keine Worte machen zu müssen. Sie hatte auf den ersten Blick erfasst, was er wollte.

»Warum fiel Ihnen zuallererst Imke ein?«, kam Jung auf ihre Frage zurück, während sie begann, sich über seinen Haarschopf herzumachen. »Die Geschichte ist doch schon eine Ewigkeit her.«

»Ich denke oft an sie. Die anderen denken nur an sie, wenn wieder mal von einem Verbrechen die Rede ist. Die Sache ist unheimlich, das stimmt schon. Ist sie denn aufgetaucht? Gibt es ein Lebenszeichen von ihr?«

»Wie kommen Sie darauf?«

»Ich weiß nicht. Keine Ahnung. Sie geht mir einfach nicht aus dem Kopf. Ich bewunderte sie. Ich hätte sie gerne zur Freundin gehabt und habe mich um sie bemüht. Schade, hat aber nicht geklappt. Ich will einfach nicht an ein Verbrechen glauben. Es passt irgendwie nicht. Das ist meine Meinung.«

Sie machte eine Pause. Jung nutzte die Gelegenheit und bemerkte: »Nach allem, was uns vorliegt, müssen wir von einem Verbrechen ausgehen.«

»Ja, ein Verbrechen liegt natürlich nahe: Das muss ich zugeben. Das Dorf, aus dem sie stammte, war berüchtigt dafür.«

»Wie meinen Sie das?«

»Na ja, in dieser Gegend ist vorher schon der ein oder andere verschwunden oder hatte einen tödlichen Unfall.«

»Sind das Tatsachen oder ist das Gerede?«

»Geschehnisse, die nie richtig aufgeklärt wurden, würde ich sagen.«

»Sie meinen, die Polizei hat die Fälle gar nicht untersucht?«

»Doch, doch. Aber alle glauben, dass es da nicht mit rechten Dingen zugegangen ist. Ein Fluch läge über dem Dorf.«

»Ein Fluch?«, stöhnte Jung.

»Das sagen die Leute nicht laut«, beeilte sie sich zu versichern. »Aber insgeheim denken alle so. Meine Eltern haben mir damals strikt verboten, allein mit dem Fahrrad herumzufahren.«

»Haben Sie im gleichen Dorf gewohnt wie Imke?«

»Nein, nein, aber es wurde überall im Landkreis gemunkelt. Natürlich besonders nach dem Verschwinden von Imke. Das war echt unheimlich. Hätte ja auch in der Nachbarschaft passieren können.«

»Was wurde denn gemunkelt?«

»Na ja, wie gesagt, ein böser Fluch läge über dem Dorf. Imke wäre wieder einmal ein Beweis dafür. Vor allem, weil ja nicht rauskam, was wirklich passiert ist.«

Sie wandte sich um, sah Jung frontal ins Gesicht und konzentrierte sich auf den exakten Schnitt seiner Stirnhaare. Jung schwieg und dachte nach.

»Sie sagten, Sie bewunderten Imke. Warum?«, nahm er das Gespräch wieder auf.

»Sie war ein klasse Mädchen«, schwärmte sie. »Ich hätte so gerne mit ihr getauscht. Sie war so selbstständig, so zielstrebig und sicher. Ich beneidete sie, vor allem um ihr Klavierspiel, ihre Freude daran und wie viel ihr das bedeutete. Der ganze Zirkus, den unsereins so macht, interessierte sie überhaupt nicht. Ich fand das einsame Spitze. Sie muss tolle Eltern gehabt haben.«

»Kannten Sie sie?«

»Nein, leider.«

»Ja, richtig. Sie bemühten sich vergeblich.«

»Wirklich schade. Aber unsereins ist nun mal anders und passt nicht dazu.«

Jung fragte sich, wie sie zu dieser Einsicht gelangt war. Ihm lag eine Bemerkung dazu auf der Zunge. Er bremste sich aber und zwang sich, bei der Sache zu bleiben.

»Was glauben Sie, ist wirklich passiert?«

»Mit Imke?«

»Ja, mit Imke. Was ist passiert?«

»Ich würde ihr alles zutrauen, auch dass sie sich spurlos aus dem Staub macht.«

»In ihrem Alter? Was hätte Sie da tun können? Warum sollte sie überhaupt daran denken? Sie sagen doch selbst, dass sie ein gutes Elternhaus gehabt haben muss.«

»Ja, sicher. Das stimmt ja alles. Ich meine nur, sie war stark, so stark, dass ich ihr ganz irre Sachen zutrauen würde, selbst diese.«

Sie ging in die Knie und trimmte Jungs Nackenhaare. Als sie sich wieder aufrichtete, fragte er: »Ist das der einzige Grund, dass Sie glauben, sie taucht eines Tages wieder auf?«

»Ja, das war mein erster Gedanke. Aber sie ist nicht aufgetaucht. Da hab ich Sie doch richtig verstanden, nicht?«

»Wir haben kein Lebenszeichen von ihr«, bestätigte Jung.

»Warum kommen Sie dann? Was wollen Sie von mir?«

»Einen Haarschnitt«, erwiderte er schmunzelnd. Sie lachte.

»Im Ernst. Was kann ich für Sie tun?

»Ich dachte, Sie könnten mir helfen, Imkes Welt zu verstehen.«

»Jetzt, nach so vielen Jahren?«

»Der Fall wird neu aufgerollt. Ich bin damit befasst. Haben Sie damals mit einem von uns gesprochen?«

»Nein. Imke war aufs Gymnasium gewechselt. Ich hätte gar nichts dazu sagen können.«

»Schade. Die Ermittlungen brachten nichts Verwertbares an den Tag. Ihre Erfahrung mit Imke und ihre Beobachtungen und Einschätzungen hätten uns möglicherweise weiterhelfen können.«

»Das glaube ich nicht. Alle Welt dachte an Vergewaltigung und Entführung. Wen hätten da die Zweifel eines kleinen Schulmädchens interessiert?«

»Da ist was dran. Haben Sie denn in Imkes Fall jemals an Missbrauch oder Vergewaltigung gedacht?«

»Eigentlich nicht. Obwohl es genug besoffene und kranke Kerle gibt, die vor nichts zurückschrecken. Meine Eltern haben mich danach fast eingesperrt.«

»Ja, richtig. Mit dem Fahrradfahren war es dann vorbei.«

»Genau. Jeden Tag musste ich mir Vorträge über miese Typen, Kindesmissbrauch und perverse Kriminelle anhören. Ätzend!«

Jung lachte verhalten.

»Ihre Eltern scheinen damit Erfolg gehabt zu haben. Sie scheinen mir heil und gesund zu sein.«

»Sie kombinieren recht vorschnell«, äffte sie Jung nach. Sie lachten beide.

»Nee, im Ernst. Mir ist nichts passiert. Und gesund bin ich auch, sagt mein Hausarzt.«

»Wussten Sie, dass Imke krank war?«

»Was? Nee. Was hatte sie denn?«

»Asthma.«

»Nein, unmöglich! Dass mir das nicht aufgefallen ist? Schon komisch.«

Das fand Jung auch.

»Warum bin ich hier? Was glauben Sie?«, fragte er nachdenklich.

»Wegen Ihrer langen Haare.«

Sie lachten.

»Und weil ich Ihnen helfen soll, Imkes Welt zu verstehen«, fügte sie schnell hinzu. »Das haben Sie gesagt.«

Sie lachten noch einmal.

»Das konnten Sie aber anfangs doch nicht wissen. Was dachten Sie da wirklich?«

»Das sagte ich doch schon. Imke geht mir immer wieder im Kopf herum. Und wenn ich Polizei höre, denke ich automatisch an Imke und dass sie gefunden worden ist. Lebend hätte mich nicht überrascht.«

»Und warum sollte ich damit zu Ihnen kommen?«

»Weil ich es verdient habe.«

Sie lächelten sich über den Spiegel an. Dörthe föhnte Jungs Haare. Dann zeigte sie ihm im Handspiegel seinen frisch frisierten Kopf von hinten.

»Gut«, lobte er. »Einverstanden. Sie haben es verdient. Auch den langen Weg. Schade nur, dass ich nicht die richtige Nachricht mitgebracht habe«, sagte Jung und meinte es ehrlich.

»Noch nicht«, korrigierte sie ihn lächelnd.

Jung schüttelte innerlich den Kopf. Dörthes unbeirrbarer Glaube rührte ihn. Er stand auf und sah ihr in die Augen. Ihr Blick war unverändert freundlich und offen.

»Was bin ich Ihnen schuldig?«, wollte er wissen.

Sie wandten sich der Kasse zu. Auf dem Weg neigte Dörthe sich zu den Kundinnen, gab hier und da einen Tipp und begrüßte die Neuankömmlinge. Jung dachte daran wieder zu kommen. Nicht nur sein neuer Haarschnitt gefiel ihm.

Im Auto ließ er die Seitenscheibe herunter. Frische Luft strömte ins Innere. Jung lehnte sich in den Sitz zurück. Was konnte ein kleines Mädchen erfasst haben, was den Erwachsenen möglicherweise entgangen war? Was konnten Erwachsene wissen, was Kindern nicht oder noch nicht zugänglich ist? Imkes Krankheit existierte für Dörthe nicht. Hätte sie davon gewusst, wäre dann ihr Bild von Imke und ihren Fähigkeiten anders ausgefallen? Hätte ihre Bewunderung für sie abgenommen oder zugenommen? Welches Gewicht sollte er dem Gehörten beimessen?, fragte sich Jung. Er hatte keine Ahnung und startete gedankenverloren den Motor. Als er auf der B 5 angekommen war und in Richtung Niebüll weiter fuhr, war er zu dem Schluss gelangt, dass mit an Sicherheit grenzender Wahrscheinlichkeit Dörthes Bild von der Verschwundenen kindlichem Wunschdenken entsprang, Imkes Realität aber weit davon entfernt war.

SVEN

Jung hatte seinen Trip nach Bredstedt zeitlich so gelegt, dass er anschließend in Bordelum im Restaurant des Freundes von Imkes Bruder zu Mittag essen konnte. Bordelum liegt einen Katzensprung von Bredstedt entfernt. Es war im Auto noch nicht richtig warm geworden, als Jung wieder in die Kälte zurückmusste.

Auf dem Weg zum Eingang knirschte der Kies unter seinen Sohlen. Das Restaurant sah auf den ersten Blick aus wie der nüchterne Zweckbau eines landwirtschaftlichen Betriebes aus der Neuzeit. Aber der Eingangsbereich, mit Zuwegung, Schaukasten und Namenszug, überzeugten Jung davon, dass ein Designer sich um den Bau gekümmert hatte. Der Eindruck verstärkte sich, als er die Gaststube betrat. Es war hell, die Einrichtung glatt, ohne Schnörkel oder Firlefanz. Klare Linien und eine solide Möblierung sorgten für eine kühle Atmosphäre, die Jung nicht abschreckte, sondern entspannte. Die wenigen, ausgesuchten Bilder an den Wänden waren echte Hingucker, lenkten aber nicht davon ab, dass hier in erster Linie gegessen und getrunken wurde. Jung war gespannt.

»Guten Tag. Was kann ich für Sie tun?«, begrüßte ihn ein schlanker, gut gekleideter Mann, Anfang, Mitte 30, um die eins achtzig groß. Er hatte rötlich blonde Haare und sah Jung aus klaren, grünblauen Augen aufmerksam an.

»Sind Sie hier der Chef? Heißen Sie Sven?«, fragte Jung zurück.

»Ja, der bin ich. Wollen Sie mich sprechen?« Er lächelte.

»Ich will mit Ihnen reden, ja. Aber essen möchte ich auch«, lächelte Jung zurück.

»Was möchten Sie zuerst, reden oder essen?«

»Zuerst reden. Vielleicht brauche ich hinterher eine Stärkung.«

»Das klingt ja dramatisch. Um was geht es denn?«

»Mein Name ist Jung. Ich bin Kriminalbeamter und untersuche den Fall Imke Carl.« Jung hielt ihm seinen Dienstausweis hin. »Sie erinnern sich?«

»Ja«, antwortete er einsilbig.

»Sie waren der Freund ihres Bruders Hauke. Ist das richtig?«

»Ah, darum geht es also.« Er zögerte, als müsste er seinem Gedächtnis auf die Sprünge helfen, was ganz sicher nicht nötig war. Jung spürte sein Zögern und fühlte sich bemüßigt, ihm ein paar Informationen an die Hand zu geben.

»Der Fall wird noch einmal bearbeitet. Wir haben keine neuen Fakten oder Hinweise. Fälle wie diesen werden in unregelmäßigem Abstand wieder aufgenommen. Ich bin Leiter des Dezernats für unaufgeklärte Kapitalverbrechen bei der Polizeiinspektion Nord in Flensburg.«

»Ach so. Ja, eine traurige Geschichte«, bemerkte

Sven und zog die Augenbrauen zusammen. Jung schwieg. Als sich sich die Stirn seines Gegenübers wieder geglättet hatte, wiederholte er seine Frage: »Sie waren doch Haukes Freund, nicht wahr?«

»Ja, war ich. Auch Imke kannte ich gut. Die beiden standen sich sehr nahe.«

»Wie nahe? Können Sie mir Näheres dazu sagen?«, unterbrach ihn Jung.

»Na ja, sie waren quasi unzertrennlich. Wenn da nicht diese auffällige Harmonie und das Alter gewesen wäre, dann hätte man meinen können, sie wären miteinander verheiratet gewesen.«

»Ihr Verhältnis war also ungewöhnlich. Verstehe ich Sie da richtig?«

»Ja, ziemlich ungewöhnlich. Ich habe mich mit meiner Schwester immer gekabbelt, die nie.« Er lachte.

»War das der einzige Unterschied?«, hakte Jung nach.

»Reicht das nicht? Das sagt doch eigentlich alles. Aber es gab noch einen Unterschied. Imke hatte Asthma, meine Schwester nicht.« Er lachte kurz und zeigte dann einladend auf einen Tisch am Fenster.

»Möchten Sie nicht erst einmal Platz nehmen und etwas trinken? Dann redet es sich leichter.«

»Ja, gerne. Leisten Sie mir Gesellschaft?«

»Ich bringe Ihnen die Karte. Vielleicht wählen Sie auch gleich das Essen. Der Koch kann dann schon mal loslegen.«

»Gute Idee. Können Sie mir etwas empfehlen?«

»Selbstverständlich«, erwiderte er stolz. »Wir haben ein Mittagsmenü. Geradezu gemacht für Sie. Leicht und locker. Hinterher fällt man garantiert nicht ins Suppenkoma.« Sie lachten. »Dazu würde sehr gut ein Weißburgunder aus Rheinhessen passen, wenn Sie nicht gerade auf Wasser bestehen.«

»Gern. Ein Glas Wein wird mich nicht umhauen.«

»Dieser bestimmt nicht. Ich bin gleich wieder da.«

Er ließ Jung allein und verschwand hinter den Tresen. Jung hörte eine Tür klappern. Er war früh und der einzige Gast. Die Möglichkeit, ihr Gespräch fortsetzen zu können war groß.

Wenig später kam Sven mit dem Wein zurück und setzte sich Jung gegenüber an den Tisch.

»Zum Wohl, Herr Jung.«

»Danke. Sie trinken nicht?«

Jung nahm einen Schluck. Der Wein war tatsächlich sehr leicht und gefiel ihm gut.

»Nein, meine Arbeit, Sie verstehen. Wo waren wir stehen geblieben?«

»Bei Imkes Krankheit«, nahm Jung den Faden wieder auf. »Hat sie eigentlich ihre Krankheit schwer belastet? War sie in ihren Aktivitäten eingeschränkt?«

»Sie ist damit souverän umgegangen, das muss ich wirklich sagen. In ihrem Alter ziemlich beeindruckend.«

»Können Sie das näher erläutern?«

»Sie hatte hin und wieder Anfälle. Aber sie steckte

das weg, als wenn nichts gewesen wäre. Sie ließ sich davon überhaupt nicht beunruhigen.«

»Waren Sie mal dabei?«

»Ja, einmal glaubte ich wirklich, sie packt's nicht mehr. Sie hatte ihren Inhalator irgendwo liegen lassen. Kam äußerst selten vor. Aber sie hatte ja Hauke. Er war immer da, wenn sie ihn brauchte.«

»Und wenn er mal nicht da war? Was hat sie dann gemacht?«

»Wie gesagt, kam so gut wie niemals vor. Aber irgendwann musste ja mal was schiefgehen. Aber so was, darauf wäre ich nie gekommen.«

»Wie meinen Sie das? Der Fall hat doch nichts mit ihrem Asthma zu tun.« Jung sah seinen Gegenüber erstaunt an.

»Doch, das war mein erster Gedanke. Vielleicht war sie irgendwo mutterseelenallein unterwegs, wo ihr keiner helfen konnte und wo keiner sie vermutete. Sie wurde lange gesucht. Das Ergebnis kennen Sie ja. Das hat mich überzeugt.«

»Dass sie Opfer eines Verbrechens wurde«, ergänzte Jung.

»Ja. Es kann nicht anders sein, denke ich.«

»Und ihr Bruder? Was dachte der?«

»Hauke dachte das gleiche wie ich, anfangs. Ich weiß nicht warum, aber er blieb auch später bei seiner Meinung. Kein noch so gutes Argument konnte ihn umstimmen. Er tat mir leid.«

»Warum?«

»Wissen Sie, wie das ist, wenn ein Mensch der Realität nicht ins Auge sehen kann? Er wird wunderlich.«

»Sie waren gute Freunde, nicht wahr? Sie haben zusammen eine Ausbildung in Husum gemacht.«

»Ja, im besten Hotel. Wir passten gut zusammen. Schade. Als er ging, war ich sauer.«

»Warum?«

»Ich hätte das hier gerne mit ihm zusammen gemacht. Wir konnten uns blind aufeinander verlassen.«

»Schon während der Ausbildung?«

»Wir ergänzten uns perfekt. Was er nicht konnte, konnte ich, und umgekehrt.«

»Zum Beispiel?«

Die Tür zur Gaststube hatte sich geöffnet. Jung musste auf seine Antwort warten. Ein paar Gäste traten ein. Sven erhob sich und begrüßte die Neuankömmlinge. Es dauerte eine Weile, bis er wieder zu Jung an den Tisch kam.

»Die Arbeit ruft. Haben Sie noch Fragen?«

»Ganz kurz, dann lasse ich sie in Ruhe. Sie erwähnten, dass er etwas konnte, das Sie nicht konnten. Was war das?«

»Er hatte einen guten Draht zum Chef. Er konnte ihn geradezu um den Finger wickeln. Ich nicht. Ich war der Praktische, der Mann fürs Grobe, der Neger des Bosses, wenn ich das mal so sagen darf. Das gefiel mir nicht. Ich fand ihn laut und …, also irgendwie ging er mir gegen den Strich, obwohl ich zugeben muss, dass er was von seinem Metier verstand.«

»Mehr nicht?«

»Das ist 'ne ganze Menge, meinen Sie nicht?« Er

sah Jung fragend an und fuhr dann fort: »Ich war anders als Hauke. Wenn es mir zu bunt wurde, haute ich auch mal kräftig auf die Sahne. Er hat mich da immer wieder rausgepaukt und beim Chef für gut Wetter gesorgt, obwohl der durchaus den ein oder anderen Grund gehabt hätte, mich zu feuern. Hauke kam mit Menschen einfach gut zurecht, selbst mit den unmöglichsten Typen. Ich habe mir das über Jahre mühsam aneignen müssen.«

»Ist Ihnen gut gelungen«, bemerkte Jung schmunzelnd.

»Danke. Hat mich auch verdammt viel gekostet.«

»Ohne Kampf kein Mampf!«, kommentierte Jung launig. Sie lachten.

»Unsere Lehrjahre in Husum waren im Großen und Ganzen in Ordnung. Ich habe viel gelernt. Sonst könnte ich das hier gar nicht machen. Ich hätte Hauke gern im Boot gehabt.«

»Wissen Sie, wo er hin ist?«

»Ja, nach Australien. Wo genau da, weiß ich nicht. Er verschwand eines Tages. Nicht auf die feine Art. Ich kam gar nicht dazu, mit ihm über mein Projekt zu reden. Wir hätten ein Dreamteam abgegeben, jede Wette! Schließlich sagte ich mir, was soll's, dann mach ich es eben allein. Schade ist es trotzdem.«

»Okay. Ich stärke mich jetzt und Sie können Ihrer Arbeit nachgehen. Danke, Sie haben mir sehr geholfen. Vielleicht komme ich noch einmal wieder, wenn Sie mehr Zeit haben.«

»Gerne. Ich bringe Ihnen das Essen. Als 1. Gang gibt es ein Carpaccio di Cipriano.«

»Klingt verheißungsvoll.«

»Ist es auch. Guten Appetit.«

Sven verließ Jung und widmete sich neuen Gästen, die am Tresen auf sich aufmerksam machten.

Jung genoss das Essen. Kein Wunder, dass der Klavierlehrer die Küche empfohlen hatte. Die gebratene Scholle, die ihm als Hauptgang serviert wurde, hatte er schon lange nicht mehr so frisch und nach Meer duftend auf dem Teller gehabt.

Ihm ging durch den Kopf, was er heute gehört hatte. Die Bandbreite zwischen dem, was Dörthe in Imke gesehen hatte und dem, was Sven aufgefallen war, brachte Jung ins Grübeln. Die schillernden Charaktereigenschaften der Geschwister und ihr ungewöhnliches Verhältnis kamen ihm merkwürdig vor.

Schließlich bezahlte er und verabschiedete sich von Sven. Jung glaubte wirklich, der Familie Carl näher gekommen zu sein. Aber nicht seine Zuversicht hatte zugenommen, sondern seine Verwirrung. In Gedanken versunken machte er sich auf den Weg zurück nach Flensburg.

Als er über die Husumer Straße in die Stadt hineinfuhr, entdeckte er im Nordosten, vor der Nikolaikirche, ein erstes Wolkenloch. Ein fahler Sonnenstrahl fiel auf den Kirchturm. Übermorgen ist Heiligabend, dachte Jung, und das Wetter stellt sich um wie auf Bestellung und wie wir es gewohnt sind. Er gab sich der trügerischen Hoffnung hin, dass die

Tage zwischen Weihnachten und Neujahr ähnlich wie in den letzten Jahren verlaufen würden: ruhig und ohne Sensationen.

WEIHNACHTEN

Jung war froh, als die Weihnachtstage hinter ihm lagen. Nicht, dass er für Feste nicht empfänglich gewesen wäre. Er liebte die Musik, die zu diesem Freudenfest komponiert worden war. Bachs Weihnachtsoratorium oder die Concerti grossi von Corelli, Geminiani, Vitali und Torelli verströmten einen Geist, den er bewunderte und der ihm guttat. Er übernahm auch ohne Murren den Einkauf und das Aufstellen des Weihnachtsbaums. Es hätte ihm etwas gefehlt, wenn Svenja auf jede Weihnachtsdekoration verzichtet hätte. Er empfand es auch als gute Sitte, sich zu Weihnachten gegenseitig zu beschenken, da er gerne schenkte.

Allerdings verspürte er bereits seit etlichen Jahren, dass das weihnachtliche Gedöns, das schon im November einsetzte, und das erst am Vormittag des 24. sein überkandideltes Ende nahm, den festlichen Anlass mehr und mehr verdrängte und ihm mächtig auf die Nerven ging. Er hasste es, wie der Geschäftssinn alles und jedes zu Geld machte. Neben den Jubelschreien oder dem Jammern und Zetern des Einzelhandels über die Umsatzzahlen verkam die frohe Botschaft zum Gewimmer verbohrter, weltfremder Spielverderber. Er hätte dieser Pervertierung, so sah er das, gerne etwas Starkes entgegengesetzt. Etwas, das er gelernt hatte und beherrschte, und das ihn in die Lage versetzt hätte, den Geist des

Festes festzuhalten. Denn das schien ihm das Wichtigste zu sein, was Eltern ihren Kindern schenken konnten. Predigten von der Kanzel lauschte er nicht mehr. Zu oft schien es ihm, als werde er da zum Objekt plumper Belehrungsversuche degradiert oder zum Zuhörer uninspirierter Vorträge oder Drohreden missbraucht. Predigten leisteten seiner Meinung nach nicht, was zum Beispiel das gemeinsame Musizieren in der Familie oder mit Freunden vermittelte. Er wünschte, sich eine Atmosphäre schaffen zu können, in der der Duft von Weihnachtsbäckerei und Kerzenlicht nicht nur in die Nasen stieg, sondern auch subtilere Ebenen stimulierte. Dass das möglich war, davon war er überzeugt, weil er es selbst so erlebt hatte.

Seine Mutter hatte ihn schon in jungen Jahren zum Geigenunterricht geschickt und darauf geachtet, dass er regelmäßig übte. Das musste sie auch, denn er hatte kein Talent. Er selbst spürte das. Es strengte ihn an und ließ ihn unbefriedigt. Er gewann nie eine spielerische Leichtigkeit, die ihn bei der Stange gehalten hätte. Aber seine Mutter und seine Lehrer zwangen ihn weiterzumachen. Er hasste sie dafür, noch heute, denn zumindest die Lehrer hätten es besser wissen müssen. Sie waren gute Musiker und es wäre ihre Pflicht gewesen zu sagen, dass seine Versuche auf der Geige verlorene Mühe und Zeit waren, die woanders besser hätten genutzt werden können. Später fragte er sich oft, was sie dazu bewogen haben mochte. Die Motive seiner Lehrer schienen ihm auf der Hand zu liegen. Als Musiker waren sie seinerzeit arme Schlucker und mehr oder weniger gezwungen gewesen, jede Geldquelle am Sprudeln zu halten. Und seine Mutter wollte sicherlich nur das Beste für ihren Sohn. Aber ihre Vorstellungen vom Besten, so sah Jung das, waren getrübt und von untauglichen Vorbildern geleitet.

Dennoch lernte er. Nur nicht auf der Geige. Er wurde in jungen Jahren mit klassischer Musik bekannt gemacht. Sie stärkte ihn in seinem Urteil über sein Talent, denn an ihrer handwerklichen Klasse, ihrer Spiritualität und ihrem hohen, selbstverständlichen Anspruch schieden sich die Geister, und die Spreu trennte sich vom Weizen. Er schämte sich, wenn er auf seiner Geige versuchte, die Musik der alten Meister zu spielen.

*

Jung hatte sich Gedanken gemacht, wie er seinem Wunsch nach einem gelungenen Weihnachtsfest auch ohne Talent auf der Geige nahekommen könne. Dazu fiel ihm erst einmal ein, den Rummel nicht mitzumachen. Er hatte mit Svenja des Öfteren diskutiert, ob sie über Weihnachten nicht alle zusammen in den Schnee, nach Norwegen oder in die Alpen fahren sollten. Aber war das eine Lösung? Es wäre bequem gewesen, gab Jung zu. Aber wer weiß, vielleicht wären sie vom Regen in die Traufe gekommen. Die Wahrscheinlichkeit dafür war groß. Letztlich hätten sie sich eine solche Reise zu viert gar nicht leisten können, ohne jeden Euro zweimal umdrehen zu müssen Das hätte die Freude am Reisen schon mal gleich halbiert.

Außerdem sträubten sich ihre Kinder mit Händen und Füßen dagegen. Sie wollten unbedingt einen eigenen Weihnachtsbaum mit Kerzen und vielen Geschenken darunter, am ersten Weihnachtsfeiertag lange ausschlafen, danach mit ihren Freunden zusammen sein oder telefonieren. Oma und Opa sollten kommen, und sie wünschten sich, dass Mama ein ordentliches Festessen auf den Tisch brachte. Sie liebten den Duft von Papas bester Davidoff, wenn sie nachmittags nach der Kaffeerunde mit ihren Freunden oder den Alten eine Runde Siedler von Catan spielten.

Dieses Jahr verbrachten sie Heiligabend allein. Ihre Tochter Cara ging in Japan zur Schule. Und Clemens kam erst sehr spät am Heiligabend mit seiner Freundin aus dem Studium (sie hatten bis zum Mittag noch im Supermarkt arbeiten müssen). Jung freute sich, Svenja mit seinem Geschenk in Verzückung versetzt zu haben. Später holten sie dann ihren Sohn vom Bahnhof ab. So gestalteten die Umstände das Fest in diesem Jahr anders als in den Jahren zuvor. Jung hatte es nicht schlechter gefallen als sonst, obwohl er seine Tochter vermisste. Und er war auch genauso froh wie sonst, als es vorbei war.

*

Jung erreichte zu Weihnachten eine Grußkarte seines ehemaligen Klassenkameraden Immo Tammen.

Sein Erstaunen darüber hätte nicht größer sein können, als wenn seine verstorbene Mutter sich bei ihm gemeldet hätte. Schon in der Schule hatte Jung wenig mit ihm zu tun gehabt. Er erinnerte sich an ihn als einen exzentrischen Zeitgenossen, mit dem er wenig gemein zu haben glaubte. Aus heutiger Sicht fragte er sich, wer von ihnen beiden exzentrischer und ob sein Urteil nicht eher von einem uneingestandenen Neid auf Immos Unbeschwertheit diktiert gewesen war als von nüchterner Sachlichkeit.

In einem kurzen Begleitbrief lud Immo ihn für das Silvesterwochenende nach Husum ein. Er sei auf die Idee gekommen, alle ehemaligen Klassenkameraden anlässlich ihres anstehenden Abiturjubiläums zusammenzubringen. Er habe alle bis auf zwei ausfindig machen können und lade sie allesamt nach Husum in sein Hotel ein. Als Jung den Namen des Hotels las, war seine Verblüffung groß. Sein ehemaliger Klassenkamerad war derjenige, der ihre alte Schule erworben und in das beste Hotel am Platz verwandelt hatte. Er war also schon seit Jahren sein Nachbar, wenn auch ein etwas entfernter. Jung hatte davon nichts geahnt. Immo teilte offensichtlich Jungs Berührungsängste nicht, sondern hatte aus der alten Schule das Beste gemacht. Jung imponierte das, und er musste nicht lange überlegen, ob er der Einladung Folge leisten sollte oder nicht. Außerdem führte ihn die Einladung genau dahin, wohin ihn die Arbeit an seinem Fall sowieso gebracht hätte.

Die Einladung war nicht die einzige Auffälligkeit

am Ende dieses Jahres geblieben. Wie von Jung vorausgeahnt, hatte es über die Festtage länger geregnet und die Temperaturen waren angestiegen bis auf Werte, die keinen Gedanken an Winter aufkommen ließen. Es war ungewöhnlich warm. Der lebhafte Nordwestwind, der normalerweise zu dieser Zeit eine frische aber milde Meeresluft ins Land bläst, stellte sich dieses Jahr nicht ein. Es wehte ein Südwestwind, der eine ganz und gar unwirkliche Atmosphäre heraufbeschwor.

Als Jung sein Auto im Hof der Polizei-Inspektion abgestellt hatte und den Eingang zum Treppenhaus betrat, begrüßte ihn Petersen aus seiner Wachstube.

»Moin, Herr Oberrat. Schöne Festtage gehabt?«

»Moin, Petersen, ja danke. Und selbst?«

»Na ja, ging so. Bei dem Wetter kommt ja keine Stimmung auf. Da denkt man doch an sonst was, nur nicht an Weihnachten.«

»Ja, merkwürdig warm ist es dieses Jahr. Und sonst?«

»Ihre Beförderungsurkunde und die Medaille sind gekommen. So fühlt sich der Umschlag jedenfalls an.«

Petersen reichte ihm einen braunen DIN-A4-Umschlag.

»Dann werden die ja wohl auch die Champagnerrechnung mitgeschickt haben. Schöner Anfang.«

»War doch für eine gute Sache, Herr Jung. Besser als ein Strafzettel für zu schnelles Fahren.«

»So kann man das natürlich auch sehen. Schönen Tag, Petersen.«

»Danke ebenso, Herr Oberrat.«

Jung stieg die Treppen hinauf in den ersten Stock und öffnete die Tür zu seinem Büro. Es war ruhig im Haus. In den Tagen bis nach Neujahr hatte die Polizei in der Regel Hochkonjunktur. Dieses Jahr nicht. Und Holtgreve hatte sich offensichtlich die Tage zwischen den Jahren freigehalten und Urlaub genommen.

Zuerst rief er in Husum an, um Immo für das Treffen über Silvester zuzusagen. Sein alter Klassenkamerad war zwar im Haus aber im Moment nicht zu erreichen. Jung bat die Sekretärin um Rückruf, sobald der Herr Direktor frei sei.

Dann widmete Jung sich dem Aktenstudium. Seine Kollegen hatten ein Sexualdelikt mit tödlichem Ausgang im Blick gehabt, als sie den Fall des spurlos verschwundenen Mädchens untersuchten. Diese Vermutung war nicht von der Hand zu weisen. Auch Jung dachte noch vor der Durchsicht der Untersuchungsergebnisse in diese Richtung. Bei so einem Verbrechen lag dieser Verdacht immer sehr nahe. Nach dem Studium der Akte hatten ihn aber die Untersuchungsergebnisse davon überzeugt, dass in dieser Richtung nicht der Hauch eines Anhaltspunktes auszumachen gewesen war. Die Recherchen waren umfangreich und überzeugend gewesen. Jung sah es als zwecklos an, hier weiterzumachen.

Ihm war nach dem Besuch des Friseursalons in Bredstedt in den Sinn gekommen, die unmittelbare

Nähe des Mädchens noch einmal nach besten Freundinnen oder Freunden zu durchforsten. Nach der ersten Durchsicht der Protokolle war diesbezüglich nichts in seinem Gedächtnis haftengeblieben, was ihm anfänglich unnatürlich vorkam. Nur der Tipp des Klavierlehrers hatte ihm zu ein paar neuen Informationen verholfen. Und auch jetzt, nachdem er die Akte noch einmal gezielt durchgelesen hatte, war er nicht klüger geworden. Die Klassenkameradinnen und –kameraden waren natürlich befragt worden. Ihre Aussagen blieben aber ungewohnt unverbindlich und zurückhaltend. Sie hatte keine beste Freundin gehabt, und die Jungen in ihrer Klasse schienen sie kaum gekannt zu haben. Was mochte dahinterstecken? Die Antwort lag eigentlich nahe. Nur seine Skepsis gegenüber vorschnellen Schlüssen hatte ihn bewogen, noch einmal gründlich die Akte durchzugehen. Kinder, die bei Lehrern und Erwachsenen auf offene Zuneigung stoßen, haben es in der Regel schwer, bei ihren Altersgenossen auf Anerkennung und Gegenliebe zu stoßen. Neid und ein uneingestandenes Minderwertigkeitsgefühl hindern sie daran. Ein Mädchen, das leidenschaftlich gerne Klavier spielte und alle Zeit und Kraft ins Üben steckte, war für alle, die nichts Vergleichbares auf die Beine brachten, ein Menetekel der eigenen Unzulänglichkeit. Ihr Verhalten ihr gegenüber war Ausdruck der Verdrängung dieses unangenehmen Gefühls. Jung überlegte kurz, ob Neid und Missgunst als Motiv ausreichen würden, eine Mitschülerin zu töten. Er verwarf diesen Gedanken sehr schnell. Der Täter oder die Täterin hätte in diesem Fall genau die Eigenschaften haben müssen, deren Mangel sie so fürchterlich peinigte: nämlich Eigeninitiative, Arbeitsbereitschaft, Fantasie und Energie. Nein, ein Typ, der eine solche Tat geplant und in der Lage gewesen wäre, sie auch durchzuziehen, hätte sein Opfer eher zur Freundin gehabt. Ein Verbrechen im Affekt lag näher. Aber in diesem Fall hätte der Täter danach sehr cool und verdammt clever die Spuren verwischt, und das erforderte die vollständige Abwesenheit jeder Affektation. Seine Überlegungen verwirrten Jung.

Das Telefon klingelte. Er dachte sofort an Immo und meldete sich: »Jung, moin.«

»Tammen am Apparat. Guten Tag. Sie baten um meinen Rückruf. Was kann ich für Sie tun?« Seine Stimme klang professionell. Sie hatte diese unnachahmliche Mischung aus Zuwendung und gänzlicher Interesselosigkeit.

»Tomas Jung hier, dein alter Klassenkamerad. Du hast mich über Silvester eingeladen.«

»Aber hallo, natürlich, Jungi, altes Haus. Du musst entschuldigen, meine Sekretärin hat uns verbunden. Aber ich war ganz woanders. Und das Alter, das Alter. Oh je, oh je, es trifft uns alle. Oder dich etwa nicht?« Er lachte laut, und Jung sah ihn geradezu vor sich, wie er vor lauter freudiger Überraschung den Kopf in den Nacken warf, den Telefonhörer vom rechten auf das linke Ohr wechselte und den Bürohimmel lauthals anlachte.

»Ja, Immo, recht hast du. Aber das Alter hat auch

seine Vorteile.« Jung hatte Mühe sich auf die Ebene seines Gesprächspartners einzustellen.

»Welche sind das denn, Jungi? Mensch, noch immer der alte Miesepeter mit den tiefschürfenden Gedanken?«

Immos Humor kam Jung bekannt vor. Der Klang und die Diktion versetzten ihn zurück in seine Schulzeit. Sein Erstaunen darüber, wie frisch das Gefühl war, so, als hätte es die Jahre dazwischen gar nicht gegeben, grenzte fast an Entsetzen. War die Zeit wirklich so unwirksam und die vermeintliche Weiterentwicklung aus schmerzlichem Erleben und angesammelter Erfahrung nur pure Einbildung? Jung war peinlich berührt. Er wechselte ins Pragmatische, wo er sich wohler fühlte.

»Immo, nun sag mal, wie hast du uns alle gefunden?«

»War 'ne Schnapsidee. Ich fand das ganz lustig. Um ehrlich zu sein, ich hab die Recherche meiner Sekretärin überlassen. Sie ist schon lange bei mir, die gute Seele. Ich wüsste gar nicht, was ich ohne sie machen sollte. Du kennst das ja sicherlich. Hat sie gut gemacht, nicht wahr?«

»Ja, bis auf zwei. Wer sind die denn?«

»Ja, warte mal. Die zwei Ausfälle sind Jost und Udo.«

Jung überlegte kurz.

»Immo, du musst mir helfen. Jost, wer war das noch?«

»Ha, Jungi, erwischt. Doch schon alt geworden, was? Aber nichts für ungut, mir ging es nicht anders.

Aber an Jost erinnere ich mich sehr gut. Das war der große Blonde mit dem mediterranen Charme. Nichziol hieß er mit Nachnamen.«

Jung stutzte kurz und versuchte sich vorzustellen, wie er sich einen mediterranen Charme vorzustellen habe. Die Wortwahl schien ihm befremdlich zumindest aber ziemlich exotisch.

»Ah ja, jetzt dämmert es auch bei mir«, erwiderte er. »Natürlich, er hatte einen runden Rücken und fuhr ein klappriges Fahrrad mit französischem Lenker, nicht wahr?«

»Genau, genau, das war er. Er ist schon lange tot. Während seines Studiums oder kurz danach bei einem Verkehrsunfall ums Leben gekommen. Aus die Maus. So früh, schrecklich. Sönke erzählte mir das, als ich mit ihm sprach.«

Jung konnte auch niemanden namens Sönke in seiner Erinnerung ausgraben. Er wollte nicht länger fragen und mit jeder Frage noch dümmer dastehen als vorher. Er ging deshalb in die Offensive.

»Und Udo? Wo ist der abgeblieben?« Jungs Sprachmimik suggerierte, als wisse er genau, von wem er sprach.

»Ja, Udo, weiß der Henker, wo der steckt. Schon damals hatte man ja Schwierigkeiten, ihn überhaupt zu sehen. Du erinnerst dich doch, Jungi altes Haus, nicht wahr?«

Ja, jetzt erinnerte sich Jung an den großen, etwas grob und unbeholfen wirkenden Jungen mit dem kräftigem, strubbeligem Haarschopf. Er sagte nie viel und sprach immer leise und gleichmäßig, so, als wolle er sich entschuldigen für das, was er zu sagen hatte. Er wagte nie, laut zu werden. Ein Dauergrinsen war auf seinem Gesicht festgezurrt und gab ihm eine dümmliche Aura. Sie verhinderte zu erkennen, dass er intelligent und voller Neugier war.

»Ja, natürlich«, erwiderte Jung. Er wechselte das Thema, um nicht noch länger über ehemalige Klassenkameraden reden zu müssen. »Und jetzt hast du dich an der alten Schule gerächt und sie nach deinem Willen umgemodelt. Ist dir übrigens gut gelungen, Immo, mein Kompliment.«

»Gerächt? Aber Jungi, nicht doch, nicht doch. Ich hab ihr ein würdiges Denkmal gesetzt. Die alte, stinkige Penne mit ihren witzigen Typen, das ist doch heutzutage 'n Hit, Mensch.«

»Ich fand daran gar nichts witzig, Immo.«

»Ach Jungi, alter Miesepeter, doch immer noch der Alte. Was machst du denn eigentlich beruflich? Wenn man dich so reden hört, könnte man glauben, du hast ein Beerdigungsunternehmen.« Er lachte laut, und Jung wurde es langsam unbehaglich.

»Du liegst damit gar nicht mal so falsch. Ich bin bei der Polizei.«

»Aber doch wohl nicht bei den Leichenbeschauern, oder?« Immo stieß erneut eine Kaskade lauter Lacher ins Telefon.

»Nein, aber bei der Kripo. Ich bin Leiter des Dezernats für unaufgeklärte Kapitalverbrechen bei der Polizei-Inspektion Nord in Flensburg.«

»Was?«

Es entstand eine Pause. Jung registrierte erstaunt,

dass Immo es bei einem einzigen Wort beließ und nicht wieder in homerisches Gelächter ausbrach. Nach einer kurzen Pause fragte er: »Was ist los? Ist das was Schlimmes?«

»Nein, nein, Jung. Kein Problem.«

Immos dröhnende Jovialität hatte ein jähes Ende gefunden. Jung stellte wieder einmal fest, dass auch bei Immo wirkte, was er schon so oft vorher erlebt hatte. Es schien ein kollektives Schuldbewusstsein zu geben, das sich immer dann offenbarte, wenn ein amtlich legitimierter Rächer sich zu erkennen gab. Jung leitete das Ende des Telefonats ein.

»Wir sehen uns am Wochenende. Dann quatschen wir weiter. Gibt es ein Programm, Immo?«

»Nein, Jung. Wir essen abends zusammen. Du kommst am Nachmittag einfach hierher. Ich bin da, und alles Weitere ergibt sich mit den anderen. Ich wünsch dir was. Bis dann. Tschüss.«

»Tschüss, bis Samstag, Immo.«

Jung legte den Hörer auf und lehnte sich zurück. Er war froh, dass Gespräch zu Ende gebracht zu haben. Sein anfänglicher Enthusiasmus war einer Skepsis gewichen, die die Frage aufwarf, ob er nicht lieber zu Hause bleiben sollte. Daran war natürlich nicht ernsthaft zu denken. Es schien ihm auch unangebracht, wenn er an sein berufliches Anliegen dachte.

Er musste Fakten zur Familie sammeln. Der Bruder des Mädchens hatte bei seinem alten Klassenkameraden eine Ausbildung zum Hotelkaufmann gemacht. Der Freund auch. Immo musste sie also kennen. Der Gedanke daran, bei Immo auf feine Details stoßen zu können, die ihm weiterhelfen könnten, ließ Jung allerdings mit dem Kopf schütteln. Dennoch musste er es versuchen. Das Klassentreffen würde vielleicht Möglichkeiten eröffnen. Jung hatte schon öfter die Erfahrung gemacht, dass über private oder halboffizielle Wege Ergebnissen zu erreichen waren, die auf offiziellen Wegen nicht möglich waren. Allerdings erforderte das Konzentration und erhöhte Wachsamkeit. Er verpflichtete sich vor sich selbst, sich bei den anfallenden Trinkgelagen zu disziplinieren und zurückzuhalten.

Über seinen Gedanken brütend tauchte plötzlich die Frage auf, warum eigentlich die Einladung nur an die Klassenkameraden und nicht auch an deren Ehefrauen, Lebenspartnerinnen oder Freundinnen ergangen war. Üblicherweise verbrachte man den Jahreswechsel doch mit seinen nächsten Angehörigen und Freunden auf Dinner-Partys, Gesellschaften, Bällen oder zu Hause. Er nahm sich vor, Immo darauf anzusprechen.

Ihn selbst betraf das nicht. Er machte sich aus Silvester nichts und verbrachte den Abend am liebsten im Kreise seiner Familie, mit Frau und Kindern und ihren Freunden bei Karten- oder Brettspielen und mit Fondue, Kartoffelchips, Coke, Knallkörpern, Leuchtraketen und Tischfeuerwerk. Kam für ihn eine Flasche Penfolds, Winemaker Selection dazu und ein leichter Cremant zum Anstoßen auf das neue Jahr, dann war er glücklich und zufrieden.

Seine Kinder waren dieses Jahr nicht daheim.

Also würde ein gemeinsamer Silvesterabend ausfallen. Er musste mit seiner Frau darüber sprechen. Sicher würde Svenja die Gelegenheit gerne nutzen, mit ihren Freundinnen zu feiern, falls die noch nichts anderes vorhatten. Eine der intelligenteren von ihnen hatte in Svenja bei passender Gelegenheit die Queen of Small Talk erkannt und mit sicherem Gespür für die Qualitäten ihrer Freundin allen kund und zu wissen gegeben, dass Svenja sich auf Gesellschaften so elegant und geschmeidig bewegte wie ein Fisch im Wasser.

DER GROSSE SCHNEE

In den Tagen vor dem Jahreswechsel war es kälter geworden. Der Himmel zog sich mit dichten, schweren Wolken zu. Jung beobachtete verwundert, dass die bedrohlichen Wolken von Norden heranzogen, der Wind aber noch immer aus südlicher Richtung wehte.

Als er sich am Samstag ins Auto setzte und nach Husum aufbrach, war die Temperatur weiter gefallen. Das Display im Auto zeigte nur noch 2 Grad plus und einen Schneestern. Es hatte angefangen zu regnen. Schneeflocken mischten sich mehr und mehr unter die Regentropfen. Das Fahren war beschwerlich und unangenehm. Als er das Auto in Husum auf dem Parkplatz vor Immos Hotel abgestellt hatte, war er froh, es hinter sich gebracht zu haben, obwohl sein Weg doch verhältnismäßig kurz und er nur eine gute halbe Stunde unterwegs gewesen war.

Er betrat den Windfang am Eingang zur Lobby und blieb stehen. Rechts begrüßte ihn eine Tafel als Teilnehmer am ›Schoolclass-Anniversary-Meeting‹. Links stand eine Staffelei mit Flyern des Touristenbüros Nordfriesland/Husum und anderer Veranstalter kultureller Events in der Region. Durch die Glastür sah er einen Pulk Männer, die aufeinander einredeten. Er erschrak heftig. Er erkannte sie alle sofort wieder.

Mittendrin stand Immo, mit Joachim zusammen der Größte von ihnen allen, so um die 1,90 Meter. Er hatte schon damals immer etwas Breitbeiniges und hatte laut und von häufigen Lachern unterbrochen von oben herab gesprochen. Er fasste sich noch immer ab und zu wie beiläufig an die Nase. Joachim neben ihm, ebenso groß, gewichtig, aber ernster. Sein großen Schädel war beeindruckend und passte gut auf seinen massigen Rumpf. Seine markanten, scharfen Gesichtszüge, sein breiter Mund mit einem kräftigem Gebiss und seine imponierende Kinnpartie fielen auf. Er hatte schüttere graue Haare und eine Halbglatze.

Einer der Kleinsten war Dieter. Er sah schon als Schüler aus wie Harry Potter mit seiner auffälligen Brille. Er hatte die gleiche Figur wie damals und trug noch immer eine Brille im Harry-Potter-Stil. Seine angeborene Witzigkeit machte ihn zum Klassenclown. Egal zu was oder wem er sich äußerte, er trieb seinen Mitschülern vor Lachen die Tränen in die Augen. Sein Nachname war Bäng, und so war auch seine Wirkung auf seine Umgebung.

Die guten Sportler hatten auch jetzt noch die beste Haltung, die Streber standen noch heute geduckt und zurückgezogen in der Gegend und lauschten, was andere zu sagen hatten, und verarbeiteten erstmal alles, bevor sie zu einem überaus gewichtigen und druckreifem Statement ansetzten.

Und er selbst? Er wagte sich gar nicht auszumalen, wie er den anderen erscheinen musste. Es war zu vermuten, dass es seinen Mitschüler mit ihm genauso ging wie ihm mit ihnen. Er war peinlich berührt. Sie erinnerten ihn an die hochfliegenden Pläne und Vorstellungen von der besseren Welt da draußen, jenseits des Elternhauses und der Schule, die ihn an einen Ort tragen sollten, wo es besser zuging als hier, wo er ohne sein Zutun und ohne, dass er wenigstens ein einziges Mal dazu befragt worden wäre, hingestellt worden war.

Mit einem Gefühlsmix aus Beklemmung, Neugierde und Unsicherheit betrat er die Lobby. Sie drehten sich alle zu ihm um, und die Gespräche brachen ab. Als er die Lobby durchschritt, kam er sich vor wie auf einem Catwalk, auf dem die neuesten Karrieremodelle vorgeführt wurden. Er fürchtete zu versagen, und als er die ersten Hände geschüttelt hatte und ihm sein Spitzname, der ihm nach einer Comicserie, die Petzi, Pelle und Pingo hieß und von den lustigen Abenteuern eines Bärenjungen, eines Pelikans und eines Pinguins erzählten, als ihm also sein Spitzname zugerufen wurde, entspannte er sich und wusste auf einmal, dass er immer zu ihnen gehören würde und auch wiederum nicht.

»Pingo, wo kommst du denn her?«

»Aus Flensburg, was meinst denn du?«

»Zu dir hätte eher gepasst, du hättest aus China angerufen und schöne Grüße ausrichten lassen.«

Sie lachten laut. Und da hatte er es, jetzt schon, gleich zu Beginn: Sie mussten damals schon gespürt haben, was er nie laut zu sagen gewagt, aber was ihn immer bewegt hatte: nur weg, weg, weg.

»Jetzt ist er da, wo er uns allen den Garaus machen kann«, dröhnte Immo aus seiner Höhe auf sie herab. Jung fand seine Wortwahl merkwürdig deplatziert.

»Wieso? Ist er bei der Steuerfahndung?« Joachim lachte laut und alle stimmten ein.

»Nein, aber bei der Kripo. Er hat es mir am Telefon gebeichtet.«

Das Wort gebeichtet fand Jung in diesem Zusammenhang peinlich überzogen.

»Immo, wo kriegen wir denn jetzt etwas zu trinken her? Ich brauch einen guten Schluck, wenn ich euch länger ertragen soll.« Kumpelhaftes Gelächter und Schulterklopfen folgten auf Jungs Bemerkung.

»Also, was ist, Immo?«, insistierte Jung.

»Jungi, immer der Alte, immer auf den Punkt. Klar, wir gehen jetzt in den Karzer, da, wo wir sowieso hingehören.«

Unter Gelächter und Kopfschütteln stiegen sie die Treppe in die Weinstube hinunter. Die Gesellschaft seiner alten Kameraden erleichterte es Jung, nicht die Gefühle aufkommen zu lassen, die ihn sonst hier beschlichen hatten. Außerdem wusste er, dass Immo eine gute Weinkarte vorweisen konnte. Wahrscheinlich zeichnete sein Küchenchef dafür verantwortlich, denn in dieser Hinsicht traute Jung seinem Klassenkameraden nicht viel zu.

»Du bist also bei der Kripo gelandet?« Joachim setzte sich neben Jung an einen Tisch.

»Ja, ich habe mich gleich nach dem Studium dazu entschlossen.«

»Wolltest du nicht Arzt werden?«

»Das stand in der Zeitung, ja«, gab Jung zu. »Aber wusstest du schon vor dem Abitur, was du hinterher machen willst?«

»Ja, bei mir war das ganz klar.«

»Ach richtig, du warst ja der begnadete Chemiker und hattest nichts anderes im Sinn, als es ordentlich knallen zu lassen, ich erinnere mich. Und jetzt bist du bei der BASF im Vorstand, oder was?«

»Nee, weit gefehlt. Ich hab mit Chemie nur noch ganz entfernt zu tun, ungefähr genauso viel wie mit Babykost oder Glühbirnen.«

»Was ist passiert?« Jungs Interesse war aufrichtig. »Erzähl mal.«

»Das ist eine witzige Story, obwohl ich sie damals gar nicht witzig fand. Ich hab in Berlin Chemie studiert. Die Zeiten waren bewegt, und eines Tages fand ich mich als Zaungast auf einer Studentendemo wieder. Ich wusste gar nicht, wogegen oder wofür da marschiert wurde. Aber es war ein unheimlicher Massenandrang, und die Polizei schritt mit Hundertschaften ein, um die Demonstranten auseinanderzutreiben. Dabei wurde ich abgedrängt und fiel in den Landwehrkanal. Die Polizei fischte mich raus und nahm mich als Rädelsführer in vorläufigen Gewahrsam. Ich wurde amtlich registriert und dann wieder auf freien Fuß gesetzt.«

»Du und politischer Rädelsführer, das ist doch ein Witz«, unterbrach ihn Jung.

»Kein Witz, sondern amtlich. Als mein Professor mich nach meiner Promotion einstellen wollte, konnte ich nicht in den Staatsdienst übernommen werden, weil ich unter den Extremistenerlass fiel. Da stand ich auf der Straße.«

»Das ist ja 'n Ding. Mein Gott, wer hätte daran gedacht?«

»Ja, darüber solltet ihr euch bei der Polizei mal Gedanken machen.«

»Wir machen nicht die Gesetze, Joachim.«

»Aber ihr müsst sie exekutieren, ihr Armen.«

»Da hast du allerdings recht.«

Jung und Joachim hatten ihre Umgebung ganz vergessen. Die lautstarke Unterhaltung an der Bar war an ihnen vorbeigegangen. Immo kam an ihren Tisch.

»Was habt ihr vor, ihr beiden? Steckt die Köpfe zusammen, als heckt ihr irgendetwas aus. Was wollt ihr trinken?«

Jung bestellte sich Kiedricher Wasseros und Joachim schloss sich ihm an.

»Nun hockt hier nicht so verschwörerisch zusammen, sondern kommt zu uns rüber an den Tresen. Eric erzählt gerade, wie es ihn nach Kalifornien verschlagen hat. Er war mal Trucker da drüben, irre was?«

»Und wir enträtseln gerade die kriminelle Vergangenheit von Joachim«, antwortete Jung launig. »Wir kommen rüber, wenn Hauptkommissar Jung aus Flensburg alles aufgeklärt hat, okay Immo?«

Immo sah ihn irritiert an und schwieg. Dann machte er kehrt und verschwand wortlos in Richtung Tresen.

Später kam Immo mit dem Wein an ihren Tisch und setzte sich zu ihnen.

»Was hat Joachim denn nun verbrochen? Hat der Kripo-Mann den Fall geklärt?« Immos Sprache hatte alles Dröhnen verloren und den intimen Ton unter Brüdern im Geiste angenommen.

»Trinken wir erst einmal«, unterbrach ihn Joachim. »Auf dich Immo. Vielen Dank für deine Einladung.«

Sie hoben die Gläser, sahen sich in die Augen und stießen miteinander an. Jungs Stimmung hob sich sofort, als er den herben Riesling auf der Zunge hatte.

»Woher hast du diesen guten Tropfen, Immo? Ein Rheingauer in Norddeutschland, sehr selten. Wie bist du darauf gekommen?«

»Du, Jungi, das macht alles mein Restaurantleiter. Ich vertraue ihm da völlig. Aber mal was ganz anderes. Es schneit draußen. Ich schlage vor, dass ihr euer Gepäck aus den Autos holt und erst einmal die Zimmer bezieht. Nach dem Essen ist es vielleicht zu spät.«

Sie erhoben sich und folgten Immos Empfehlung. Als Jung durch den Windfang ins Freie trat, empfing ihn Schneetreiben. Ein starker Ostwind hatte eingesetzt und trieb den Schnee zu Wehen an allen Hindernissen, die sich ihm in den Weg stellten. Als er die Kofferraumhaube öffnete, riss sie ihm der Wind aus der Hand. Er stand bis über die Knöchel im Schnee. Er griff sich seine Reisetasche und hatte Mühe, die Haube wieder zu schließen. Dann stapfte er, gegen den Wind gelehnt, zurück in die Lobby. Er schüttelte sich den Schnee von den Schuhen, und bald stürmten auch die anderen mit ihrem Gepäck in die Halle.

»Um 20 Uhr beginnt das Essen. Wer will, trifft sich vorher im Karzer. Wer's nötig hat, ruht vorher noch aus.«

Unter Fluchen und Lachen erklommen sie die Etagen und bezogen ihre Zimmer. Sie waren alle im Haupthaus, in der alten Schule, einquartiert. Immo hatte ihnen sinnigerweise die ehemaligen Klassenzimmer zugewiesen, in denen sie über lange Jahre die Bänke gedrückt hatten. Zum Glück, für Jung, waren die Räume nicht mehr wiederzuerkennen. Sie waren zu großzügigen Schlafräumen geworden, mit Bädern und Garderoben mit Einbauschränken. Die Ausstattung war teuer, wenn auch ein wenig plüschig und überladen, mit Holzpaneelen, schweren Möbeln, malvenfarbenen Samtvorhängen und dicken Teppichböden. Als Jung die Stores vor die Fenster zog, sah er draußen dicke Schneeflocken vorbeifliegen. Ihn überkam in dem alten, dicken Gemäuer eine ungewohnte Wohligkeit, die ihn alles vergessen ließ, sogar, dass er noch vor wenigen Tagen daran gedacht hatte, lieber zu Hause zu bleiben. Er dachte an das Mädchen, das so oft auf dem Fahrrad nach Husum gefahren war, und an ihren Bruder. Der hier gelernt hatte. Sein eingeschneites Auto fiel ihm ein. Er wurde unruhig. Seine Gedanken schweiften ab. Er packte seine wenigen Sachen aus und legte sich aufs Bett.

Jung hatte seinen Wecker auf 19.30 Uhr gestellt. Als der Wecker klingelte, schreckte er hoch. Er hatte das Gefühl, als erwache er aus stundenlangem, tiefem traumlosen Schlaf. Er rieb sich die Augen und stand noch etwas benommen auf.

Das gemeinsame Essen war im Clubzimmer des Hotelrestaurants im Souterrain angesetzt. Jung war einer der Ersten und fand Immo damit beschäftigt, den Kellnern letzte Anweisungen zu erteilen und das Arrangement einer kritischen Überprüfung zu unterziehen.

»Was gibt es denn heute Abend Schönes, Immo?« Jung stellte sich neben ihn und bewunderte die eingedeckte Tafel.

»Ja, weißt du Jungi, ich habe gedacht, scheiß auf den immer gleichen französisch-italienisch-asiatischen Teuerkram, ich mach mal was ganz anderes. Es gibt ein englisches Dinner. Was sagst du nun?« Immo sah ihn erwartungsvoll mit großen Augen an.

»Englisch? Das ist nicht dein Ernst.« Jung konnte seine Verblüffung nicht verbergen. »Um ehrlich zu sein, kenne ich nur den schlechten Ruf der englischen Küche, die Küche selbst habe ich nie probiert. Ich war noch nie in meinem Leben in England, leider.«

»Siehst du, da haben wir es. Vorurteile, nichts als Vorurteile. Ich werde euch heute eines Besseren belehren, kannst mir glauben, Jungi, altes Haus.«

»Schade, dass meine Frau nicht dabei sein kann. Für die wäre das auch etwas gewesen. Warum hast du unsere Weiber nicht mit eingeladen, Immo? Groß genug ist dein Laden doch. Wir hätten auch selbst zahlen können.«

»Ach, Jungi, ich wollte, dass ihr euch wie damals fühlen könnt, und nicht eure Rollen vor den Muttis weiter spielen müsst. Das habt ihr doch zu Hause bis zum Überdruss, oder nicht? Außerdem wollte ich den alten Papas und Mamas nicht zu viel zumuten.«

Immo überraschte Jung mit Einsichten, die er aus seinem Mund nicht zu hören erwartet hatte.

»Wieso zumuten?«, fragte Jung. »Worauf hätten wir uns denn gefasst machen müssen, Immo?«

»Jungi, schau mich doch mal genau an, hä? Was würdet ihr dazu sagen, wenn ich euch einen Mann als meine Ehegattin oder Freundin vorstellen müsste? Mal ehrlich, die alten Spießer würden reihenweise die Münder aufreißen und nicht mehr weiter wissen, oder?«

Jung sah ihm in die Augen, und seine Verblüffung musste ihm deutlich ins Gesicht geschrieben stehen. Dass Immo schwul war, hatte er nicht gewusst, noch nicht einmal geahnt.

»Siehst du, sogar du, als Kriminaler mit Erfahrung, bist noch schockiert, hab ich recht?« Immo schlug ihm begütigend auf die Schulter.

»Ich bin überrascht, das ist wahr. Aber heutzutage ist Schwulsein doch kein besonderes Ding mehr sondern eher schick und trendy?«

»Ja, ja, so seht ihr das gerne, ihr Heteros, ist aber nicht so. Ich gebe zu, dass es besser geworden ist. Vor Jahren hätte ich meinen Betrieb dichtmachen müssen, wenn bekannt geworden wäre, dass der Laden einer Schwuchtel gehört, die wahrscheinlich auch noch AIDS hat.« Immo rückte das Messer eines Gedecks überaus korrekt in die richtige Position und korrigierte auch die Stellung der Weingläser.

»Ja, Immo, da haben wir etwas verpasst. Schade.« Jung hatte sich wieder gefangen.

»Wer weiß, Jungi, altes Haus. Denk an unseren plumpen Werner oder an den steifen Hansi. Höchstwahrscheinlich ist uns etwas erspart geblieben.« Sie lachten beide. Jung kam sich schlecht vor.

Jetzt kamen die anderen in Grüppchen dazu. Immo wies sie galant an ihre Plätze. Jung saß an Immos linker Seite. Als alle Platz genommen hatten, erhob Immo sich und klopfte mit der Gabel an sein Weinglas.

»Liebe Klassenkameraden. Nochmals herzlich Willkommen. Ich freue mich, so viele alte Gesichter zu sehen. Ihr habt euch überhaupt nicht verändert, selbst wenn ihr es nicht wahrhaben wollt.« Sie lachten unsicher. »Ich will nicht viele Worte machen, wir sollen ja einen unterhaltsamen Abend haben.« Wieder Lachen, diesmal lockerer. »Lasst uns in der neuen Penne über die alte Penne herzlich lachen und uns zusammen wie in alten Zeiten fühlen.« Beifälliges Klatschen von allen Seiten. »Dazu brauchen wir erst einmal etwas Gutes zu essen und zu trinken.« Beifall auf der ganzen Linie. »Ich stelle euch jetzt das Dinner vor und bin absolut sicher, dass ihr hinterher ein besseres Urteil über die englische Küche haben

werdet, als eure Vorurteile es eigentlich zulassen.«
Der ein oder andere Lacher, ansonsten gespanntes
Schweigen.

»Wir stoßen an mit Pimms and Lemmonade«, fuhr
Immo fort. »Dann werden wir eine Mulligatawny
Soup haben, danach Steak, Ale and Pie, gefolgt von
Roastbeef, Yorkshire Pudding mit Carrots in Gravy
Port und das Ganze geht zu Ende mit Trifle Season
Fruits, Coffee, Whiskey and Cigars. Lasst euch über-
raschen und guten Appetit.«

»Aber nicht Guinness dazu, bitte?« Joachim lachte
und die anderen stimmten ein.

»Ich kann euch beruhigen. Ihr könnt wählen zwischen einem Chardonnay Jahrgang 2002 von den
Black Swan Vineyards in Australien und einem Riesling von Adolf Müller aus der Pfalz. Zum Fleisch
habe ich einen Shiraz Jahrgang 2001 von der Rose-
mount Estate, ebenfalls Australien oder Trollinger
Gundelsheimer Himmelreich aus Württemberg.«

»Und zu den Zigarren? Dazu hast du doch wohl
was Besseres?«, wurde er wieder unterbrochen. Das
war Pelle. Nur er konnte so direkt und schroff sein.
Er saß an Jungs anderer Seite. Sein Spitzname leitete
sich aus der gleichen Comicserie ab, der auch Jung
seinen Spitznamen zu verdanken hatte. Sie beide hatten ansonsten nicht viel gemeinsam, waren aber auf
diese komische Art miteinander verbunden.

»Selbstverständlich, Pelle, alter Schwede. Du
kannst wählen zwischen Single Islay Malt Scotch,
einem Bunnahabhain, oder Single Highland Malt
Scotch, einem Glenmorangie. Wer es lieber süßer

und leichter mag, für den gibt es einen Tawny Port. Nun endlich zufrieden?«

Das einsetzende beifällige Gemurmel und Immos Handzeichen waren der Startschuss für den Service, mit dem Auftragen des Menüs zu beginnen. Gespräche zwischen Tischnachbarn setzten ein, und als die Suppe aufgetragen wurde und die ersten Gläser leergetrunken waren, schwebte über der Tafel der gesellige Sound aus klimperndem Besteck, Lachen und Reden in allen Tonlagen und Lautstärken.

»Du bist also bei der Kripo, Tomas«, begann Pelle ein Gespräch. Jung fiel auf, dass er ihn mit seinem Vornamen ansprach und nicht mit seinem Spitznamen.

»Ja, erstaunlich nicht wahr?«

»Mich erstaunt das nicht. Es passt zu dir.«

Die Einsichtigkeit seines Tischnachbarn amüsierte Jung. Er wollte nicht weiter darüber reden und sagte: »Ja, Elmar, nur ich selbst staune noch manchmal über mich.« Sie lachten.

»Und was machst du so? Womit verdienst du dein Geld, Elmar?«

»Ich bin Meteorologe.«

»Was? Das hätte ich nie von dir gedacht.«

»Ich auch nicht.« Sie lachten wieder.

»Wie bist du denn darauf gekommen? Ist doch ziemlich ausgefallen.«

»Das ist eine lange Geschichte, und ich will sie lieber nicht erzählen. Übrigens siehst du mitgenommen aus. Bist du krank?«

»Was? Nein, ich bin nicht krank. Aber ich könnte

Urlaub brauchen.« Jung irritierte die brüske Art seines ehemaligen Schulkameraden. Aber sie erinnerte ihn an denjenigen, den er kennengelernt hatte. Pelle umgab als Schüler eine merkwürdige Andersartigkeit. Er war ein Typ, in dessen Gesellschaft Jung sich beklommen fühlte, und in der er vorsichtig wurde, zu viel und von der Leber weg zu reden aus Angst, er würde ihm sogleich sein Geschwätz um die Ohren hauen. Dennoch mochte er ihn, manchmal bewunderte er ihn sogar.

»Ich kann dir eine gute Urlaubsadresse empfehlen«, ging Pelle darauf ein. »Ein Bekannter von mir vermittelt Ferienhäuser an der Algarve. Ich war selbst schon dort. Es ist wirklich schön.«

Von der rechten Seite wandte sich jetzt Immo ihnen zu und fragte: »Wie schmeckt euch der Yorkshire Pudding? Gut, nicht wahr? Habt ihr sicherlich nicht erwartet, hab ich recht?«

»Ich wusste bis heute nicht, was das überhaupt ist«, antwortete ihm Jung. »Ich habe davon gehört und stellte es mir eklig vor. Schmeckt wie ein besonders gutes Kartoffelgratin. Kompliment an deinen Küchenchef.«

»Ja, mein Personal, das ist mein größtes Plus«, erwiderte Immo stolz. »Habe ein Händchen für gute Leute und verwende viel Mühe auf gut ausgebildeten Nachwuchs. Das ist das A und O in unserem Geschäft.«

»Du bildest selbst aus, nicht wahr?«

»Klar. Das ist die beste Art, die Richtigen auszusuchen und heranzuziehen. Hatte prima Leute dabei. Einige habe ich zu echten Spitzenkräften gemacht.«

Immo nickte bedeutsam mit dem Kopf.

»War Hauke Carl einer von denen? Er muss vor Jahren bei dir seinen Abschluss gemacht haben«, fragte Jung beiläufig.

Immo kniff die Augen zusammen, zog die Mundwinkel nach unten und schwieg. Nach einer Weile sagte er: »Nö, kenne ich nicht. Kann mich nicht erinnern. Kennst du ihn oder warum fragst du?«

»Nein, ich kenn ihn nicht. Aber du hättest ihn bei deiner sexuellen Orientierung eigentlich in sehr guter Erinnerung behalten müssen.«

»Wieso? Was bildest du dir eigentlich ein, wer du bist? Woher nimmst du das Recht, dir ein solches Urteil anzumaßen? Glaubst du, nur weil du ein Kripo-Mann und Hetero bist, kannst du solche Sprüche klopfen?«

Die Heftigkeit von Immos Reaktion erschreckte Jung. Er beeilte sich, ihn zu beschwichtigen. »Entschuldige Immo, wenn ich dir zu nahegetreten bin. Ich arbeite gerade an dem Fall eines vor Jahren spurlos verschwundenen Mädchens. Hauke Carl war ihr Bruder. Er war ausgesprochen attraktiv. Sein Lehrer hat das auch gesagt. Er hat bei dir gelernt. Er hatte ein besonderes Verhältnis zu dir, das sagt jedenfalls sein Freund Sven, der auch bei dir gelernt hat. Haukes Eltern waren Landwirte. Sie haben dein Restaurant beliefert. Du könntest sogar das Mädchen gekannt haben. Da dachte ich, sie wären dir in guter Erinnerung geblieben. Ist das so abwegig?«

»Abwegig, ja. Was glaubst du wohl, wie viele ich in den Jahren hier ausgebildet habe, wie viele hier aus- und eingegangen sind? Wofür hältst du mich? Glaubst du, ich bin ein Computer? Und was weißt du schon, wer für mich attraktiv ist oder nicht? Du hast überhaupt keine Ahnung. Ich würde dir raten, dich da rauszuhalten.«

Immos Reaktion auf seine Frage war unangemessen und überdreht. Aus was sollte er sich heraushalten, fragte er sich? Was sollte dieser Ausbruch? Wenn er Tony Soprano gewesen wäre, hätte er Immo einen seiner Soldaten geschickt, der aus ihm herausgeschüttelt hätte, was hier eigentlich wirklich los war. Jung ermahnte sich, nicht mehr Wein zu trinken. Er musste nüchtern und wachsam bleiben.

Ihre Auseinandersetzung wurden von dem lauten Zuschlagen der Saaltür unterbrochen. Sie war Joachim aus der Hand gefallen. Er war kurz nach draußen gegangen. Er kam auf sie zu, beugte sich zu Pelle hinunter und flüsterte ihm zu: »Elmar, wir haben da draußen einen richtigen Schneesturm. Ich komme nicht mehr an mein Auto. Kannst du mir als Wetterfrosch mal sagen, wie sich das entwickelt? Ich wollte morgen eigentlich auf dem Weg nach Hause sein.«

»Was?«, erwiderte Pelle erschrocken. »Ich weiß nicht. Aber ich kann mich schlaumachen. Ich brauche einen PC mit Internetanschluss und ein Telefon. Ich frage Immo danach, okay?«

»Gut. Ich warte. Ich sag den anderen noch nichts.«

Jung hatte mitgehört und wurde unruhig. Ihm

ging es ähnlich wie Joachim. Er dachte an seine Frau, die zur Silvesterparty ihrer Freundinnen unterwegs war.

»Kann ich mitkommen?«, fragte Jung.

»Klar, komm mit.«

Er holte Immos Erlaubnis ein, den PC im Sekretariat zu benutzen. Sie stiegen nach oben und suchten das Büro. Es war im ehemaligen Kartenraum untergebracht. Der PC lief und war mit dem Internet verbunden. Der Bildschirm zeigte die Homepage von Wikipedia, die darüber informierte, dass der Kohlenstoffdioxydausstoß seit dem Jahr 2000 viermal so schnell gestiegen war wie noch im Jahrzehnt davor. Pelle setzte sich vor den Monitor und ließ seine Finger über die Tastatur gleiten.

»Ich sehe mir zuerst das Satellitenbild an. Man kriegt da den besten Überblick«, sagte er zu Jung gewandt. Er machte eine kurze Pause.

»Ach du heilige Scheiße.«

»Was ist los?«

»Sieh dir das an.«

»Was?«

»Das Wolkenband von den Britischen Inseln nach Schleswig-Holstein. In Dänemark haben wir arktischen Frost, in Hannover fast subtropische Wärme. Dazwischen schneit es, was das Zeug hält, und es orgelt mit 8-10 Sturmstärken aus Ost. Unglaublich.«

»Aber das muss ja nicht so bleiben, oder?«

»Große Hoffnungen habe ich nicht. Ich sehe mir mal die Mittelfristprognose an. Heiliger Bimbam.

Das sieht wirklich schlimm aus. Gib mir mal das Telefon rüber. Ich ruf meine Leute an. Vielleicht wissen die mehr.«

Jung reichte ihm das Telefon und Pelle wählte eine längere Nummer.

»Besetzt. Kein gutes Zeichen. Die Katastrophe scheint schon bei den Leuten angekommen zu sein.«

»Vielleicht über Handy?« Jung dachte an seine Frau und ihr verwaistes Haus.

»Versuch es. Ich gehe runter zu den anderen und informiere sie. Vielleicht hast du Glück.«

Pelle verließ das Sekretariat und Jung kramte sein Handy aus der Gesäßtasche. Dabei fiel sein Blick auf die Taskleiste des Monitors, auf der eine Datei ›Klassentreffen‹ abgelegt war. Sein Handy zeigte ihm an, dass kein Netz zur Verfügung stand. Seine Besorgnis wuchs. Was konnte er tun? Ihm fiel nichts ein. Er fühlte sich unwohl bei dem Gedanken, mit gebundenen Händen und Füßen weit weg von zu Hause zu sein. Das Deckenlicht flackerte. Einem plötzlichen Impuls folgend klickte er die Datei ›Klassentreffen‹ an und fand die Auflistung der Namen und Adressen seiner Kameraden. Er druckte die Liste aus und steckte sie in seine Jackentasche. Dann sah er sich im Raum um. An der Wand hingen gerahmte Fotografien, auf denen Immo mit einigen Prominenten und im Kreise seiner Hotel- und Restaurantcrew zu sehen war. Dazwischen hing auch ein Bild von Immo und Hauke Carl, allein, ohne weitere Crewmitglieder. Sie sahen gut gelaunt in die Kamera. Man konnte den Eindruck haben, als seien sie glücklich. Äußerst merkwürdig, dachte Jung.

Besorgt verließ er das Sekretariat und machte sich auf den Weg zurück in den Speisesaal. Als er ihn betrat, erlosch das elektrische Licht. Das Kerzenlicht der siebenarmigen Kandelaber auf der Tafel warf makabre Schatten auf die Gesellschaft. Sie wurde nervös und dann laut. Schreckensrufe breiteten sich aus. Pelle war gerade dabei, einen Situationsbericht abzugeben. Immo verschwand durch die Tür zu den angrenzenden Küchenräumen. Er kam kurze Zeit später zurück und bat um Ruhe.

»Leute, alle mal herhören. Wir haben einen totalen Stromausfall. Die Gebäude um uns herum sind genauso ohne Strom wie wir. Der Weg nach draußen ist vom Schnee blockiert. Es weht ein heftiger Sturm, der alles zuschüttet. Wir haben keine Verbindung nach draußen. Die Heizung ist ausgefallen, aber in der Halle gibt es einen großen Kamin. Er wird gerade angefeuert. Genug zu essen und zu trinken haben wir auch. Kein Grund zur Panik.«

»Heißt das, wir sitzen hier erst einmal fest?« Joachims unaufgeregte Stimme stand in einem wohltuenden Kontrast zur Brisanz seiner Frage.

»Ja, das heißt es. Wir müssen abwarten.«

Die Gespräche um den Tisch setzten wieder ein.

»Was sagen denn die Nachrichten?«, ließ sich jemand vernehmen.

»Wir haben keinen Strom. Es gibt nichts, weder Rundfunk noch Fernsehen. Computer, WLAN und

Internetrouter sind inzwischen auch tot. Telefon notorisch besetzt. Kein Handy-Netz. Wir sind auf der Suche nach batteriebetriebenen Radioempfängern unter den übrigen Hotelgästen. Wenn es unter euch eines gibt, dann her damit. Mein zweiter Koch macht sich gerade fertig und wird versuchen, sich zur Polizei durchzuschlagen.«

Immo kontrollierte seine Stimme wie ein guter Schauspieler und wirkte beruhigend auf die Gesellschaft ein. Keiner führte einen batteriegetriebenen Rundfunkempfänger mit sich.

»Wo ist denn der Scotch?«, rief jemand. Die Stimmung begann sich zu entkrampfen. Jung ermahnte sich noch einmal, sich zurückzuhalten und nicht an Trinkgelagen teilzunehmen. Er sucht Pelle in der Runde und winkte ihn zu sich.

»Was meinst du, Elmar, womit müssen wir rechnen?«, fragte er ihn ernst.

»Komm, lass uns gehen. Ich will die Lage hier nicht anheizen.«

Er wirkte besorgt, und Jungs Beunruhigung wuchs. In der Halle hatten sich eine Menge Hotelgäste um den Kamin versammelt. Kerzen wurden verteilt. Einige Taschenlampen warfen Lichtstäbe durch die Halle. Bis jetzt hatte sich noch kein Radio gefunden, das unabhängig vom Stromnetz abzuhören war.

»Wir gehen auf dein Zimmer. Hier ist es zu voll«, sagte Pelle.

Sie griffen sich ein paar Kerzen und Streichhölzer und verschwanden im Treppenhaus. In Jungs Zimmer setzten sie sich auf die beiden Sessel und stellten die Kerzen auf den runden Tisch dazwischen.

»Die Naturkatastrophen häufen sich in letzter Zeit aber gewaltig«, begann Jung seufzend das Gespräch.

»Papperlapapp. Naturkatastrophen gibt es gar nicht«, erwiderte Pelle erregt.

»Und was ist das da draußen, bitte schön?«

»Eine Zivilisationskatastrophe. Die Natur gleicht nur aus. Sie sorgt für das natürliche Gleichgewicht, das ist ihr Wesen, sonst nichts.«

»Ausgleich wovon?«, fragte Jung wütend.

»Es ist ein Unterschied, Tomas, ob auf unserem Planeten zwei oder sechs Milliarden Menschen essen, trinken und Mercedes fahren wollen. Je mehr Menschen und je größer ihr Drang nach Zivilisation, desto mehr Ungleichgewicht und desto öfter und härter das Eingreifen der Natur. Das ist ihr Job. Den wird sie machen, ob es uns gefällt oder nicht.«

»So einfach ist das?« Jung schüttelte ungläubig den Kopf.

»Ja, so einfach, und gleichzeitig so komplex. Aber was quatschen wir hier eigentlich? Die Lage ist ziemlich ernst«, fuhr Pelle fort. »Ich nehme an, dass die Überlandleitungen Schnee und Eis angesetzt haben, und unter dem Winddruck gebrochen sind. Vielleicht sind auch die Masten bei dem fürchterlichen Sturm einfach umgeknickt. Jedenfalls müssen wir damit rechnen, dass der Strom für längere Zeit wegbleibt. Hubschrauber und Reparaturtrupps können bei den Verhältnissen nicht eingesetzt werden. Da müssen schon Panzer und schweres Räumgerät her. Die nächsten stehen meines Wissens weit weg, in Neumünster.«

»Wie lange wird der Schneesturm anhalten?«, fragte Jung unruhig.

»Nachdem was ich gesehen habe, noch länger. Er weht alles zu, auch das, was frei geräumt werden könnte.«

»Was machen die Leute auf dem Land? Hier im Hotel sind wir vergleichsweise sicher.«

»Weiß der Henker, wie die da durchkommen, vor allem ihr Vieh. Hoffentlich sind sie nach dem großen Schnee 78/79 schlau geworden und haben sich Notstromaggregate angeschafft.« Pelle schwieg nachdenklich.

»Und was können wir jetzt tun?« Jung wusste schon während er die Frage stellte, wie überflüssig sie war.

»Nichts. Warten und beten. Tut manchmal gut und hilft dabei, Boden unter die Füße zu bekommen«, erwiderte Pelle.

»Deinen Humor möchte ich haben. Meine Frau ist heute Abend in dieser weißen Hölle unterwegs.«

»Nun mal nicht so schwarz in schwarz oder besser so weiß in weiß. Wird schon werden. Ich geh runter in die Halle. Vielleicht kriegen wir ja Kontakt zur Außenwelt.«

»Ich bleibe erstmal hier und versuche es noch einmal über das Handy. Vielleicht klapps's ja jetzt. Sagst du mir Bescheid, wenn sich Neues ergibt?«

»Mach ich. Bis dann.«

Pelle nahm eine Kerze, verließ Jungs Zimmer und schloss leise die Tür hinter sich. Jung blieb in seinem Sessel sitzen, legte den Kopf in den Nacken und starrte an die Decke. Seine Unruhe und Besorgnis wuchsen. Das flackernde Kerzenlicht zeichnete hin und her huschende Schatten auf die Zimmerdecke. Er stand auf und trat ans Fenster. Er blickte in eine wirbelnde, chaotische Unendlichkeit weißer Flocken, ohne Kontur, ohne Anhaltspunkt, ohne Anfang und ohne Ende. Ein feines Schimmern erfüllte die eisige Hölle da draußen. Trotzdem war es so finster, wie er es vorher noch nie erlebt hatte. Der Sturm jaulte und zerrte an allem, was ihm im Wege stand. Er erstickte jedes menschliche Geräusch. Sein Orgeln beschwor eine furchterregende, beklemmende Leblosigkeit herauf. Jung fröstelte, obwohl der Raum die Wärme des Nachmittags noch hielt. Er zitterte, und ihn überfiel ein unwiderstehlicher Drang nach menschlicher Gemeinschaft. Er ergriff die Kerze, verließ sein Zimmer und lief das Treppenhaus hinunter.

Die Menschen hatten sich um den Kamin versammelt. Sie diskutierten bewegt aber nicht aufgeregt. Manche tranken Kaffee oder Tee aus großen Bechern. Zwei Männer in dicker, schneeverkrusteter Winterkleidung betraten die Halle. Sie suchten Immo und besprachen sich mit ihm. Alle Aufmerksamkeit hatte sich ihnen zugewandt. Die Gemeinschaft wartete gespannt auf Informationen. Schließlich hob Immo die Arme und bat um die Aufmerksamkeit, die er schon längst hatte.

»Herrschaften, ich sehe gerade auf meiner Uhr, dass es kurz nach zwölf ist. Zu allererst wünsche ich uns allen ein Frohes Neues Jahr 2007. Ich hoffe, jeder hat ein Glas und etwas drin. Zum Wohl.«

Die Anspannung löste sich. Man trank sich zu und wünschte sich alles Gute zum neuen Jahr.

»Mein Koch hat unseren Hotelmanager mitgebracht«, fuhr Immo fort. »Sie haben sich aus der Stadt hierher durchgekämpft. Die Stadt ist eingeschneit und ohne Strom, jeder Verkehr ist zum Erliegen gekommen. Mehr wissen wir noch nicht. Die gute Nachricht ist, dass wir ein Notstromaggregat im Hause haben. Die letzte Katastrophe ist Jahrzehnte her. Ich hatte nichts davon gewusst. Mein Manager wird es in den nächsten Minuten aktivieren.« Applaus unterbrach Immo. Die Leute drängten sich um ihn und boten ihre Hilfe an.

*

Der Schneefall hielt noch volle 48 Stunden an, der Sturm ganze vier Tage. Am Neujahrsnachmittag konnte Pelle ihnen wenigstens erste Hoffnungen auf ein absehbares Ende des Schnees machen. Am dritten Tag war die Sonne herausgekommen, und das Hotelpersonal und die Gäste, soweit sie adäquate Winterkleidung mitgebracht hatten, stellten erste Räumtrupps zusammen, um die Zugänge zu den Gebäuden und den Autos freizuschaufeln. Der anhaltende Sturm machte aber nach kurzer Zeit ihre Anstrengungen zunichte. Sie übten sich mit großer Disziplin in Geduld, bis der Sturm nachgelassen hatte, und sie erneut antraten, dieses Mal erfolgreich. Die Gäste machten sich mit dem wenigen Hotelpersonal zusammen nützlich, wo es sich anbot, vor allem in der Küche. Für warme Getränke und Essen war immer gesorgt. Die übrigen vertrieben sich die Zeit bis zur nächsten Arbeit mit Gesprächen oder Spielen oder saßen um den großen Fernseher in der Lobby und verfolgten die neuesten Nachrichten.

In den Kreisen Ostholstein, Schleswig-Flensburg und Nordfriesland war Katastrophenalarm ausgelöst worden. Es herrschte absolutes Fahrverbot, was in Jungs Ohren wie Hohn klang. Südlich von Husum konnte nicht einmal die wichtigste Nord-Süd-Verbindung der Westküste, die B 5, geöffnet werden. Die Milchabholung von den Gehöften lag komplett danieder. Der anhaltende Oststurm führte an der Ostküste zu Hochwasser, das die Flensburger Hafenspitze unter Wasser und Eis setzte. An der Westküste verursachte er extremes Niedrigwasser. Kümos fielen trocken und gerieten in Seenot. Die Husumer Nachrichten waren eingestellt worden. Im Bahnhof saßen alle Züge fest. Die Passagiere wurden, um sie vor dem Erfrieren zu retten, in einer halsbrecherischen Aktion in die nahegelegene Kreisberufsschule ausquartiert. Beim Ausbruch eines Feuers in einer Versandschlachterei konnte die Feuerwehr nicht helfen. Die Hydranten waren unter dem Schnee verschüttet und eingefroren. Die Bundeswehr wurde um Hilfe gebeten. Die nächsten Heeres- und Luftwaffeneinheiten lagen aber weit weg, bei

Rendsburg und Neumünster. Dialysekranke konnten erst nach Ende des Schneefalls zu ihren Stationen transportiert werden. Auf den Inseln und Halligen saßen derweil die Urlauber fest. Niebüll richtete ein Lager für Hunderte Steckengebliebene ein. Auf Sylt bestürmten Tausende Feriengäste die Behörden und wollten ihre Abreise erzwingen. Sind die verrückt oder nur besoffen?, dachte Jung. In beiden Fällen taten die Behörden das einzig richtige: Sie ignorierten die Sylties einfach und taten die Arbeit, für die sie bezahlt wurden. Jung hatte des Öfteren vergeblich versucht, mit seiner Frau zu telefonieren. Die Netze und Telefonleitungen waren verstopft oder nicht geöffnet.

Jung erinnerte sich später an die Jahreswende wie an ein paar schwierige aber im Nachhinein auch schöne Tage. Die Zwangsgemeinschaft war geprägt von selbstverständlicher Hilfsbereitschaft, von animierender Sachlichkeit und disziplinierter Konzentration auf das, was die missliche Lage ihnen abverlangte. Auffällig war, dass keiner von ihnen krank war oder wurde. Nur Immo sorgte für einen schrillen Misston. Sie saßen vor dem Fernseher. Der Bericht über eine historische Schneehochzeit auf Föhr flimmerte über den Bildschirm. Das Paar und die Trauzeugen waren auf dem Weg zur Kirche mehrfach im Schnee steckengeblieben und hatten sich schließlich erschöpft in eine Dorfkneipe gerettet. Der Pastor kämpfte sich zu ihnen durch und traute sie vor der Kneipentheke. Ein Amateur hatte die Zeremonie gefilmt. Joachim glaubte in dem abgezehrten Pastor ihren vermissten Klassenkameraden Udo Harmsen wiederzuerkennen.

»Der sieht doch aus wie Udo als Opa, seht doch mal genau hin.«

»Das ist ja absoluter Quatsch, Jo. Du hast doch Tomaten auf den Augen«, schimpfte Immo aufgebracht. »Wenn er es wäre, dann weiß ich nicht, warum er nicht hier ist. Ich hätte ihn finden müssen. Er wohnt ja fast nebenan. Da wäre ich ihm auch schon längst mal begegnet.«

»Wir sind uns ja auch nicht begegnet, Immo. Und ich wohne auch nicht weiter weg«, warf Jung ärgerlich ein. Er verstand Immos verbale Krafthuberei nicht. Sie stieß ihn ab, wie schon seine Reaktion auf die Frage nach Hauke Carl am Silvesterabend. Und wieder wäre er gerne Tony Soprano gewesen, der Mittel gehabt hätte, Immo Benehmen beizubringen. Er nahm das Gefühl mit, dass Immo etwas mit sich herumtrug, das ihn so belastete, dass die Gegenwart und seine Notwendigkeiten darüber in den Hintergrund rückten. Seine sexuelle Präferenz konnte nicht der Grund dafür sein.

*

Jung verließ Husum eine Woche später. Die ehemaligen Klassenkameraden hatten sich voneinander verabschiedet mit der Versicherung, in zwei Jahren wieder zusammenzukommen. Diesmal auf einer der Inseln vor der Küste und hoffentlich verschont von einem Blizzard.

Jung fuhr die B 200 zurück nach Flensburg. Die Straße war geräumt worden. Die Schneeraupe hatte sich durch meterhohe Schneewehen gefräst und rechts und links hohe Wälle aufgetürmt. Die Straße erinnerte ihn an den Kanal von Korinth, aber in Weiß. Obwohl der starke Frost noch immer anhielt, hatten Streusalz und die gleißende Sonne von einem tief blauen Himmel die Schneereste auf der Fahrbahn geschmolzen. Das Schmelzwasser stand in breiten Lachen auf dem Asphalt. Jung beglückwünschte sich dazu, kurz vor Weihnachten die Wischerblätter erneuert zu haben.

Zu Hause hatten ihre Nachbarn und eine Schneefräse Svenja geholfen, die Zugänge zum Haus von den Schneebergen freizulegen.

»Endlich. Wo bleibst du denn, Tomi?«, begrüßte ihn seine Frau freundlich-ironisch. »Nun haben wir für dich nichts mehr zum Schaufeln. Du hast etwas verpasst, mein Lieber.«

Täuschte er sich, oder schwang ein leichter Vorwurf in ihrer Stimme mit?

»Frohes neues Jahr, Svenja.«

»Frohes neues Jahr, Tomi. Komm schnell rein. Es ist immer noch sehr kalt.«

Er trat auf sie zu, und sie küssten sich an der Haustür. Später erzählten sie sich ihre Silvestergeschichten. Svenja war am Abend auf dem Weg zu ihrer Party nicht mehr weit gekommen. Sie hatte rechtzeitig kehrtgemacht und war wieder nach Hause gefahren. Stromversorgung und Telekommunikation waren schon am frühen Abend zusammengebrochen.

Sie vermochte noch Brennholz ins Haus zu schleppen und feuerte den Kamin an. Das Dach arbeitete in dem Sturm schwer und machte Geräusche, die sie in Panik versetzten. Sie hatte tatenlos und mit zunehmendem Entsetzen erleben müssen, wie das Haus langsam zuschneite. Nach hinten heraus, über der Terrasse, türmten sich noch immer meterhohe Schneewehen und verdeckten den angrenzenden Teich. Mächtige Schneebretter wölbten sich über die Dachüberstände und Regenrinnen.

DIE SEKRETÄRIN

»Müsli oder Brötchen, Kaffee oder Tee, Tomi? Wonach ist dir?«, rief Svenja aus der Küche.

»Ich bin für Müsli und Kaffee. Bei den Straßenverhältnissen will ich nicht Brötchen holen müssen«, erwiderte Jung.

»Heute hättest du die Chance gehabt, dich von mir verwöhnen zu lassen, Tomi.« Svenja untersuchte vor sich, auf dem Küchentresen, die Äpfel in der Obstschale auf Druckstellen. Sie sah über die Schulter zu ihrem Mann hinüber, der den Frühstückstisch deckte.

»Danke, meine Liebe. Ich merke mir's fürs nächste Mal«, rief er ihr zu.

Jung hatte schlecht geschlafen. Nachts war er öfter aufgewacht. Er hatte auch schlecht geträumt: Tony Soprano hatte auf seine spezielle Art die Hochzeit zweier schwuler Bimbos auf Grönland platzen lassen. Er träumte lauter so absurdes, rassistisches Zeug. Seine Träume hingen ihm in letzter Zeit nach, was früher selten vorgekommen war. Gewöhnlich erinnerte er sich am nächsten Tag nicht mehr an sie, oder er erinnerte sich nur sehr kurz. Er hätte sie sofort aufschreiben müssen, wenn er etwa die Absicht gehabt hätte, sie festzuhalten.

Die Sopranos verfolgten ihn öfter. Jung irritierte das. Er und Svenja liebten die amerikanische Serie. Sie hatten sich alle Staffeln auf DVD gekauft.

Im Kosmos der Sopranos war das Leben zu besichtigen, wie es war, dachte Jung, während sie den Sopranos dabei folgten, wie die selbstauferlegten Regeln sie unablässig überforderten und ihnen Pflichten und Verantwortlichkeiten abforderten, die Menschen sich lieber nicht anmaßen sollten. Das sorgte nur für Unheil, darin war er sich mit Svenja einig. Dafür waren andere Mächte zuständig, die besser konnten, worauf die Sopranos nicht warten wollten.

Für Jung war es kein Wunder, dass The Sopranos hierzulande ein Flop gewesen waren. In ihrer großen Mehrzahl waren Deutsche, seiner Meinung nach, schon immer empfänglicher für Sentimentalitäten und bräsige Pseudoprobleme gewesen, die eher die Wirklichkeit vernebelten als sie beim Namen zu nennen. Das war einfach ihre Art, sich nicht mit ihr auseinandersetzen zu müssen. Schon der Versuch, so glaubte er erkannt zu haben, könnte schmerzlich und unangenehm werden und alle ihre Illusionen zerstören, in erster Linie ihre Illusionen über sich selbst. Denn an denen hingen sie wie ein Junkie an der Spritze. Deutsche, so glaubte er zu wissen, tummelten sich lieber auf Nebenkriegsschauplätzen, wo endlos aneinander vorbeigeredet werden konnte aber nichts wirklich entschieden zu werden brauchte. Schließlich blieb alles so, wie es immer war, stellte Jung resignierend fest: mehr schlecht als recht und vor allem verlogen und lähmend langweilig.

»Ich wollte deine Jacke in die Reinigung geben,

Tomi. Dabei fand ich diesen Zettel in deiner Tasche.«

Svenja legte ihm ein gefaltetes Blatt Papier auf das Frühstücks-Set.

»Hey Svenja, schnüffelst du mir nach wie Carmilla Soprano ihrem Tony?« Jung klang angestrengt amüsiert. Künstliche Entrüstung färbte seine Stimme.

Svenja sah ihn einen Moment konzentriert an und erwiderte: »Tony, fick dich doch ins Knie. Ich weiß genau, was du und deine kleinen Wichser treiben, wenn ihr ohne Aufsicht seid.« Svenja deklamierte ihren Text, als wenn sie schon immer Carmilla Soprano gewesen wäre und sonst nichts anderes. »Hat sichs Pussy wieder von der beinamputierten, polnischen Nutte besorgen lassen oder habt ihr die endlich in die Seniorenklappse nach Hoboken* abgeschoben?«

»Carm, reg dich doch nicht künstlich auf. Und sei nicht so ordinär. Du bist die Mutter meiner Kinder«, spielte Jung sich auf.

»Schieb dir deine Scheißmutter in deinen Scheißarsch, Tony, und lass die Kinder aus dem Spiel. Sie könnten sich bei deinen miesen, kleinen Schwanzlutschern und Mösenleckern schlechte Manieren abgucken.«

»Was weißt du denn schon von Schwanzlutschern und Mösenleckern, Carm? Oder hattest du am Wochenende etwa Logierbesuch von Pater Ralph?«

Sie konnten ihr Lachen nicht mehr unterdrücken.

* Stadt im Hudson County, New Jersey, USA

Svenja musste sich die Hand vor den Mund halten, um nicht Rosinen und Haferflocken auf den Tisch regnen zu lassen. Nachdem sie sich gefangen hatten, sagte Jung aufgeräumt: »Die Herren auf dem Zettel gehören sicherlich nicht zu denen, die Sex mit beinamputierten Polinnen haben. Die heißen nicht Werner, Hansi, Peter oder Uwe.«

»Aber vielleicht Erik, Immo, Udo oder Sönke? Sind ein paar ausgefallene Namen darunter«, bemerkte Svenja amüsiert.

»Was? Wo hast du denn den Namen Udo gelesen?«

»Sieh nach. Er steht ziemlich weit unten.«

Jung nahm den Zettel und studierte die Namensliste.

»Merkwürdig«, rief er aus. »Hier steht er mit Adresse und Beruf. Er ist Pastor auf Föhr.«

»Wer steht da? Was ist daran merkwürdig?«, fragte Svenja neugierig.

»Udo war nicht auf unserem Treffen. Er war auch nicht eingeladen, weil er angeblich nicht aufzufinden war.«

»Wer hat dir das denn erzählt?«, hakte Svenja nach.

Ihr Interesse war geweckt. Jung berichtete ihr ausführlich über seine Arbeit an dem Fall des verschwundenen Mädchens und über sein berufliches Interesse an Immos Hotel. Schließlich sagte er: »Immos Gereiztheit war mehr als auffällig, als ich ihn auf die Familie des Mädchens ansprach. Und als Joachim unseren alten Klassenkameraden Udo im

Fernsehen bei einer Schneehochzeit auf Föhr entdeckt zu haben glaubte, wurde er regelrecht beleidigend. Dabei hatte er recht.«

»Er lügt«, sagte Svenja einfach und nahm einen Schluck Kaffee.

»Wer lügt?«

»Immo, die Schwuchtel«, erwiderte sie kategorisch.

Jung sah auf seinen Teller und stocherte in seinem Müsli herum.

»Aber warum? Welchen Grund sollte er dafür haben?«

»Bin ich hier der Kriminaloberrat oder du?« Svenja beugte sich etwas vor und sah ihrem Mann intensiv in die Augen. »An deiner Stelle würde ich mich an die Sekretärin heranmachen. Hast du nicht gesagt, dass sie die Liste recherchiert hat?« Sie zeigte beschwörend mit dem Löffel auf seine Brust. »Vielleicht arbeitet sie schon länger für Immo. Dann erinnert sie sich sicherlich an den süßen, kleinen Lehrjungen. Frauen haben dafür ein viel besseres Gedächtnis als Männer.«

»Hey Carm«, rief Jung übertrieben erstaunt. »Du kennst dich ja doch aus unter Mösenleckern und den Scheißwichsern. Wer ist der Kerl? Ich zerquetsch ihm sein Arschgesicht und schnitz ihm ein neues. Dann wirst du dich nicht mehr an einen süßen Kleinen erinnern können.«

Svenja lachte und stand vom Tisch auf.

»Rufst du die Sekretärin nun an oder nicht?«, fragte sie und trug das Geschirr in die Küche.

»Mach ich. Prima Idee. Könnte von mir sein.«

»Ach Tony. Erzähl das doch lieber deiner Seelenklempnerin. Hat sie dir schon derartig ins Gehirn geschissen, dass du selbst an solchen Mist glaubst?«

Sie lachten erneut aus vollem Hals, und dieses Mal musste Svenja sich nicht die Hand vor den Mund halten. Nur Jung blieb das Lachen nach kurzer Zeit im Halse stecken. Ihm war ein erschreckender Gedanke gekommen. Sollte er vielleicht zur Psychotherapie gehen? Wer weiß, vielleicht gab es verschüttete Ängste, schlummernde Wut, verborgenen Hass oder eine uneingestandene Liebe, die sein Leben beherrschten und seinen freien Willen untergruben, ohne dass er es merkte? Vielleicht war schon der Glaube an einen freien Willen überhaupt eine komplette Illusion? Er starrte ratlos auf den Frühstückstisch. Dann nahm er seine Serviette, faltete sie akkurat zusammen und schob sie unter den Teller.

*

Rechts und links der Fahrbahn der Husumer Straße nach Flensburg türmten sich die aufgeschobenen Schneeberge und begruben die Rad- und Gehwege unter sich. Es herrschte noch immer strenger Frost. Das Hochwasser hatte Eisschollen auf die Promenaden an der Hafenspitze geschwemmt und übereinandergeschoben. Auf der Förde schwammen Trümmereis und Eisschlamm. Der Ostwind hatte das Eis an den Kais und Bootsstegen zu Bergen und bizarren

Skulpturen zusammengepresst. Auch Norderhofenden und der Hof der Polizei-Inspektion waren über das Jahresende unter Wasser und Eis gesetzt worden. Nachdem der Sturm abgeflaut und das Wasser abgelaufen war, hatte man Straße und Hof von Schnee und Eis frei geräumt. Jung konnte sein Auto wie gewohnt auf dem Parkstreifen im Innenhof abstellen.

»Frohes neues Jahr, Herr Oberrat«, begrüßte ihn Petersen in seiner Wachstube zum Treppenaufgang. »Lange nicht gesehen.«

»Frohes neues Jahr, Petersen. Hauptsache, wir sehn uns überhaupt nochmal. Mit ein wenig Pech hätten wir uns im Himmel wiedergesehen«, erwiderte Jung seinen Gruß.

»Oder in der Hölle. Aber die hatten wir ja nun schon. Wo waren Sie, als der Sturm losbrach?«

»Ich hatte Glück. Ich überstand die Tage in einem warmen, dicken Hotel in Husum. Sorgen hatte ich wegen meiner Frau, die in Flensburg geblieben war. Ich wusste lange Zeit nicht, was mit ihr los war.«

»Doch jetzt ist alles klar, oder?«

»Ja, alles in Butter. Und bei Ihnen?«

»Alles bestens. Ich wohne im fünften Stock auf der Westlichen Höhe. Von da hatten wir einen schönen Blick auf die weiße Bescherung.«

»Und sie hatten genug zu essen und trinken, wie man sieht.« Jung musterte Petersen von oben bis unten.

»Stimmt. Außerdem haben wir Fernwärme in der Stadt.« Petersen lachte verlegen.

»Ja, Petersen, Glück muss der Mensch haben.«

»Hab ich auch verdient, Herr Oberrat.«

»Klar doch, Petersen. Schönen Tag noch.«

»Danke gleichfalls, Herr Jung.«

Er stieg das Treppenhaus hinauf in den ersten Stock, betrat sein Büro und öffnete zuerst das Fenster, um den Mief hinauszulassen, der sich über die Tage des großen Schnees angesammelt hatte. Genüsslich ließ er seinen Blick über die Förde hinüber auf das von der Wintersonne beschienene, verschneit daliegende Ostufer schweifen. St. Jürgen erhob sich über der Stadt wie eine feste Burg und reckte seinen schlanken, spitzen Turm in den blauen Himmel. Vor Jungs Augen breitete sich ein idyllisches, städtisches Winterpanorama aus. Es zauberte Fantasien hervor, Bilder von ruhigen Spaziergängen entlang eines märchenhaft-winterlichen Fördeufers mit anschließendem, gemütlichem Beisammensein vor einem prasselnden Kaminfeuer. Sweet home, Alabama, summte Jung vor sich hin. Er verdrängte die bedrückenden Bilder erfrorener Kühe, steckengebliebener Züge, gekenterter Schiffe, verschütteter Autos und die ausgestandenen Ängste um die, von denen man nicht wusste, ob sie den großen Schnee heil überstanden hatten.

Jung schloss das Fenster und setzte sich an seinen Schreibtisch. Er wollte zuerst Immos Sekretärin anrufen. Svenja hatte wirklich eine gute Idee gehabt. Er glaubte sich zu erinnern, dass Immo beiläufig hatte fallen lassen, dass seine Sekretärin schon länger bei ihm arbeitete. Vielleicht hieß länger ja fünfzehn

Jahre oder mehr. Dann hatte er gute Aussichten an nützliche Informationen zu kommen. Er beabsichtigte, sie einfach um die Adressen seiner ehemaligen Klassenkameraden zu bitten. Das schien ihm harmlos genug, um Immo erst gar nicht ins Spiel kommen zu lassen. Er nahm den Hörer auf und wählte.

»Hotel Altes Gym. Beate Schirmer am Apparat. Guten Tag, was kann ich für Sie tun?«

»Guten Tag. Mein Name ist Jung. Ich war über Silvester bei dem Klassentreffen«

»Ah, Herr Jung. Ja, natürlich, frohes neues Jahr. Haben Sie alles gut überstanden? Ich freue mich. Wie geht es Ihnen?«

Sie klang, als kannten sie sich bereits länger und hätten schon des Öfteren miteinander zu tun gehabt und gute Erfahrungen dabei gemacht. Jung stutzte nur kurz. Ihre Begrüßung schien ihm gute Chancen zu eröffnen, in seinen Bemühungen weiterzukommen.

»Oh ja, alles bestens. Besser als bei Ihnen hätte ich die schlimmen Tage gar nicht überstehen können«, schmeichelte er ihr.

»Ja, der Chef ist schon ein richtig guter. Er beherrscht seine Arbeit aus dem Effeff und bringt seine Gäste auch durch solche Katastrophen. Aber was kann ich für Sie tun?«

»Oh, nur eine Kleinigkeit. Ich interessiere mich für die Adressen von ein paar meiner Kameraden.« Es entstand eine kurze Pause.

»War das nicht eine bezaubernde Idee von meinem Chef?«, sprudelte sie drauflos. »Sie alle wieder vereint nach so langer Zeit. Sie hatten sich sicherlich viel zu erzählen? Ein wunderbarer Einfall. Ich habe ihm so gerne dabei geholfen.«

»Gute Arbeit, mein Kompliment.« Jung bemühte sich, sie bei Laune zu halten und ins Plaudern zu bringen.

»Ach, halb so schlimm. Heutzutage gibt es ja das Internet. Im Übrigen kannte ich auch schon einige wenige von ihnen aus meinen langen Jahren hier im Hause. Genau genommen waren es nur zwei, aber immerhin.«

»Ach ja? Sind Sie schon von Anfang an die gute Seele des Hauses?«, schmeichelte ihr Jung weiter.

»Ich muss zugeben, das stimmt nicht ganz. Ich kam vor siebzehn Jahren. Aber ich bin stolz darauf, die dienstälteste Mitarbeiterin im Hause zu sein«, antwortete sie verlegen.

Jung frohlockte über die Aussicht, von ihr mehr zu hören, als zu erwarten gewesen war.

»Meinen Glückwunsch und mein Kompliment. Und Sie erinnern sich an einige von uns schlimmen Jungs? Hoffentlich haben Sie sich nicht erschrocken«, schleimte er sich bei ihr ein.

»Aber Herr Jung, ich bitte Sie«, lachte sie in den Hörer. »Die beiden, die ich kennenlernen durfte, waren distinguierte Herren im besten Alter.«

»Schade, dass ich die nie kennengelernt habe«, scherzte Jung. »Ich kann gar nicht glauben, dass es welche von uns gewesen sein sollen.« Sein Lachen steckte sie an und entlockte ihr ein hohes, aufgedrehtes Kichern.

»Oh ja, ich erinnere mich noch sehr genau an die Herren«, fuhr sie fort. »Vor allem an den einen. Ein ganz bezaubernder Mann. Er war so hinreißend, so nett und aufmerksam, wirklich ganz reizend.«

»War das tatsächlich einer von uns? Helfen Sie mir, wer war es?«, schleimte Jung unbeirrt weiter.

»Das muss bitte unter uns bleiben, Herr Jung. Versprechen Sie mir das?«, fragte sie gedämpft und mit einem verschwörerischen Unterton in der Stimme. Jung registrierte erfreut, dass ihr Gespräch sich zu einem intimen Plausch unter Kaffeetanten entwickelte. Was allerdings unter Kaffeetanten vielleicht belanglos und schnell dem Vergessen überlassen werden durfte, konnte hier ganz ungeahnte Erkenntnisse bringen. Er spürte das einfach, und es weckte in ihm einen beruflichen Eros, der ihn in fiebrige Erregung versetzte.

»Sie haben mein Ehrenwort. Aber warum so geheimnisvoll?«

»Ach, wissen Sie, mein Chef, so gut er sonst auch ist, aber auf dieses Thema reagiert er nur sauer. Ich darf es in seiner Gegenwart nicht mal erwähnen. Dabei ist es so schade um die beiden.«

»Nun machen Sie mich aber neugierig. Von wem reden Sie?«, fragte Jung betont einfühlsam.

»Von seinem Freund Udo. Er ist Pastor auf Föhr und ein wirklich lieber und so guter Mensch. Aber seit Jahren ist es zwischen den beiden aus. Einfach Schluss, aus und für immer vorbei.«

Jung wusste jetzt endgültig, dass er an einem Punkt angekommen war, der seine ganze Konzentration erforderte. Ihm durfte nichts mehr entgehen, auch nicht die kleinste Nuance.

»Wie tragisch«, sagte er tief bedauernd. »Seit wann geht das denn schon?«

»Ich weiß es noch wie heute, glauben Sie mir. Es war ein ganz und gar verflixtes Jahr. Wir hatten einen entsetzlich verregneten Sommer. Einfach nur grässlich und kalt. Dann diese furchtbare Sache mit unserem Biobauern, von dem wir Fleisch und Gemüse bezogen. Seine kleine Tochter wurde Opfer eines Gewaltverbrechers. Entsetzlich, einfach furchtbar. Danach war irgendwie alles anders.«

»Was war anders?«, fragte Jung und bemühte sich, seine Neugier hinter einer nur zu verständlichen Betroffenheit zu verbergen. »Das muss ja katastrophal gewesen sein.«

»Katastrophal, ja, das ist das richtige Wort, Herr Jung. Ich durfte seinen Namen in Gegenwart meines Chefs nicht einmal mehr erwähnen. Davor waren die beiden ein Herz und eine Seele gewesen und fuhren sogar ab und zu gemeinsam mit dem Lieferwagen raus auf den Hof. Meistens kamen die Bauersleute allerdings selbst und lieferten die Bestellungen ab. Nach dem furchtbaren Verbrechen war damit Schluss. Und die Freundschaft der beiden, sie war dann auch irgendwie kaputt.«

»Das muss ja ein wirklich schlimmes Jahr gewesen sein«, sagte Jung verständnisvoll. »Und später? Hat sich das nicht wieder eingerenkt?«

»Nein, leider«, seufzte sie. »Der Chef hat später den Sohn der Bauersleute noch bei uns im Hause ausgebildet. Er hat wirklich ein großes Herz und hat der Familie geholfen, wo er nur konnte. Sie litten ja entsetzlich, weil der Verbrecher, der ihre Tochter auf dem Gewissen hat, nicht gefasst werden konnte.«

»Man mag sich das gar nicht vorstellen, die armen Eltern«, erwiderte Jung betroffen. Er kam sich schlecht vor, weil er ein Mitgefühl heuchelte, das er nur an anderer Stelle aufrichtig empfunden hatte.

»Ja, die armen Eltern. Aber ihr Bub war ein wahrhafter Goldjunge, so stattlich und gut aussehend. Er war lieb und aufmerksam, hilfsbereit und immer freundlich. Ich hätte ihn glatt adoptieren können. Trotzdem, es hat alles nichts genutzt.«

»Was ist passiert? Gab es noch ein Verbrechen?«, fragte Jung vorsichtig.

»Nein, nein. Ich wollte nur sagen, die Familie zerbrach und gab den Hof auf.«

»Oh. Das tut mir aufrichtig leid. Wenn man das hört, sollte man für jeden Tag mit der Familie dankbar sein«, bemerkte Jung verständnisinnig und kam sich tumb und einfältig vor.

»Gut, dass Sie das sagen, Herr Jung. So fühle ich auch. Aber mein lieber Chef leider nicht.«

»Warum? Ich könnte ihn mir durchaus als guten Familienvater vorstellen«, log Jung unbekümmert.

»Er hat nie geheiratet und eine Familie gegründet. Dazu kam er einfach nicht. Er hattte und hat ja auch immer wahnsinnig viel um die Ohren.«

»Obwohl er Sie an seiner Seite hat? Eine so tüchtige Kraft wird er nicht noch einmal finden, denke ich.« Jung fragte sich, ob er nicht etwas zu dick auftrug und sie allmählich merken musste, dass er mit ihr spielte. Aber seine Zweifel verflüchtigten sich rasch.

»Sie haben völlig recht, Herr Doktor Jung. Ich stehe ihm wirklich mit all meiner Kraft zur Seite. Ich tue das gerne für ihn. Ich hatte ihm auch vorgeschlagen, die Gattinnen der Herren mit zu dem Klassentreffen einzuladen. Das fand ich einfach selbstverständlich, wenn man Familie hat«, rief sie entrüstet aus.

»Vielleicht dachte er ja, wir wollten mal unter uns sein«, gab Jung vorsichtig zu bedenken.

»Das hätten Sie ja auch tun können. Wir sind doch keine altmodischen Muttis. Ich hatte mich angeboten, ein Damenprogramm für die Ehegattinnen auszuarbeiten. Wir haben doch zum Beispiel das Theodor-Storm-Haus hier in Husum. Sie sind doch Akademiker. Für die Damen wäre ein Besuch sicherlich attraktiv und sehr lehrreich gewesen.«

Jung lachte lautlos und versuchte sich vorzustellen, wie man ticken musste, um auf solche Zusammenhänge zu kommen.

»Und was hat der liebe Immo dazu gesagt?«, fragte er fürsorglich.

»Bea, hat er gesagt, Bea, du bist zu gut für diese Welt. Mach dir ein paar schöne Tage und lass uns alte Knacker allein mit unserer Nostalgie. Er war durch nichts dazu zu bewegen. Er hat eben seinen eigenen Kopf. Ja, so ist er. Immer fürsorglich bemüht um seine Mitarbeiter.«

»Ja, wirklich sehr aufmerksam von ihm. Aber das

Wetter hat da ja nicht mitgespielt, nicht wahr? Haben Sie nicht selbst auch Familie?«

»Ja, selbstverständlich. Aber mein Mann arbeitet Schicht, und meine beiden Großen feiern lieber auf Malle. Sie sind da wirklich oft. Sie haben viele, sehr, sehr gute Freunde da.«

Jung rätselte nur kurz, was sie mit Malle gemeint haben könnte: Mallorca oder die Malediven.

»Oh, wie schön für Sie. Das klingt ja wunderbar.«

»Ja, sie sind ganz prächtige Menschen. Ich liebe sie.«

Jung glaubte nun, das Gespräch beenden zu müssen.

»Ich beglückwünsche Sie zu Ihrer Familie. Schicken Sie mir die Adressliste meiner alten Schulkameraden zu? Ich wäre Ihnen sehr zu Dank verpflichtet.«

»Aber selbstverständlich gerne, Herr Doktor Jung. Aber was ich Ihnen erzählt habe, bleibt unter uns, nicht wahr? Kein Wort zum Chef, bitte.«

»Sie können sich auf mich verlassen, Frau Schirmer. Großes Ehrenwort. Wo ist Immo jetzt eigentlich?«

»Er macht Urlaub in Syrien. Er hat sich seinen Urlaub wirklich verdient.«

»In Syrien?«, rief Jung erstaunt. »Wie kann man da Urlaub machen? Das ist ja selbstmörderisch.«

»Ich weiß es nicht. Aber es zieht ihn unwiderstehlich da hin, das spüre ich einfach.«

»Na gut. Gönnen wir ihm seinen Urlaub. Ich

bedanke mich für das gute Gespräch, Frau Schirmer. Vielleicht sieht man sich mal.«

»Das wäre wirklich super. Es hat total Spaß gemacht, mit Ihnen zu reden, Herr Doktor. Danke.«

»Ich wünsche Ihnen alles Gute. Und auf Wiedersehen.«

»Ich danke Ihnen, Herr Doktor. Die Liste gebe ich heute noch in die Post. Vielen Dank noch einmal. Tschüss.«

*

Jung legte den Hörer zurück und atmete aus. Seine plötzliche Promotion musste er erst einmal verdauen. War es eigentlich fair, so mit ihr umzuspringen, fragte er sich? Er hatte sie durch die Manege geführt wie einen Ochsen am Nasenring. Aber sie hatte sich gerne führen lassen. Edle Einfalt und stille Größe waren sicherlich nie ihre Stärken gewesen. Na und, ermahnte er sich, wie stehst du selbst denn da? Mein Gott, man soll seinen Nächsten lieben wie sich selbst, nicht weniger aber auch ja nicht mehr, beruhigte er sich. Außerdem ging es um die Aufklärung eines Verbrechens. Da waren schon mal Mittel erlaubt, die nicht den höchsten moralischen Standards entsprachen.

Er schob seine Gedanken beiseite und gab sich dem Echo hin, das das Gespräch in ihm ausgelöst hatte. Deutlich spürte er, dass er etwas Wichtiges gehört hatte. Er hatte einen Hauch von der Aura der allerengsten Umgebung des Mädchens aufgenommen, einen Geruch, der ihm vielleicht einen Schlüssel zum Verständnis dessen, was passiert war, liefern konnte. Aber noch blieben die Zusammenhänge verschwommen und verwaschen. Warum stritt Immo ab, Kontakt mit der Familie gehabt zu haben? Kannte er das Mädchen? Stand er der Familie nahe, dass er nicht mehr auf sie angesprochen werden wollte? Und wenn das schon so war, warum hatte er dann noch den Sohn in seinem Betrieb ausgebildet? Warum hing das Foto der beiden in Immos Sekretariat? Warum hatte sich Immo mit Udo überworfen? Welcher Grund reichte aus, ihn nach so vielen Jahren noch zu verleugnen? Und warum machte er seine Homosexualität nicht öffentlich, und zwar so, dass es auch seine Sekretärin kapierte?

Das Telefon klingelte. Jung nahm den Hörer ab und meldete sich: »Jung, Polizei-Inspektion Nord.«

»Hallo Tomi. Frohes neues Jahr. Schön, deine Stimme zu hören.«

»Hallo Klaus. Frohes neues Jahr. Wie hast du den großen Schnee überstanden?«, begrüßte Jung seinen Freund Boll überrascht.

»Ich war auf Holnis eingeschneit. Zum Glück hatte ich Vorräte und einen Kaminofen. Und du? Wie ging's bei dir?«

Jung erzählte ihm ausführlich, wie er die aufregenden Tage verbracht hatte.

»Alles wohlauf. Das ist ja die Hauptsache. Hast du Fortschritte im Fall des verschwundenen Mädchens gemacht? Das wäre meine zweite Frage.« Boll schien sich zu langweilen und benutzte die günstige Gelegenheit, sich zu unterhalten.

»Ja, ich glaube, ich bin auf etwas Wichtiges gestoßen. Wie wär's, wenn wir uns sehen und darüber reden?«

»Bei mir draußen, auf Holnis? Das wird schlecht gehen. Du brauchst einen allradbetriebenen Offroader, wenn du bis zu mir durchkommen willst.«

»Dann komm doch in die Stadt. Du musst doch irgendwie aus deiner arktischen Hölle herauskommen können? Wir gehen irgendwo was essen.«

»Ich bin schon in der Stadt. Gute Idee. Wo willst du hin?« Boll klang froh, nicht so bald in die weiße Einöde zurückzumüssen.

»Gehen wir ins Viva? Ich hab Appetit auf mexikanische Küche. Der chilenische Rotwein ist auch ganz passabel«, schlug Jung vor.

»Gut, dann bis gleich in der Roten Straße. Ich werde da sein.«

Jung legte den Hörer zurück und blickte aus dem Fenster. Das zusammengeschobene Eis auf dem Wasser und die Schneewehen an den Ufern reflektierten die gleißende Sonne, die von einem arktisch sauberen, blauen Himmel schien. Sie tauchte die Hafenspitze in ein Licht, das Jung so noch nie erlebt hatte. Es verwandelte den Hafen in einen fremdartigen Ort, der eher an die Breiten, hoch oben im Norden erinnerte, wo der Winter sich stets so präsentierte, und wo das alles normal war, was hier sensationelle Ausnahme blieb.

Jung gab sich einen Ruck und richtete sich in seinem Bürostuhl auf. Er hatte Hunger. Sein Magen knurrte. Der Gedanke an einen kurzen Spaziergang mit anschließendem Essen und Rotwein beschwingte ihn. Er erhob sich entschlossen. Im Treppenhaus begegnete er niemandem, sogar die Wachstube am Ausgang war verwaist. Petersen machte Mittag, wahrscheinlich bei McDonald's um die Ecke. Andernfalls hätte er an seinem Tresen gesessen, gerade sein Butterbrot ausgepackt und die Thermoskanne aufgeschraubt.

*

Die Rote Straße liegt nicht weit weg von der Polizei-Inspektion. Jung konnte sie leicht in zehn Minuten zu Fuß erreichen. Sein Weg führte ihn durch die Fußgängerzone der Stadt. Der Schnee war nur notdürftig an die Seiten geschoben worden. Die Reste auf dem frei geräumten Gehweg waren mit Sand abgestreut und unter den Tritten der Passanten zu einem schmutzigen Schlamm zerstampft worden. Als er in kurzen Trippelschritten über den Holm in Richtung Südermarkt hüpfte, drang Jung der kalte Brei unangenehm in die Hosenbeine und Schuhe. Er fluchte vor sich hin und sah neidisch auf seine Mitmenschen, die ordentliche Winterstiefel trugen und die schneeige Pampe bei jedem Schritt rücksichtslos in die Gegend verspritzten. Wofür er sonst zehn Minuten brauchte, kostete ihn heute das Doppelte. Als er nach einem halsbrecherischen Parcours über das

Kopfsteinpflaster des Südermarktes und der Roten Straße die Tür zum Viva endlich aufstieß, waren seine Socken feucht und seine Füße eiskalt.

Er hatte Boll schon von der Straße im ersten Stock am Fenster sitzen sehen und eilte die Treppe hinauf, froh seinem Bewegungsdrang ohne Behinderung durch rutschigen Schneematsch nachgehen und seinen Füßen etwas Bewegungswärme verschaffen zu können.

»Warum habe ich keine gefütterten Stiefel, kannst du mir das mal sagen?«, stöhnte Jung, nachdem er Boll begrüßt hatte.

»Weil du normalerweise in Flensburg keine brauchst«, antwortete Boll oberlehrerhaft. »Komm, setz dich. Rotwein habe ich schon für dich bestellt.«

»Danke. Nett von dir.« Jung ließ sich Boll gegenüber auf den Stuhl fallen und sah ihn aufmerksam an.

»Du musst bei dir da draußen durch die Hölle gegangen sein, oder?«

»Das kannst du laut sagen. Es war grausam.« Boll verzog schmerzhaft das Gesicht. »Bei Oststurm liegt Holnis sowieso auf dem Präsentierteller, sozusagen in der Einflugschneise von der offenen See her, bevor der Wind sich über die Innenförde und Flensburg hermacht.«

»Dein Haus steht ziemlich ungeschützt, nicht wahr?«

»Ja und nein. Es liegt in einer weiten Senke, nach Süden offen. Aber nach Westen steigt das Terrain zum Holnis Kliff an. Das wirkt auf den Ostwind wie ein Tritt in den Hintern.«

»Aber die Dachpfannen liegen noch?«, lachte Jung.

»Ja, habe ich wahrscheinlich dem Schnee zu verdanken. Das Haus wehte nach kurzer Zeit bis unter den First ein, jedenfalls an der West- und Nordseite. Nach Osten und Süden sah ich nur haushohe Schneewehen.«

»Hast du nicht Panik gekriegt? Wie ist deine Frau damit klargekommen?«

»Zum Glück war Ulla am Vormittag nach Hamburg gefahren. Wir waren zu einer Silvesterparty eingeladen. Ich wollte abends nachkommen.«

»Ähnlich wie bei mir nur anders«, witzelte Jung.

»Ich war froh darüber. Es war lebensbedrohlich. Die Heizung fiel aus, und ich heizte den Kamin an. Ich glaube, ich habe in meinem ganzen Leben noch nicht so viel Holz verfeuert. Die Wasserleitungen durften nicht einfrieren.«

»Und, sind sie?«

»Mein Haus war bald ein Iglu. Es hielt die Wärme gut fest.«

Die Bedienung, ein Tablett mit zwei Gläsern Rotwein balancierend, näherte sich ihrem Tisch. Sie war klein. Ihre Schürze reichte ihr bis an die Knöchel. Ihr Schritt war langsam, und sie wiegte ihre Hüften. Sie wirkte träge, ihre herunterfallenden Augenlider machten einen lässigen, fast blasierten Eindruck. Ihrem Gesicht hatte sie mit viel Farbe und Schminke aufgeholfen. Sie stellte die Gläser wortlos auf den Tisch und blickte sie abwartend an. Jung kam die Frau vor, als wolle sie lieber nicht mit kniffligen Fragen nach Enchiladas, Fajitas, Tostadas, Quesadillas oder Flautas behelligt werden. Um die Sache abzukürzen, bestellte er mit einfachen und klaren Worten Chicken Wings mit scharfer Salsa, Country Potatoes und Joghurt-Dip.

»Das Gleiche für mich«, nickte Boll die Bestellung ab. Sie wandte sich wortlos um und trollte sich in Richtung Küche.

»Zum Wohl, Tomi. Auf den überstandenen Schrecken.« Boll hob sein Glas und wartete darauf, mit Jung anstoßen zu können.

»Zum Wohl, Klaus.« Sie nahmen einen größeren Schluck. Nachdem sie die Gläser wieder zurückgestellt hatten, fragte Boll: »Nun erzähl mal. Was gibt's Neues im Fall des Mädchens?«

Bolls Neugier war echt, und Jung begann ausführlich zu erzählen. Er ließ sich Zeit und formulierte sorgfältig. Er wollte die wenigen, reinen, unbezweifelbaren Fakten herausstellen und jede Bewertung, jede Deutung oder vermeintlichen Bezüge weglassen. Er bemühte sich auch deswegen, weil er für sich selbst eine Klarheit in der Sache gewinnen wollte, die nicht von seinen Gefühlen und Intuitionen eingefärbt war. Zwischendurch kam ihr Essen. Das Nagen an den Hühnerflügeln und das Dippen der Kartoffelschnitze in die köstlichen Saucen verschafften ihm Pausen, die ihm halfen, gut zu überlegen, was er sagte. Er bemühte sich um kurze, klare Sätze und

vermied Schnörkel, unfreiwilligen Witz und Wort-
gepläkel, an denen er sich sonst gerne ergötzte. Am
Schluss sagte er: »Immo ist nach Syrien in Urlaub
gefahren.«

Boll hatte ihn ohne Unterbrechung reden lassen.
Er war mit den Wings und Potatoes bereits am Ende
und wischte sich mit der Serviette das Fett von den
Fingern, während Jung noch den Großteil vor sich
auf dem Teller liegen hatte.

»Syrien? Kein Urlaubsland aus dem TUI-Ka-
talog«, bemerkte Boll trocken. »Für Schwule ein
Geheimtipp.«

»Wie meinst du das, Klaus?«

»Der Vordere Orient hat eine lange und sehr
lebendige Kultur in der Männer- und Knabenliebe.
Denk mal an Lawrence von Arabien und ›Die sieben Säulen der Weisheit‹.«

»Du meinst, er macht eine Lustreise wie Heteros
nach Thailand?«

»Die Schwulen würden diesen Vergleich entrüstet zurückweisen. Aber wenn man's mal ganz platt
betrachtet, dann ist da durchaus was dran, ja.« Boll
nickte.

Jung nagte den nächsten Flügel ab und nahm einen
Schluck Wein.

»Weißt du, was mir gerade in den Sinn kommt?«,
fragte er und schob sich nachdenklich noch einen
Kartoffelschnitz in den Mund. »Ich frage mich,
ob Udo eventuell schwul ist. Es würde mich zwar
überraschen, aber bei Immo habe ich auch nichts
geahnt.«

»Als Pastor auf der Familieninsel wäre er damit aber richtig am Arsch«, kommentierte Boll trocken. »Hier an Land kennt man ihn nicht, und es würde ins Bild passen. Aber bringt uns das einen Schritt näher an das Mädchen heran?«

»Es geht mir ums Atmosphärische, verstehst du? Wenn er Immo bei seinen Einkaufstouren auf den Hof begleitet hat, dann könnte er das Mädchen dort gesehen haben. Wie hat er den Hof und die Familie erlebt? Schwule haben angeblich eine hohe Sensitivität.«

»Und Schwule erkennen sich untereinander. Vielleicht ist auch der Bruder der Kleinen schwul? Er könnte der Grund ihres Zerwürfnisses sein.«

»Eifersucht?« Jung sah Boll fragend in die Augen. »In den Akten ist bezüglich der sexuellen Orientierung der Familienmitglieder nichts vermerkt. Aber das muss nichts heißen. Damals war das Thema Homosexualität tabu, wurde verdrängt und geheim gehalten. Außerdem schien es nicht wichtig. Das könnte, was das Verhalten der Männer anbetrifft, einen gewissen Sinn ergeben, da hast du recht.« Jung stocherte in seinen Kartoffeln herum.

»Frag ihn doch einfach«, sagte Boll schlicht.

»Wen?«

»Udo, den Seelenhirten. Er hat vielleicht etwas mehr auf der Pfanne als Immo, der Hotelfritze.«

»Hm, könnte funktionieren«, murmelte Jung.

Inzwischen hatte er seine Hähnchenflügel vertilgt und wischte sich die Hände mit einem Erfrischungstuch sauber.

»Wollen wir noch Kaffee und Grappa bestellen?«, fragte er Boll.

»Für mich nur Kaffee.« Boll drehte sich um und suchte die Bedienung. Sie stand im Hintergrund vor der Durchreiche zur Küche und drehte ihnen den Rücken zu. Boll schaute ihr eine Weile auf den Allerwertesten in der Hoffnung, irgendwann mit ihr Blickkontakt aufnehmen und sie heranwinken zu können. Seine Hoffnung wurde enttäuscht. Sie war in ein längeres Gespräch mit dem Küchenpersonal versunken.

»Wenn sie sich mal umsieht, winkst du sie bitte heran?«, wandte sich Boll an Jung.

»Klar. Was macht übrigens deine Frau?«, wechselte Jung das Thema.

»Es geht ihr gut, glaube ich.«

»Glaubst du?« Jung zog die Augenbrauen hoch und legte die Serviette beiseite.

»Ich hab deinen Rat befolgt und ihr schon mal zu Weihnachten den Blumenstrauß des Jahrhunderts geschenkt.«

»Und?« Jung lachte. »Du klingst, als wärst du auf der falschen Feier gewesen.«

»Nein, nein, es war schon gut. Heftige Umarmung, Küsse und große Gefühle.«

»Und? Was ist daran falsch?«

Boll zögerte und suchte nach Worten. »Weißt du, wenn ich ehrlich bin, Tomi, kam ich mir vor wie in einem schlechten Film, verstehst du?«

»Was? Nein. Erklär's mir.«

»Ich hatte das Gefühl, als umarmte sie da jemanden, den sie gar nicht meint und der ich gar nicht bin. Und wenn ich wirklich ich gewesen wäre, dann hätte sie mir den Blumenstrauß um die Ohren gehauen und wäre weinend zu ihrer Mutter geflüchtet.«

»Ja, wer bist du denn wirklich?«, fragte Jung schmunzelnd.

»Einer, der am Vormittag beim Anblick einer jungen Frau im Supermarkt einen Steifen in der Hose hatte.«

Jung lachte. Boll blieb ernst.

»Willst du dich von ihr trennen?«, fragte Jung.

»Quatsch. Ich bin mit ihr seit der Uni zusammen. Wir haben gemeinsam ein Leben hinter uns. Ich käme mir albern und blöd vor.«

»Warum blöd? Du bist nicht der Einzige.«

»Eben. Ich müsste mir eingestehen, dass ich zeit meines Lebens blind und gefühllos gewesen bin, verstehst du?«

Das Gespräch stockte. Jung ergriff als Erster wieder das Wort. »Ich verstehe. Ulla scheint dich gut zu verstehen, sonst wäre sie nicht bei dir geblieben.«

»Du verstehst gar nichts. Ich sagte das nicht in Hinblick auf Ulla, sondern in Hinblick auf mich.«

Boll schwieg, und auch Jung sagte kein einziges Wort. Er sah sich Hilfe suchend um und erblickte im Hintergrund die Bedienung, wie sie zu ihnen herübersah. Er winkte sie heran und verlangte die Rechnung. Sie schwiegen beharrlich, bis die träge Frau die Rechnung wortlos vor sie auf den Tisch legte. Jung bezahlte ohne Trinkgeld zu geben, immer noch schweigend.

»Was haben wir ihr getan, dass sie uns keines Wortes würdigt?«, fragte Boll.

»Nichts. Wir sind hier. Das reicht«, erwiderte Jung kurz angebunden. Sie standen auf und verließen das Lokal.

»Fährst du mich an der Dienststelle vorbei?«, fragte Jung. »Ich habe eiskalte Füße.«

»Selbstverständlich.« Boll nickte zustimmend.

Obwohl sie mittlerweile über Süderhofenden, am ZOB vorbei zur Polizei-Inspektion fuhren, hatte keiner von ihnen ein weiteres Wort gesagt. Im Hof hielt Boll an und ließ Jung aussteigen.

»Ich werde mit Udo, dem Inselpastor, sprechen«, brach Jung sein Schweigen. »Ich melde mich bei dir, wenn ich Neues habe.«

»Okay, mach's gut. Und viel Erfolg. Tschüss Tomas.«

»Tschüss Klaus.«

Als Jung seine Füße auf das eisige Pflaster setzte, wusste er, dass es an der Zeit war, seine nassen Socken loszuwerden, oder er würde in Kürze mit Schlimmerem als kalten Füßen zu tun haben. Am Treppenaufgang grüßte er Petersen nur im Vorbeigehen. Der blickte ihm mit offenem Mund hinterher und schüttelte den Kopf. Er sah die Gelegenheit, seine langen Stunden mit einem netten Klönschnack zu versüßen, die Treppe hinaufeilen und im Treppenhaus verschwinden.

In seinem Büro angekommen schloss Jung hinter sich die Tür. Er zog die Schuhe aus und hängte die feuchten Socken über die Heizung. Er setzte sich in seinen Bürostuhl und legte die Füße auf den Schreibtisch. Ihm war kalt. Seine Zehennägel mussten geschnitten werden. Er dachte an seine Frau, an sich und seine Arbeit. Darüber kam er ins Grübeln. Je länger er grübelte, desto unwilliger wurde er. Schließlich war er fast wütend. Was sollte das Ganze eigentlich? Was sollte das Wühlen in den Empfindlichkeiten dieser blöden Schwuchteln? Was wollte er denn da herauspopeln, das ihm half, das Verschwinden eines kleinen Mädchens aufzuklären? Wer wollte das denn überhaupt wissen? Ihre Familie war zerstört. Wem nützte das Wissen über den Hergang des Geschehens überhaupt? Scheiß drauf. Und dafür werde ich auch noch bezahlt. Was für eine Vergeudung von Steuergeldern.

Aber er und seine Familie lebten davon. Sie konnten sich ein Haus und zwei Autos leisten. Sein Sohn konnte studieren. Seine Tochter konnte in Japan zur Schule gehen. Ihm fielen noch etliche Gründe ein, so weiterzumachen.

Er hatte auf einmal das Bedürfnis nach Urlaub. Hatte das nicht bereits sein alter Klassenkamerad Elmar bemerkt? Er würde eine Menge dafür gegeben haben, wenn er in diesem Moment auf dem geräumigen Balkon eines ruhigen Hotels der Luxusklasse auf Fuerteventura sein könnte: Im Halbschatten auf einer Liege dösen und den Blick über das in der ewigen Sonne funkelnde Meer schweifen lassen. Die Geräusche des belebten Ferienstrandes würden verebben und sein Ohr nur noch als einschläferndes Gemurmel erreichen. Neben ihm, auf einem niedrigen Tischchen, stünde ein Glas Rosado von Macia Batle, ein Krimi von Sjöwall/Wahlöö würde aufgeschlagen auf seinem Bauch liegen, und er wäre voll froher Erwartung auf ein paar exquisite Tapas zu Mittag und danach auf eine köstliche Cohiba Siglo II, seinem Lieblingsformat. Die Vorstellung war zu schön, als dass sie in naher Zukunft wahr werden konnte. Er versprach sich selbst, dem Urlaubstipp seines alten Klassenkameraden zu folgen. Sobald die Arbeit an dem Fall beendet war, würde er bei dem Bekannten an der Algarve anrufen und das Haus mieten.

Im Moment hatte er jedoch anderes zu tun. Bevor er den Pastor auf Föhr besuchen durfte, musste er Holtgreves Genehmigung einholen. Er sah sich dazu genötigt, seit Holtgreve ein großes Theater gemacht hatte, als Jung ungefragt und eigenmächtig in einem anderen Fall auf der Insel Sylt recherchiert hatte. Er wählte den Apparat seines Chefs an.

»Holtgreve.«

»Jung hier. Ich hoffe, ich störe nicht. Ich möchte Sie gerne sprechen.«

»Worum geht es?«

»Um den Fall des verschwundenen Mädchens. Sie erinnern sich?«

»Selbstverständlich. Kommen Sie hoch.«

»Jetzt gleich?«

»Ja, wann denn sonst? Aber dalli.«

»Bin schon auf dem Weg.«

Jung legte den Hörer zurück. Er zog die noch feuchten Socken über die Füße und schlüpfte in seine Halbschuhe.

Holtgreves Bürotür stand wie immer offen. Jung klopfte an das Türblatt.

»Herein. Setzen Sie sich«, befahl Holtgreve und zeigte auf den Besucherstuhl vor seinem Schreibtisch. Er legte die Unterarme auf die leergefegte Schreibtischplatte, faltete die Hände, als wolle er beten, und sah ihm in die Augen.

»Guten Tag, Herr Holtgreve. Frohes neues Jahr. Haben Sie den Schnee gut überstanden?«

»Ja, danke. Was gibt es?«

»Ich möchte eine Dienstreise nach Föhr machen. Ich will Erkundigungen vor Ort einholen.« Jung fasste sich bewusst kurz.

»Warum müssen Sie dafür nach Föhr?«

Jung erklärte seinem Chef so gut er konnte seine Gründe.

»Warum bestellen Sie Ihren Zeugen nicht hierher?«, wandte sein Chef ein.

»Er ist streng genommen kein Zeuge. Mir geht es darum, die engste Umgebung des Mädchens zu erkunden. Ich glaube, die genaue Kenntnis der Menschen, die sie gekannt haben, würde mir dabei helfen. Dazu muss ich auf die Insel.«

»Ermitteln Sie oder treiben Sie Psychospielchen, Jung?«

Jung fühlte Holtgreves Widerstand gegen sein Vorhaben wachsen. Deswegen sagte er einfach: »Ich ermittle.«

»Dann sagen Sie endlich wogegen.«

»Nicht gegen irgendwen, sondern in Sachen Aufhellung des Tatumfeldes.«

Jung sah sich mit einem Unverständnis konfrontiert, das ihn reizte und langsam wütend machte.

»Was denn nun? Ist er Zeuge?«, schnappte Holtgreve.

»Vielleicht.«

»Dann bestellen Sie ihn ein. Basta.« Holtgreves Ungeduld reizte Jung immer mehr.

»Ich will ihn aber in seiner gewohnten Umgebung sehen, ohne Verhörsituation und Polizeimief.«

Jung wusste schon, bevor er fertig war, dass Polizeimief ein Wort war, dass er in Holtgreves Gegenwart lieber nicht in den Mund genommen hätte.

»Jung, was erzählen Sie da? Ist er ein Verdächtiger, ja oder nein?«

Jung fühlte sich in die Enge getrieben und antwortete, nur um endlich Ruhe zu haben: »Ja, der Pastor ist tatverdächtig.«

Ihn überschwemmte eine Gefühlswoge, die ihm alles Blut in den Magen trieb. Seine Wut auf Holtgreves Grobheiten und Unverständnis verflog schlagartig. Er schwieg in der Folgezeit, als sei er abwesend.

»Ein Pastor? Verdammt, Jung. Vorsicht. Allergrößte Vorsicht.« Holtgreve hob abwehrend seine Hände vor die Brust. Es entstand eine längere Pause. Jung schwieg weiterhin. Kurz darauf sagte Holtgreve: »Okay, Jung, fahren Sie. Aber benutzen Sie das Ding zwischen Ihren Ohren, dafür werden Sie bezahlt.«

Jung stand auf und war schon an der Tür, als Holtgreve ihn noch einmal zurückrief.

»Jung, legen Sie sich nicht mit der Amtskirche an, verstanden? Ich möchte keine Scherereien. Haben Sie das kapiert?«

»Ja, habe ich. Noch etwas?« Jung sah Holtgreve mit leerem Blick an.

»Nehmen Sie Ihren Privatwagen. Die Dienstwagen brauche ich hier. Sie können Ihre Kosten über Reisekostenvergütung abrechnen.«

»Mach ich«, sagte Jung tonlos.

Er verließ Holtgreves Büro und stieg die Treppen mit feuchten Socken und immer noch kalten Füße hinunter.

DIE REISE NACH FÖHR

Schleswig-Holstein ist das nördlichst gelegene deutsche Bundesland. Der Landesteil Schleswig ist wiederum der nördliche Teil davon. Er trennt die Ostsee von der Nordsee und grenzt im Norden an das Königreich Dänemark. Will man von der Ostküste, an der die alte Residenzstadt Schleswig und der einstmals bedeutende Handelsplatz Flensburg an weit ins Binnenland reichenden Fjorden liegen, zur Westküste, nach Nordfriesland, so überquert man in der Mitte den von Norden nach Süden verlaufenden öden Geestrücken. In Bredstedt erreicht man die heimliche Hauptstadt Nordfrieslands. Jenseits dieser gemütlichen Kleinstadt breitet sich nach Westen und Norden flaches, fettes Marschland aus. Die Nordfriesen haben es dem Meer abgerungen und zu einer reichen Ackerlandkultur entwickelt. Die raue und kraftvolle Aura ihres Landes erinnert sie stets daran, dass sie unauflöslich mit der Erde verbunden und auf ewig den Elementen und Kräften der Natur ausgeliefert sind. Das erste größere Dorf in Richtung der Fähranleger zu den vor der Küste liegenden Inseln und Halligen ist Holtbüll. Man biegt dort ab nach Dagebüll, von wo Jung mit der Fähre nach Föhr übersetzen wollte. Er kannte die Strecke nach Dagebüll von vielen Sommerausflügen an die langen Sandstrände von Amrum und Föhr.

Jung startete in Flensburg bei strahlendem Sonnenschein. Das Display im Auto zeigte minus acht Grad, und er drehte die Sitzheizung auf Stufe vier. Er fuhr auf der B 200 in Richtung Husum. Vor Wanderup bog er rechts ab auf die Kreisstraße nach Bredstedt. Auf seiner Fahrt hatte Jung das Gefühl, als führe er zum ersten Mal nach Dagebüll. Die alte Vertrautheit war einer exotischen Fremdheit gewichen. Das Land lag unter Schnee begraben. Hier und da hatte der Sturm den gefrorenen Ackerboden blankgefegt. Die dunklen Flecken hoben sich wie flache Inselchen auf dem weißen Meer ab. Die wenigen kahlen Bäume ragten in den Himmel wie die Seezeichen im Watt vor der Küste. Jenseits des Geestrückens wurde es nach Westen hin immer diesiger. Die Temperatur stieg langsam an, allerdings verschlechterten sich die Witterungsbedingungen. Das Steuern des Autos verlangte Jung all seine Konzentration ab. Bis Schlüttsiel war die Sicht so weit zurückgegangen, dass die riesigen Flügel der vielen Windkraftanlagen nicht mehr zu erkennen waren. Die Temperatur war auf Werte nahe dem Gefrierpunkt angestiegen. Zu der schlechten Sicht gesellte sich eine schlüpfrige, durch den gefrierenden Nebel gelegentlich eisglatte Fahrbahn. Jung war erleichtert, als er ohne Zwischenfall in Dagebüllhafen angekommen und sich hinter den wenigen Autos für die Fähre nach Föhr einreihen konnte. Der Molenkopf war nicht mehr auszumachen. Aus dem dichten Nebel hörte er nur das Kreischen der Möwen und das regelmäßige Tuten eines Nebelhorns.

Als die Fähre abgelegt hatte, versank das Schiff

in einer konturlosen, grauen Öde. Es herrschte Windstille. Wasser und Luft verschmolzen zu einer dunklen Bedrohlichkeit. Jungs schreckhafte Fantasie erwartete in jeder Sekunde das Auftauchen des Fliegenden Holländers. Die wenigen Passagiere waren unter Deck verschwunden. Die Schiffsbrücke vermochte er nur schemenhaft auszumachen. Die Mannschaften waren unsichtbar. Das rhythmische Tuten des Nebelhorns war das Einzige, das ihn daran erinnerte, dass er nicht verloren war. Er verzog sich in sein warmes Auto und schob eine CD in den Player. Die Leadgitarre der Rolling Stones begann den Song ›Gimme Shelter‹. Er versetzte ihn in Zeiten, in denen er jünger und unerfahrener gewesen war. War Dummheit tatsächlich eine bessere Grundlage sich wohlzufühlen? Sein Verstand verbot Jung daran zu glauben. Dennoch fühlte er sich auf der Stelle besser.

*

Jung hatte sich nicht bei Udo angemeldet. Er wollte als neugieriger Ehemaliger kommen und nicht als Vertreter der Kripo, der in irgendeiner Mission unterwegs war. Überhaupt wollte er alles vermeiden, das seinen Besuch vorbelastet hätte. Er hatte seinen alten Klassenkameraden in einer Fernsehreportage entdeckt und wollte nun, weil er gerade mal zufällig auf der Insel war, vorbeischauen und Hallo sagen. Diese Erklärung hatte er sich zurechtgelegt. Jungs Fantasie war durch die Unterhaltung mit

Boll und von der Auseinandersetzung mit Holtgreve angestoßen worden. Sie hatte ihn in Richtungen denken lassen, die ihm bis dahin verschlossen geblieben waren. War Udos Freundschaft zu Immo vielleicht aus seiner bedrängten, gleichgerichteten sexuellen Neigung zu verstehen? Wenn Jung sich an die beiden aus der gemeinsamen Schulzeit erinnerte, so konnte er keinen anderen Grund entdecken. Ihre Verschiedenheiten in Aussehen, Geschmack, Temperament, Charakter und Interessen waren eklatant. Ihr Zerwürfnis konnte in ihrer Homosexualität eine nachvollziehbare Begründung finden. Ein selten attraktiver Jüngling, der ihrer beider Begierden geweckt hatte, könnte dafür Grund genug sein. Die zugefügten Verletzungen könnten so schwer gewesen sein, dass sie über die vielen Jahre nicht ausgeheilt waren. Jung bemühte sich zu verstehen, wie tiefgreifend und aufwühlend die Gefühle und Leidenschaften in einem solchem Fall gewesen sein mussten. War es nicht vorstellbar, dass in dieser unheilvoll aufgeladenen, explosiven Atmosphäre etwas passiert war, das keiner so gewollt, aber das sie zu Schuldigen gemacht hatte? Seine Reaktion auf Holtgreves blindes Drängen nach einem vorzeigbaren Schuldigen hatte Jung völlig durcheinandergebracht.

*

Als er in Wyk von der Fähre rollte, erstickte noch immer dichter Nebel Meer und Land. Der Schnee lag über dem Vorhafen wie ein Leichentuch. Jung parkte sein Auto auf dem großen Parkplatz kurz vor der Stadt. Die wenigen Autos, die mit ihm auf die Insel gekommen waren, hatten sich schnell auf der Ausfallstraße zu den Inseldörfern verloren. Bis auf eine Handvoll Passagiere und ein paar Autos, die darauf warteten, auf die Fähre gelassen zu werden, um auf das Festland zurückkehren zu dürfen, war er allein. Jung hatte sich darauf eingerichtet, ein oder zwei Nächte auf der Insel bleiben zu müssen. Ganz auszuschließen war das nie. Allerdings fehlte ihm eine Tube Zahnpasta. Er verließ deswegen sein Auto und machte sich zu Fuß auf in die Stadt.

Er betrat die Fußgängerzone durch das Hafentor. Emsige Arbeiter hatten die Straßen und Plätze von den Schneemassen befreit. Das Licht war ausgeknipst und der Ort abgeschlossen worden. Das Leben musste irgendwo anders abgeblieben sein. Vielleicht lag das auch am Wochentag und der Jahreszeit. In den Fenstern der Restaurants, Cafés und Geschäfte standen Hinweisschilder ›Montags geschlossen‹, ›Betriebsferien‹, ›Wir sind Ostern wieder für Sie da‹. Jung atmete erleichtert auf, als er in der Großen Straße die Leuchtreklame einer Bank und eines Drogerie-Marktes durch das dichte Grau schimmern sah. Er betrat den Discounter und fand unbehindert von anderen Käufern schnell seine Lieblingszahnpasta. Er begrüßte die Frau an der Kasse wie ein Ertrinkender das rettende Ufer. Sie glotzte ihn an, blieb aber kalt und stumm wie ein Fisch. Erst als er sie nach der Kirche St. Laurentii fragte, taute sie etwas auf. Sie erklärte ihm den Weg in den Westen der Insel, nach Süderende, wo er die Kirche finden würde. Jung wunderte sich, warum Süderende im äußersten Westen lag. Nachdem er der Kassenfrau länger in die Augen geblickt hatte, unterließ er es, sie um Aufklärung zu bitten.

Neben der Verkäuferin hatte er auf seinem Weg zurück zum Auto nur drei Menschen getroffen. Er setzte sich hinters Steuer und fuhr auf der verlassenen Straße über Nieblum nach Süderende.

Er sah nicht viel von der Insel. Der Schnee deckte sie zu. Die Sicht war nach wie vor miserabel. Es begann langsam zu tauen. Erst hinter Borgsum lichtete sich der Nebel etwas und gestattete einen Blick auf die Äcker und Weiden, die sich rechts und links platt wie Betttücher ausbreiteten. Ein paar dicke Schafe standen an den Straßengräben und kauten vor sich hin. Ihre kleinen Köpfe lugten aus ihrer dicken Wolle wie Stricknadelköpfe.

Als Jung nach ein paar Kilometern rechts nach Süderende abbog, meinte er, am Ende der Welt angekommen zu sein. Nach wenigen 100 Metern sah er die Kirche. Aus einem Wäldchen erhob sich der Turm von St. Laurentii: ein Monolith aus Backstein, schnörkellos, glatt, fast brutal und gedeckelt von einem flachen, stumpfen Zinkdach. Über dem Turm wehte, in auffälligem Kontrast zu der trotzigen Klobigkeit des Turms, eine fein ziselierte, vergoldete Wetterfahne. Aus dem gefiederten Windblatt war ein altes Segelschiff kunstvoll herausgestanzt worden.

Jung stellte sein Auto auf dem gegenüber der Kirche liegenden Parkplatz neben dem Werkstattwagen einer Dachdeckerfirma aus Alkersum ab. Die Kirche stand ziemlich isoliert in der Landschaft, umgeben von einem weiträumigen Friedhof mit angrenzendem Wäldchen und weitab vom Dorf. Gegenüber, jenseits der Straße, lag das Pastorat. Es war neueren Datums, vielleicht vor 10 bis 20 Jahren erbaut. An ihm war nichts auffällig außer einem Schaukasten davor. Er machte auf eine ›Arbeitsgemeinschaft Sonne‹ aufmerksam, gefördert mit Mitteln der Europäischen Gemeinschaft und unterstützt von der Kirchengemeinde. Jung las mit einiger Verwunderung, dass Pastor Dirk Jeß am Dienstag bis Donnerstag zwischen 9 und 11 Uhr zu erreichen sei. Jung war sich jedoch absolut sicher, dass Udo, sein alter Klassenkamerad, Pastor der St. Laurentii-Gemeinde war.

Jung entdeckte ein paar Dachdecker auf dem Kirchdach. Sie besserten die Bleibänder zwischen Zinkdach und Mauerwerk aus. Er überquerte die Straße und betrat den Kirchhof durch ein weißes Friesengatter. Er schritt auf einem Kiesweg durch ein altes Gräberfeld, dessen Steine wie Findlinge auf dem Gottesacker standen. An der Außenwand des Kirchenschiffs lehnte eine lange Leiter. Am Fuße wachte ein Handwerker. Jung fragte ihn, ob er Pastor Udo Harmsen kenne.

»Jau, he is uns Jugendpaster. He livt in de olle Pastorei, mitten ins Dörp. Kannst ga nich dran vorbi.«

Jung bedankte sich. Auf dem Weg zurück über den Friedhof fiel sein Blick auf die Frontseiten der Grabsteine. Einige Steine zierten farbige Segelschiffreliefs. Die kunstvollen Arbeiten erregten seine Aufmerksamkeit. Die Schiffe führten ausnahmslos den dänischen Danebrog in der Takelage. Bei näherem Hinschauen las er Namen, die er vorher noch nie gehört hatte. Die Kapitäne mit Vornamen Rickmer und Früd waren nach langen Jahren auf See in ihrer Heimat auf Föhr als Landwirte gestorben. Früds Gattin hatte den Vornamen Sitzele und starb sechs Jahre nach ihm.

Er verließ den Kirchhof durch das weiße Gatter, ging zurück zum Parkplatz und setzte sich hinter das Steuer. Nach Süderende war noch ein knapper Kilometer zu fahren.

DIE HAUSHÄLTERIN

Wie der Mann gesagt hatte, war das alte Pastorat nicht zu übersehen. Jung war von der Größe des alten Hauses überrascht. Eigentlich waren es zwei Häuser: Ein Haupthaus mit mächtigem Friesengiebel und, etwas versetzt, ein angebautes Nebenhaus gleicher Höhe und fast gleicher Länge. In das alte Mauerwerk zur Straße waren nachträglich eine Reihe moderner Kassettenfenster eingesetzt worden. Sie waren ursprünglich in Anzahl und Größe sicherlich nicht so konzipiert gewesen. Aber unter dem ungeheuer hohen Reetdach und neben dem breiten, hohen Friesengiebel fiel der Stilbruch nicht weiter auf. Den Zutritt zum Haus versperrte eine mächtige Rundbogentür, deren kunstvoller Anstrich in freundlichem Grau und Blau gehalten war. Darüber war die Jahreszahl 1762 in das Mauerwerk eingelassen. Der Schnee auf dem Dach fing langsam an zu tauen. Das ablaufende Tauwasser war unter der Traufe zu langen Eisbärten gefroren. Sie tropften still vor sich hin und hinterließen tiefe Löcher im hohen Schnee.

Es gab keine Klingel aber einen gewaltigen Türklopfer aus massivem Messing. Jung stieg die zwei Stufen zur Tür hinauf, fasste den Löwenkopf an der Ringunterseite und schlug ihn auf das Klopfbrett. Es dauerte einige Sekunden, bis die Tür weit geöffnet wurde. Vor ihm stand eine stattliche Frau, von der er auf der Stelle wusste, dass sie ihre Schürze abgelegt hatte, bevor sie zur Tür gegangen war. Sie sah ihn aus lebhaften Augen an. Ihr Gesicht strahlte eine Freundlichkeit aus, die alles mit offenen Augen willkommen hieß, was immer ihr begegnete. Dagegen verblassten ihre übrigen Attribute. Über seine ersten Beobachtungen vergaß Jung die ihm sonst selbstverständliche, kritische Betrachtung weiterer Details.

»Guten Tag. Was kann ich für Sie tun?«, fragte sie energisch.

»Guten Tag. Mein Name ist Jung. Ich möchte zu Pastor Harmsen.«

»Das tut mir leid, Herr Jung. Der Pastor ist nicht zu Hause. Kann ich Ihnen vielleicht weiterhelfen?«

»Sehr nett von Ihnen. Ich glaube, das wird nicht gehen.«

»In welcher Angelegenheit wollen Sie den Pastor denn sprechen?«, fragte sie mit erwachender Neugier.

»Das ist eine längere Geschichte und außerdem privat. Ich müsste selbst mit ihm sprechen.«

»Privates bespricht man nicht zwischen Tür und Angel. Kommen Sie herein. Dann sehen wir weiter.«

Sie machte bereitwillig Platz und winkte ihn mit einer einladenden Geste ins Haus. Jung war von ihrer offenen Freundlichkeit angetan.

Es war wirklich ein echtes Friesenhaus. Die dunkel gefliste Diele war geräumig und von einer

Wohnlichkeit, in der man sich fühlte, als sei man endlich nach langer, beschwerlicher Reise in der ersehnten Heimat angekommen. Neben zwei uralten Holztruhen mit reichem Schnitzwerk erzeugte vor allem eine niedrige Holzdecke diesen Eindruck. Die Deckenbretter ruhten auf dicken, unbehauenen Balken. Das Holz hatte die Patina von Jahrhunderten angenommen und vermittelte eine tiefe Geborgenheit. Die Jahre hatten sich in das Gebälk eingegraben wie ein langes, abenteuerliches Leben in das Gesicht eines greisen Seebären. Ein in hellen Farben gehaltener Webteppich aus neuerer Zeit und ein dicker Zinkbottich mit einem riesigen Strauß getrockneter Chrysanthemen sorgten für eine warme Freundlichkeit in dem etwas düsteren Raum. Die Bilder an den Wänden zeigten die Porträts ernster, älterer Herren mit Barett und Beffchen. Eine Galerie der ehemaligen Pastoren von St. Laurentii, dachte Jung.

»Das sind die Vorgänger von Pastor Harmsen. Er selbst sieht natürlich viel besser aus.« Die Frau lachte und öffnete eine niedrige Tür mit uralten Eisenbeschlägen. Jung musste sich ducken, um in die Stube treten zu können. Auch hier empfing ihn die gleiche warme Heimeligkeit wie in der Diele. Ein Kachelofen reichte bis unter die Decke und dominierte den Raum. Das Design war in Blau und Weiß gehalten. Wahrscheinlich kamen die Kacheln aus Delft, dachte Jung. Das Backrohr war mit einer schweren, gusseisernen Klappe verschlossen. Sie war mit Segelschiffen in aufgewühlter See ornamentiert. Schräg gegenüber, vor einer über die Zimmerecke eingebauten Wandbank, standen ein alter Tisch mit Stühlen. Das Holz war auf Hochglanz poliert, die Sitzflächen alt und aus Binsen geflochten, wie Jung vermutete.

»Bitte, setzen Sie sich. Auf der Bank ist es am bequemsten. Mögen Sie einen Tee? Es ist entsetzlich ungemütlich draußen.«

»Sehr gerne«, erwiderte Jung freudig. »Darf ich fragen, mit wem ich das Vergnügen habe? Bevor man sich von einer fremden Frau, selbst wenn sie so nett ist wie Sie, etwas einschenken lässt, sollte man wissen, wie sie heißt und wer sie ist, nicht wahr?«

Sie lachte über seine offensichtliche Schmeichelei und die umständliche Höflichkeit.

»Entschuldigen Sie. Ich heiße Greta Driefholt. Ich führe das Pastorat. Pastor Harmsen ist unverheiratet«, sagte sie einfach. Sie richtete für einen kurzen Moment den Blick auf die Tischplatte und schloss die Augen. Dann blickte sie Jung an und straffte den Oberkörper. Auch ohne seine Absicht, sie freundlich zu stimmen und eine wohlmeinende Atmosphäre aufkommen zu lassen, hätte Jung sich in ihrer Gesellschaft wohlgefühlt.

»Mögen Sie einen schwarzen oder lieber einen Kräutertee? Ich habe noch …«

»Oh, danke vielmals«, unterbrach sie Jung. »Wenn Sie eine Ostfriesenmischung haben, das wäre für mich das Größte.« Bei dem Gedanken an eine Tasse Tee fühlte er sich noch wohler.

»Sie sind ein Kenner, hab ich recht?« Sie sah ihm anerkennend in die Augen. »Ich mag die Ostfriesenmischung auch am liebsten. Das passt ja wunderbar.«

Jung registrierte, dass nicht nur er sich wohlfühlte. Auch Frau Driefholt schien es immer besser zu gefallen. Sie witterte eine Gelegenheit, sich angenehm unterhalten und ihrem Alltag ein unverhofftes Highlight hinzufügen zu können. Jung gefiel das. Es kam seiner Absicht entgegen.

»Darf ich Sie für einen Moment allein lassen?«, fragte sie, als wenn sie nur eine lästige Etikette einzuhalten hatte. »Ich bin nebenan in der Küche.«

»Wenn Sie nichts dagegen haben, begleite ich Sie«, sagte Jung.

»Aber ich bitte Sie, das ist doch nicht nötig. Machen Sie sich's bequem. Ich bin gleich zurück.«

»Ich würde Ihnen gerne Gesellschaft leisten. Darf ich?«

»Wenn Sie darauf bestehen, bitte sehr«, erwiderte sie kokett.

Jung folgte ihr an dem riesigen Kachelofen vorbei in die Küche. Er musste sich wieder ducken. Es störte ihn nicht weiter. Die niedrigen Türen passten hierher und waren einer der Gründe für den besonderen Charme des Hauses.

Es war eine große Küche. Abgesehen von der Hinterfront des Kachelofens war sie ernüchternd modern: state of the art, schnörkellos, viel Edelstahl, ansonsten klinisch weiß und ausgestattet mit allen erdenklichen Küchengeräten. Die Handwerker, die die Möbel und Geräte in das alte Gemäuer eingepasst hatten, mussten wirkliche Könner gewesen sein.

Jung sah ihr zu, wie sie Wasser in den Kessel laufen ließ und sich geschickt zu schaffen machte. Sie war schätzungsweise Mitte 40 und um die 1,70 Meter groß: eine Brünette mit ungefärbten, mittellangen Haaren, die sie sorgfältig frisiert hatte und die ihr anmutig über die Ohren und in den Nacken fielen. Sie war schlank aber kräftig, ungefähr 65 bis 70 Kilo, schätzte Jung. Sie trug eine schlichte, weiße Bluse und einen schwarzen, engen Rock, der über ihren Knien endete. Sie hatte die Ärmel bis über die Ellenbogen aufgekrempelt. Unterarme und Beine waren hübsch anzusehen, und Jung fühlte, dass Greta Driefholt sich dessen bewusst war. Ihr haftete nichts Verdrucktes an und auch keine falsche Bescheidenheit. Ihre Lebendigkeit war auffällig, aber nicht übersprudelnd oder störend. Sie strahlte das Selbstbewusstsein eines Menschen aus, der jede Gelegenheit wahrnimmt, sich beweisen zu können. Sie vermittelte die Botschaft: hier bin ich, ich kann etwas und hoffe, dass ich Gelegenheit bekomme, das zeigen zu können.

»Schön haben Sie es hier«, eröffnete Jung lächelnd das Gespräch. »Der Kachelofen ist sicherlich ein Orginalstück aus der Zeit, als Kapitän Früd Peters seinen Schoner noch wochenlang um Kap Horn prügelte, oder nicht?«

Sie lächelte ihn freundlich an. »Sie haben recht. Er ist sehr alt.«

»Hoffentlich wärmt er auch so gut wie er aussieht.«

»Alle Besucher sind von dem Haus begeistert. Es hat den Charme der guten, alten Zeit. Doch unsereins sieht das anders. Es ist zugig und es macht viel Arbeit. Aber auf den Einbau der Küche habe ich bestanden. Ich habe Udo, also Pastor Harmsen, mit Kündigung gedroht, falls er meinem Wunsch nicht nachkommen sollte.«

»Und da hat er klein beigegeben, der alte Schwerenöter«, ergänzte Jung.

Sie lachte leise in sich hinein. »Woher kennen Sie ihn eigentlich? Was wollen Sie von Pastor Harmsen?« Sie sah kurz über die Schulter zu Jung.

»Ich bin ein alter Klassenkamerad von ihm. Wir haben zusammen Abitur gemacht.«

»Mein Gott, da wird er sich aber freuen«, rief sie lebhaft. »Leider ist er mit seinen Konfirmanden zu einer Jugendfreizeit in Norwegen.«

»In Norwegen? Warum so weit weg in der kalten Öde des Nordens?«, fragte Jung erstaunt.

»Er liebt die Wildnis, das Schroffe und Herausfordernde.«

»Wann kommt er denn wieder?« Jung ließ sich seine Enttäuschung nicht anmerken.

»Kommenden Donnerstag. Solange sind Sie sicherlich nicht auf der Insel. Was machen Sie überhaupt hier?«

»Ich habe Urlaub. Ich wohne in Flensburg und sah den Bericht im Fernsehen über die Schneehochzeit auf Föhr.«

»Aha, und da haben Sie Udo entdeckt, ich meine Pastor Harmsen, ich verstehe.« Sie goss das kochende Wasser in die Teekanne.

»Genau. Ich wusste nicht, dass wir so nahe beieinander wohnen.«

»Und jetzt wollen Sie einfach mal Hallo sagen. Hübsche Idee.« Sie nahm zwei Teetassen und passende Untersetzer aus einem Hängeschrank.

»Ganz so ist es nicht. Ich wollte schon etwas ernsthafter mit ihm reden.«

»Doch nicht etwa über seine Depressionen?« Die Frage rutschte ihr heraus, bevor sie sich bremsen konnte.

»Depressionen? Davon weiß ich nichts.«

»Oh, natürlich. Woher auch.« Sie biss sich auf die Lippen und schüttelte unwirsch den Kopf. Dabei fielen ihr die Locken ins Gesicht. Sie strich sie sich anmutig hinter die Ohren zurück. Die Geste war rührend. Jung glaubte einen Moment, ein junges Mädchen vor sich zu sehen.

»Setzen wir uns in die gute Stube«, sagte sie rasch. Sie hatte das Geschirr, ein Stövchen und die Teekanne auf ein Tablett gegeben und schritt mit energischen Schritten durch die Küchentür in die Stube.

»Welch Zufall, dass Sie den Bericht im Fernsehen verfolgt haben«, sagte sie, während sie auf dem Tisch die gemütliche Teerunde arrangierte.

»Ja, ich hätte ihn fast nicht wiedererkannt. Einer meiner Kameraden erwähnte sein Aussehen, und ich sah genauer hin.«

»Kameraden? Sind Sie bei der Marine?«, fragte sie spöttisch, fuhr aber gleich weiter fort: »Setzen Sie sich doch. Auf der Bank ist es am schönsten. Die Sitzkissen sind übrigens echt föhrisch.«

Er bewunderte pflichtschuldig die Sitzkissen und folgte ihrer Einladung. Sie selbst setzte sich an seine linke Seite auf die Bank vor dem Fenster.

»Nehmen Sie Kluntje* in den Tee?«

»Ja, gerne«, antwortete Jung. Er war froh, dass sie nicht weiter auf die Beantwortung ihrer Frage bestand. Er wollte das Klassentreffen auf keinen Fall erwähnen.

»Probieren Sie den Tee und sagen Sie mir, wie er Ihnen schmeckt. Ist er so richtig? Aber ehrlich, bitte.«

Jung probierte den goldfarbenen Tee und nahm gleich noch einen zweiten Schluck.

»Hervorragend. Wirklich.« Jung musste nicht heucheln. »Das typische, kräftige Aroma. Herrlich. Ihr Wasser muss sehr gut sein. Wie auf der Nachbarinsel.«

»Ja, das Wasser ist das A und O beim Tee. Welche Insel meinen Sie?«

»Sylt. Ich habe dort letztes Jahr ähnlich guten Tee getrunken.« Jung stellte seine Tasse zurück auf den Untersatz.

»Hatten Sie auf Sylt beruflich zu tun?«

Jung zuckte innerlich zusammen. Sein Beruf durfte auf keinen Fall zum Thema werden. Überhaupt, das nette Plaudern brachte ihn in Situatio-

---

* Kandiszucker

nen, die fatal enden konnten, wenn er daran dachte, warum er eigentlich hier war. Er ermahnte sich zu erhöhter Wachsamkeit.

»Darf ich Sie etwas fragen?«, lenkte er ab.

»Aber ja. Nur zu. Fragen Sie.«

»Vor dem neuen Pastorat, gleich gegenüber der Kirche, las ich, dass Pastor Jeß Gemeindepfarrer ist. Ich dachte, Udo hätte diesen Posten inne.«

»Ja, das stimmt schon. Aber Udo, also Pastor Harmsen, hat sich große Verdienste in der Jugendarbeit erworben. Die nordelbische Kirche hat dann zwei Pastorenstellen genehmigt. Er darf sich seitdem ganz auf seine Lieblinge konzentrieren.«

Ihre Lobeshymne schien Jung etwas verdrießlich vorgebracht. Das Thema hatte sie verstimmt.

»Alle Achtung. Die Kirche stöhnt doch allenthalben über Geldmangel, nicht wahr?«

»Ja, stimmt. Die zweite Stelle ist deshalb eine große Anerkennung für ihn.«

»Für Sie auch, oder? Ich meine, Sie schmeißen den Laden ganz allein. Das Pastorat ist riesig. Was machen Sie überhaupt mit dem vielen Platz?«

Ihr Lachen auf seine Frage klang wie ein unterdrücktes Wehklagen.

»Ich hab schon meine Helfer, so ist es nicht. Aber so viel Personal wie früher, gibt es natürlich nicht mehr.«

»Und die vielen Räume? Wofür werden die gebraucht?«

»Früher mussten die Pastoren mit ihren Händen erarbeiten, was sie und ihre Kirche zum Leben brauchten. Sie hatten Land, das sie bestellten. Dafür hatten sie Gesinde. Das wohnte hier in der Pastorei. Sie brauchten auch Scheuer und Ställe.«

Jung nahm einen Schluck Tee.

»Und jetzt?«, fuhr er fort, nachdem er die Tasse abgesetzt hatte. »Vieh haben Sie doch nicht mehr. Jedenfalls riecht es nicht danach.«

Sie lachte wieder. Dieses Mal klang ihr Lachen fröhlicher.

»Anfangs nutzte Pastor Harmsen die Nebengebäude als eine Art Jugendzentrum. In den Kammern konnten seine Jungs über Nacht bleiben, wenn es nötig war.«

Jung fiel auf, dass Udos Jugendarbeit sich auf die männliche Jugend zu beschränken schien. Oder hatte sie den weiblichen Teil nur vergessen zu erwähnen?

»Wunderbar. Ein Paradies für Groß und Klein. Ich las den Slogan auf der Website von Föhr«, fügte Jung erklärend hinzu.

»Paradies?« Sie lachte wegwerfend. »Wenn ich das schon höre. Das mag für Kids vom Festland zutreffen, die in den Sommerferien gerne im Sand buddeln oder für die eine Fahrradtour mit Mami und Papi das Größte ist. Aber für die meisten, die hier wohnen, ist die Insel eine Strafe, verstehen Sie? Hier ist nichts los, vor allem außerhalb der Saison. Sie sind von allem abgeschlossen. Wenn sie im Fernsehen verfolgen, wie ihre Altersgenossen in den Städten auf dem Festland leben, kriegen sie 'nen Koller, kommen auf abwegige Ideen und stellen furchtbare Sachen an.« Sie atmete laut aus, als müsse sie sich von ihrer langen Rede erholen, und schwieg danach.

»Darf ich noch einen Tee haben?« Jung ließ ein paar Kluntje in seine Tasse fallen und reichte sie ihr hinüber. Sie schenkte sich und ihm nach und rührte mit einem versonnenen Lächeln auf den Lippen in ihrer Tasse.

Das Gespräch war unterbrochen, bis Jung nach einer Weile sagte: »Ich verstehe. Udo hat die Jugendlichen eingefangen und beschäftigt, nicht wahr?«

»Ja, das hat er sehr gut gekonnt«, sagte sie nachdenklich. »Die Gemeinde hat ihm auch die alte Dorfschmiede überlassen. Sie ist jetzt seine Werkstatt. Er und seine Jungs basteln, schmieden, hämmern und schweißen da an was weiß ich herum. Sie haben ihren Spaß. Naja, wenigstens bauen sie keinen Mist.«

Jung spürte ihre Verdrießlichkeit und fragte mitfühlend: »Und Sie haben danach den Dreck im Haus. Ist es das, was Sie stört?«

Sie lachte wehmütig.

»Nein, nein«, antwortete sie mit belebter Stimme. »Die kommen mir schon lange nicht mehr ins Haus, über Nacht erst recht nicht.«

»Was ist passiert? Gab es Ärger?«, fragte Jung neugierig.

Sie schwieg. Jung fragte sich, ob sie seine Frage überhaupt gehört hatte. Endlich sagte sie: »Das ist eine lange Geschichte. Vielleicht erzähle ich sie Ihnen ein anderes Mal. Möchten Sie noch Tee?«

Jung hob abwehrend die Hand. Die Geschichte

hätte er gerne gehört. Nach einer Weile richtete sie sich auf.

»Wir vermieten jetzt an Feriengäste.« Ihre Stimme hatte einen neuen Klang angenommen. »Die Zimmer sind alle renoviert und bestens ausgestattet. Ich habe in der Saison alle Hände voll zu tun. Es macht mir Spaß. Ich lerne viele Leute kennen, nette und weniger nette, aber es ist abwechslungsreich und anregend. Es kommt meinem Naturell entgegen. Außerdem bringt es Geld. Und das nicht zu knapp.«

»Aha, deswegen die fantastische Küche. Sie bereiten auch das Frühstück, oder?«

»Sie sind ein scharfsinniger Beobachter, Herr Jung. Muss ich mich vor Ihnen fürchten?« Sie redete so, als wolle sie einen unschuldigen Flirt beginnen.

»Wenn Sie wüssten, wie harmlos ich im Grunde bin, würden Sie sofort jedes Interesse an mir verlieren«, spielte Jung mit. »Ich glaube, meine Frau hat das auch schon erkannt. Meine Harmlosigkeit ist wahrscheinlich nur noch von Pastor Harmsen zu überbieten.«

»Sie sind verheiratet? Wie schön für Sie. Haben Sie Kinder?«

»Ja, verheiratet seit über 20 Jahren. Zwei Kinder. Und Sie? Haben Sie einen Mann, mit dem Sie verheiratet sind?«

»Nein«, sagte sie schlicht.

Jung wartete gespannt. Sie war in einem Alter, in dem Frauen, wenn sie ihre Ehelosigkeit offenbaren, automatisch eine Erklärung anfügen. Sie aber schwieg wie eine junge Frau der Rucksackgeneration, bei denen Fragen nach Ehestand und Kindern nur Kopfschütteln auslösten.

»Kennen Sie Udo eigentlich gut?«, fragte sie ernsthaft neugierig. »Erzählen Sie, wie war er in der Schule?«

Das tiefe Schlagen einer Standuhr unterbrach ihr Gespräch. Die gewaltige Uhr stand an der Türseite, und Jung sah sie jetzt zum ersten Mal bewusst an. Sie schien so alt wie die Deckenbalken, die er schon vorher bewundert hatte.

»Es ist spät geworden. Um 18 Uhr geht die letzte Fähre. Sie müssen sich allmählich auf die Socken machen«, sagte Greta Driefholt zu Jung gewandt.

»Ich wollte eigentlich noch etwas essen gehen«, erwiderte Jung. »Ich habe seit heute Morgen nichts gehabt. Auf der Herfahrt entdeckte ich in Nieblum ein italienisches Restaurant. Es sah einladend aus. Ich überlege, ob ich die Nacht nicht auf der Insel bleibe. Ich habe alles dabei. Können Sie mir ein Hotel empfehlen?«

»Landhaus Laura, in Oevenum. Da sind Sie auf der Insel am besten aufgehoben. Aber die haben jetzt Winterpause. Warum bleiben Sie nicht hier? Sie können eines von unseren Fremdenzimmern haben, und ich koche uns was Schönes zu Abend. Ich koche gut. Mindestens so gut wie der Koch im La Gondola.« Sie lachte erfrischend und sah Jung aufmunternd in die Augen.

»Erzählen Sie mir dann auch ein paar nette Döntjes* von der Insel?«, fragte er schmunzelnd. Jung hatte sich schon entschieden zu bleiben, bevor er es laut gesagte hatte. Und sie merkte das.

»Ich zeige Ihnen unser bestes Zimmer. Das wird Sie endgültig überzeugen.«

Sie standen auf und gingen durch die Eingangsdiele in den anderen Flügel des Hauses. Durch eine Tür wie die zum Kaminzimmer betrat Jung diesmal eine ganz andere Welt. Der Flur und das Treppenhaus waren modernisiert worden. Holzdielen, Decken und Wände strahlten in reinem Weiß. Großformatige Fotos mit idyllischen Inselmotiven schmückten die Wände. Hier und da zierten antike Gerätschaften aus Haus und Hof und den alten Segelschiffszeiten das Treppenhaus. Blaue Läufer schmückten die Treppe in den ersten Stock hinauf. Am Ende des Flurs öffnete Greta Driefholt die Tür zu einem geräumigen Zimmer, das ebenfalls in Weiß gehalten war. Den Boden bedeckte ein mauvefarbener Teppichboden. Durch ein breites Gaubenfenster mit Blumengardinen im Laura-Ashley-Stil fiel Licht auf einen hübschen Arbeitsplatz. Tisch und Stuhl waren ähnlich kunstvoll getischlert wie die Stühle in der Kaminstube. Vor einem zweiten Fenster standen zwei schlichte blaue Clubsessel und ein runder Tisch. Unter der Dachschräge war ein flaches Podest aufgebaut, auf dem ein einfaches Doppelbett mit weißen Bettbezügen ruhte. Das Zimmer wirkte ein wenig frostig und steril. Vielleicht lag es daran, dass die Raumdekoration spärlich und

---

* Norddeutsches Wort für Geschichten

zurückhaltend war. Vielleicht lag es auch nur an der herrschenden Kälte.

»Ich drehe zuerst die Heizung auf«, erklärte sie eifrig. »Dann ist es im Nu mollig. Sind Sie Raucher?«

»Nein.«

»Das ist gut. Bei uns im Haus wird nicht geraucht.«

»Ich verstehe.« Jung hätte nie in einem Zimmer geraucht, in dem er später schlafen wollte. Er hatte auch nicht daran gedacht, eine seiner Lieblingszigarren einzustecken.

Danach zeigte sie Jung das Bad. Es war penibel gesäubert. Eine in blau und gelb gehaltene Bordüre schloss den weiß gekachelten Sockel gegen die weiß geschlemmten Wände ab. Die handwerkliche Klasse und die moderne Ausstattung bewunderte er, wie schon zuvor in der Küche.

»Gut. Es gefällt mir. Ich bleibe«, zeigte sich Jung begeistert. Sie lächelte. Kurz darauf schickten sie sich an, wieder nach unten zu gehen.

»Ich schlage vor, Sie holen Ihr Gepäck und richten sich erst einmal ein«, sagte sie auf der Treppe und schaute über die Schulter zu Jung hoch. »Ich muss noch schnell etwas zum Kochen besorgen. Wir sehen uns später, ja?«

»In Ordnung. Ich hole meine Sachen und mach es mir bequem. Ich will meine Frau benachrichtigen.«

»Gut, bis nachher.« Sie verschwand munter durch die Diele in den alten Pastoratstrakt. Udo musste da oben wohnen, dachte Jung. Hatte Greta Driefholt nebenan ein Zimmer? Wo wohnte sie überhaupt? Er schüttelte seine Fragen ab und verschob sie auf später, wenn er mit ihr beim Essen zusammen sitzen würde.

DAS ABENDESSEN

Er hatte geduscht und sich in ein weiches Badetuch gehüllt, das er über dem beheizten Handtuchhalter im Bad gefunden hatte. Er war mit sich zufrieden. Er hatte schon jetzt viel Stoff zum Nachdenken, und er rechnete fest damit, dass noch mehr dazukam. Er benachrichtige Svenja, dass er über Nacht auf der Insel bleiben werde, und legte sich für eine kurze Ruhepause aufs Bett.

Das Läuten des Telefons schreckte ihn aus seinem Schlummer. Seine Gastgeberin war am Apparat und bat ihn hinunterzukommen. Sie brauche seine Unterstützung, wenn er so lieb sein wolle. Jung folgte ihrer Bitte gerne. Vorher ging er noch auf die Toilette. Gegenüber des Klos, an der Badezimmertür, hing unter Glas ein kunstvoll gedruckter Kirchentext:

Ihn, Ihn laß tun und walten, / Er ist ein weiser Fürst
und wird sich so verhalten, / daß Du Dich wundern wirst.
Wenn Er, wie's Ihm gebühret, / mit wunderbarem Rat,
das Werk hinaus geführet, / das Dich bekümmert hat.

Jung hätte den Text an einem Beichtstuhl besser gefunden als vis-à-vis eines Kackstuhls. Die unfreiwillige Komik empfand er als blasphemisch. Wer hatte diesen schlechten Witz zu verantworten? Er schüttelte den Kopf. Dann zog er sich an und ging hinüber in den Pastorentrakt.

Als er die Tür zur Kaminstube öffnete, rief ihm Greta Driefholt aus der Küche freundlich entgegen: »Da sind Sie ja endlich. Wo bleiben Sie denn?«

»Die geistliche Ermahnung an der Badezimmertür hat mich aufgehalten«, erwiderte Jung ironisch und sah in die Küche.

»Udo hat auf den Sprüchen bestanden. Ich finde das blöd. Die Zimmer haben Namen nach bekannten Kirchengrößen. Ihr Zimmer ist nach Paul Gerhard benannt.«

Sie hatte sich umgezogen, trug einen langen, blauen Wollrock und einen langärmeligen grauen Schalpullover aus Kaschmirwolle. Darüber hatte sie eine Küchenschürze gebunden. Ihr Haar war sorgfältig frisiert. Sie war weder geschminkt noch hatte sie ihre Lippen angemalt. Die fehlende Schminke stand ihr gut. Sie blickte ihm entgegen, als er sich durch die Tür duckte.

»Und die anderen Zimmer, wie heißen die?«

»Luther, Bach, Melanchthon, Calvin und so weiter. Ich habe mich dagegen gesträubt. Vergeblich. Ich gebe zu, viele unserer Gäste mögen das.« Sie zuckte resignierend mit den Schultern.

»Es ist keine Frau dabei«, bemerkte Jung trocken.

»Kennen Sie eine bekannte Kirchenfrau?«

»Mutter Theresa, Hildegard von Bingen oder vielleicht Greta Driefholt?«, antwortete er mit leisem Spott in der Stimme.

»Die Erste ist von der falschen Fakultät. Das gilt nicht. Die letzte ist keine Kirchenfrau und schon gar nicht bekannt«, lachte sie.

»Ziemlich engstirnig, nicht wahr?«

»Ja, schon. Ich habe darauf keinen Einfluss. Aber bei der Innenausstattung habe ich mich durchgesetzt. Die triste Öde war nicht länger zu ertragen.« Sie wandte sich ihrem Herd zu. Sie war dabei, fein gewürfelten, durchwachsenen und schon ausgelassenen Speck in eine Kasserolle zu geben, in der eine giftrote Sauce vor sich hin köchelte. Jung stieg der würzige Duft in die Nase und weckte seinen Appetit.

»Was kochen Sie uns denn Schönes?«, fragte er aufgeräumt.

»Wenn ich vorher gewusst hätte, dass Sie kommen, hätte ich etwas Besonderes vorbereitet. Ich koche leidenschaftlich gerne. Aber auch so hab ich etwas Köstliches im Topf. Sie werden sehen. Es macht mir Spaß, am Herd zu improvisieren.«

»Was improvisieren Sie denn? Nun mal raus mit der Sprache.« Jung sah ihr über die Schulter. Sie duftete dezent nach einem frischen Parfüm, das ihm unbekannt war.

»Das ist die Sauce zu den Tajarin, eine Spezialität aus dem Piemont. Es ist eine der wenigen Nudelspezialitäten aus Italien, die mit Eiern hergestellt wird«, sagte sie stolz.

»Und die Sauce?« Jungs Neugier wuchs.

»Ganz einfach. Geriebene Zwiebel und Knoblauch in Olivenöl goldbraun werden lassen. Dazu ein Liter passierte Tomaten solange eindicken lassen, bis die Sauce fast steht, dazu eine Handvoll Kräuter, am besten frisch, dann drei bis vier Esslöffel scharf angebratener Speck oder sehr fein gehackte Cabanossi.«

»Das ist nicht alles. Sie verschweigen mir etwas. Was ist mit den Gewürzen?«

»Ihr Scharfsinn ist mir schon vorhin unangenehm aufgefallen«, lachte sie. »Der Clou sind die Gewürze, da haben Sie recht. Aber die Zutaten müssen natürlich wirklich gut sein. Ich kenne eine Firma in Italien, Fratelli Carli. Kann ich wärmstens empfehlen. Sie beliefert übrigens auch den Vatikan.«

»Was sagt Udo dazu? Mag er essen, was der Konkurrenz schmeckt?«

»Er merkt das gar nicht. Es wäre ihm auch egal, glaube ich«, erwiderte sie abschätzig.

»Aber die Gewürze.« Jungs Enthusiasmus kehrte wieder. »Also, was ist damit?«, drängelte er, als ob kochen seine große Leidenschaft sei.

»Okay. Die Sauce steht und fällt mit dem Pfeffer. Er muss schon die Schärfe ›mother in law hellfire‹[*] haben, besser ist ›mother in law exterminator‹[**].«

Jung lachte und sagte: »Soll ich dabei helfen?«

»Nein, das ist meine Sache. Aber der Wein. Können Sie einen passenden aussuchen? Sie sehen so aus, als verstünden Sie etwas davon.«

---

[*] Schwiegermutters Höllenfeuer
[**] Schwiegermutters Ende

Jung fühlte sich gleichermaßen ertappt wie geschmeichelt. Er sah mit Freude, wie die Atmosphäre immer lockerer wurde.

»Bevor ich den Wein aussuche: Gibt es Antipasti?«, fragte er nonchalant.

»Ja. Cuori Di Carciofo, Pomodori Secchi, Peperoncini Farciti al Tonno, weißen Thunfisch, schwarze Oliven und Parisien mit Feta. Alles sehr, sehr pikant«, erklärte sie.

»Sie mögen es scharf«, stellte Jung trocken fest.
»Wo finde ich den Wein?«

»Im Weinkeller. Er stammt noch von unseren Vorgängern. Udo trinkt keinen Alkohol.« Sie sah ihn mit einem verschwörerischen Lächeln an, und Jung kam sich vor wie der heimliche Liebhaber einer frustrierten Pastorenfrau. »Der Keller ist fast so unberührt wie an meinem ersten Tag«, fügte sie hinzu.

»Und wann war Ihr erster Tag? Das muss ich wissen. Wein hält bekanntlich nicht ewig, jedenfalls der Großteil.«

»Vor rund 20 Jahren. Hilft Ihnen das?«

»Gut, dann wollen wir mal sehen. Wie komme ich in den Keller?«

Sie erklärte ihm, wo er die Luke zum Keller finden konnte. Als er im Weinkeller stand und die Regale durchging, nahm seine Bewunderung von Minute zu Minute zu. Die Herren Pastoren hatten einen exquisiten und teuren Geschmack. Er hätte sich Stunden dort aufhalten mögen. Ihm kamen fast die Tränen, als er feststellte, dass einige Weine schon gekippt sein mussten. Schließlich griff er sich einen Riesling Goldlack vom Schloss Johannisberg und einen Roten von der Bodega Marques de Murrieta, Ygay Reserva. Das sollte reichen, einen unterhaltsamen und interessanten Abend zu haben, dachte Jung. Er kam sich bei seinen Hintergedanken nicht wirklich schlecht vor und erklomm beschwingt die Stiege nach oben.

»Ich habe zwei selten gute gefunden«, meldete er sich zurück. Jung stellte die Weine auf den Küchentisch. Sie rührte eifrig in der roten Sauce und hatte einen großen Topf Wasser auf den Herd gestellt. »Wunderbar. Ich freue mich auf ein Glas Wein. Für mich eine seltene Köstlichkeit.«

»Ich mache den Riesling auf. Wir brauchen einen Aperitif«, sagte Jung bestimmt. »Trinken Sie sonst keinen Wein zum Essen?«

»Nein. Nicht in der Pastorei. Wenn Udo das Wort Alkohol nur hört, flippt er aus. Ich ertrage das nicht.« Sie drehte sich wieder an den Herd und rührte weiter in der Sauce. Jung öffnete die Flasche.

»Wo finde ich Gläser?«, fragte er höflich. Sie reichte ihm zwei schlichte Gläser aus dem Küchenschrank über der Spüle. Er schenkte ein Glas ein und streckte die Nase hinein. Seine Mimik verklärte sich. Dann füllte er beide Gläser voll und reichte ihr eines hinüber.

»Zum Wohl. Auf Ihre Kochkünste«, sagte Jung. Sie sahen sich in die Augen und tranken.

»Mein Gott, schmeckt der gut.« Sie schloss für einen kurzen Moment die Augen.

»Er ist einer der besten, meiner Meinung nach.«

»Ja, das glaube ich Ihnen gerne. Er schmeckt wirklich köstlich.« Sie nahm jetzt einen großen Schluck und ließ den Wein genießerisch im Mund kreisen. Nachdem sie das Glas zurück gestellt hatte, fuhr sie fort: »Die Antipasti stehen auf dem Tisch. Die Kerzen sind schon angezündet. Gehen wir nach drüben.«

Sie nahm die Schürze ab. Jung griff die Flasche, und sie wechselten in die gute Stube.

»Liegt Ihnen die italienische Küche?« Jung probierte die Peperoncini. Sie waren extra scharf, brannten jedoch nicht so sehr auf der Zunge wie er vermutet hatte.

»Sie wollten doch in Nieblum ins La Gondola. Da dachte ich, italienisch wäre das Richtige.«

»Oh danke, sehr aufmerksam. Darf ich noch etwas Wein nachschenken?«

»Gerne. Übrigens, ich koche auch deutsch. Aber die italienische Küche finde ich besonders anregend und vor allem sehr gesund.«

»Udo muss sich glücklich schätzen, eine Köchin wie Sie zu haben. Er kam mir recht schlank vor, als ich ihn im Fernsehen sah.« Jung schob sich ein Stück Brot in den Mund.

»Udo ist ein herzensguter Mann. Ich mag ihn wirklich gerne, manchmal bewundere ich ihn sogar. Aber er ist so fürchterlich weltabgewandt. Er könnte mir ruhig mal ein Kompliment machen.«

»Der Thunfisch ist einmalig. So guten kenne ich gar nicht. Woher haben Sie den?«

»Ich erwähnte schon vorhin Fratelli Carli«, antwortete sie wiederum mit großem Stolz. »Das Olivenöl ist erstklassig. Den Thunfisch und die anderen Sachen habe ich auch von dort.«

Jung nickte anerkennend. Sie genossen das Essen, kommentierten und lobten die Köstlichkeiten von Carli.

»Woher können Sie so gut kochen?«

»Ich hab's gelernt.«

»Doch nicht in einer richtigen Küchenbrigade?«

»Nein, auf einer Hauswirtschaftsschule in Stade.«

»Was hat Sie dahin verschlagen? Stade, wo liegt das überhaupt?«

»An der Elbe«, erwiderte sie und legte ihre Serviette beiseite. »Ich muss in die Küche. Das Hauptgericht wartet. Ich bin gleich wieder da.«

»Kann ich helfen?«, rief Jung ihr hinterher.

»Nein, danke. Ich komme allein zurecht.«

»Warten Sie, ich muss den Ygay entkorken. Der rote passt besser zur Pasta.«

Jung folgte ihr in die Küche und machte sich daran, die Reserva zu öffnen. Er sah ihr dabei zu, wie sie die Nudelnester auf die Teller arrangierte und die sämige Sauce dazu gab, ohne die Tellerränder zu bekleckern. Sie krönte ihr Werk mit ein paar Blättchen Basilikum. Die Teller sahen sehr appetitlich aus.

»Käse?«, fragte sie über die Schulter.

»Gerne.«

»Parmesan oder Pekorino?«

»Pekorino.«

»Aber hallo. Sie sind ja ein Gourmet. Es macht Spaß, für Sie zu kochen.«

»Danke. Es macht Spaß, von Ihnen bekocht zu werden.« Sie lachten. Dann nahm sie die Teller und ging zurück in die Stube. Jung folgte mit dem Rotwein.

»Wir brauchen noch Rotweingläser«, sagte Jung entschuldigend.

»Sie finden Sie in der Küche über der Spüle«, erwiderte sie kurz.

Jung kam mit den Gläsern zurück und setzte sich wieder. Der scharfe, rauchige Duft der Pasta stieg ihm in die Nase. Er freute sich auf den ersten Happen.

»Wo waren wir stehen geblieben?«, nahm Jung ihre Unterhaltung wieder auf.

»Erst einmal guten Appetit und prost«, befahl sie freundlich und trank. Nachdem sie ihre Gläser abgesetzt hatten, bemerkte sie kokett: »Warum sind Sie nicht schon früher mal zu Besuch gekommen? Dann hätte ich vorher solche Köstlichkeiten zu schmecken bekommen.«

»Wer weiß, wozu das gut ist«, erwiderte Jung hintersinnig und nahm einen ersten Bissen.

»Es schmeckt ausgezeichnet«, lobte er. »Wir waren in Stade an der Elbe. Was trieb Sie dorthin?«

»Meine Eltern. Sie hatten einen kleinen Hof und rüsteten in den 8oer-Jahren auf Tourismus um: Vermietungen, kleines Frühstück, Fahrradverleih und so weiter. Ich sollte ihre Nachfolge antreten und das

Nötige lernen.« Sie drehte die Tajarin auf die Gabel und steckte sie sich in den Mund.

»Und weiter?«

»Es klappte anfangs wie geplant. Aber mein Bruder warf alles durcheinander. Er war eigentlich für Höheres auserkoren, sollte Pastor, Arzt oder Apotheker auf der Insel werden. Irgendwann schmiss er sein Studium und heiratete lieber die Nachbarstochter. Die beiden durften daraufhin fortführen, was ihre Eltern beziehungsweise Schwiegereltern angefangen hatten.« Sie nahm einen Schluck aus ihrem Glas und spitzte genüsslich die Lippen.

»Und Sie guckten in die Röhre«, bemerkte Jung und legte die Bitterkeit in seine Stimme, die er bei ihr vermutete.

»Genau. Wohl bekomm's, die Herren.« Sie nahm ihr Glas und richtete sich auf. »Ich hab mich dann bei der Kirche als Haushälterin beworben. Ich habe einen Vertrag bekommen, der bis heute nicht gekündigt wurde. Prost.« Sie nahm noch einen kräftigen Schluck Wein. Danach aßen sie eine Weile schweigend.

»Das war vor 20 Jahren, nicht wahr?«, nahm Jung das Gespräch wieder auf. »Wie fühlten Sie sich damals?«

»Ich bin froh, dass es so gekommen ist. Ich habe es gut getroffen. Ich bin mein eigener Herr und kann schalten und walten, wie ich es für richtig halte, mehr oder weniger.«

»Die Zimmernamen, ich verstehe. Aber das sind Kleinigkeiten, nicht wahr?«

»Ja. Hauptsache, es ist freundlich und hell. Ich brauche einfach Licht.«

»Ich bin das Licht der Welt«, rezitierte Jung gespreizt, »wer mir folgt, der wird nicht wandeln in Finsternis, sondern das ewige Leben haben. Amen.« Er hob sein Glas und zog die Augenbrauen hoch.

»Mein Gott, Sie kennen sich aus. Sind Sie Kirchgänger? Sie sehen nicht so aus.« Sie fixierte ihn während er ruhig weiteraß.

»Früher, ja, ab und zu. Ich bin in einem Alter, wo man auf der Suche nach einer neuen Spiritualität ist. Ich bin also nach langer Zeit mal wieder hingegangen.«

»Und? Haben Sie gefunden, was Sie suchten?«

»Nein. Mir gefielen nur die Kirchenlieder und die alte Liturgie, die Predigten weniger. Ich fand sie uninspiriert, angestrengt und eitel, wie ihren Bischof Huber, diesen begnadeten Weichspüler. Außerdem roch es nach Mottenkugeln wie in Omas Kleiderschrank.«

Sie lachten herzhaft.

»Gut beobachtet«, meinte Greta Driefholt darauf. »Ein bisschen lebenspraktischer würde sich Gott seine Jünger auf Erden schon wünschen, glaube ich.«

»Ist Udo ein bisschen lebenspraktischer?«

»Nein, aber er beeindruckt mich, ja. Vor allem am Anfang war es so. Aber dann war da auf einmal ein Bruch. Danach war irgendwie alles anders.«

Jungs Aufmerksamkeit machte einen Satz, als hätte er einen Tritt bekommen. Das hatte er schon einmal gehört, auch aus dem Mund einer Frau. Er versuchte seine Aufregung zu verbergen.

»Was war passiert?«, fragte er leise.

»Wenn ich das nur wüsste? Eines Tages ...«

»Wann genau war das?«

»Das ist jetzt ziemlich genau 15 Jahre, nein 16 Jahre her. Ich weiß es noch wie heute. Die Saison war grauenhaft. Das Wetter vergraulte alle Gäste von der Insel. Ich hatte nicht viel zu tun und langweilte mich. Udo war unterwegs auf dem Festland. Der Brennofen des Krematoriums war defekt. Dann rief er mich aus Wyk an, ich solle ihn auf der Hausbesitzerversammlung der Gemeinde vertreten. Er könne nicht kommen. Es sei äußerst wichtig. Früher war das nie wichtig gewesen. Ich saß mir in dieser blöden, endlosen Versammlung den Hintern platt. Und den Tag darauf mussten wir eine Einäscherung verschieben, weil der Ofen immer noch nicht klar war. Udo war nicht wiederzuerkennen. Total nervös. Und als alles vorbei war, zog er sich zurück wie in ein Schneckenhaus. Er war völlig verändert.«

»Hat er sich nicht wieder erholt?«

»Nein. Kurz danach hat er auch seine Jungs nicht mehr ins Haus gelassen. Wir haben dann den anderen Trakt und das Nebenhaus für Sommergäste hergerichtet. Es ist immer schlimmer mit ihm geworden. Er arbeitet wie ein Berserker.«

»Konnten Sie ihm mit Ihren Kochkünsten nicht auf die Beine helfen? Er muss doch ein Klotz sein, wenn er nicht merkt, wie gut Ihre Tajarin in der scharfen Sauce schmecken.«

»Er trinkt ja auch keinen Wein. Was soll man da machen?«

»Apropos Wein. Möchten Sie noch ein Glas?«

»Ja, gern.« Sie reichte ihm ihr Glas, nahm einen großen Schluck und sah bewundernd auf die im Kerzenlicht funkelnde rubinrote Flüssigkeit. Auf einmal fing sie plötzlich laut an zu lachen. Jung schien ihr Lachen entgleist und unmotiviert.

»Was gibt es?«, fragte er besorgt.

»Sie wollten doch Döntjes von der Insel hören, nicht wahr?«

»Ja, richtig. Und?«

»Mir ist gerade einer eingefallen.«

»Lassen Sie hören.«

Sie nahm einen weiteren kräftigen Schluck und lehnte sich zurück.

»Also: Einer Bauersfrau widerfährt ein großes Unglück, sie wird von einem Pferd totgeschlagen. Eine Woche später ruft der Pastor bei dem Witwer an und fragt: ›Haben Sie denn viele Beileidsbesuche gehabt?‹ ›Jo, Herr Pastor, ziemlich viele – aber weniger wegen meiner Frau: die meisten wollten das Pferd kaufen.‹

Jung konnte nicht lachen, und das nicht nur, weil er den Witz schon kannte. Seine gute Stimmung war auf einmal dahin. Ihm war, als hätte sich ein Tuch über sie gebreitet, das alles Freundliche und Wohltuende unter sich erstickte. Er war ernstlich verstimmt.

»Ich glaube, wir sollten langsam zum Ende kommen«, sagte er. »Ich hatte einen langen Tag. Und zuviel Wein bekommt mir nicht.«

»Sie haben recht. Machen wir Schluss.« Greta Driefholt klang müde und resigniert. »Ich räume noch schnell auf. Dann geh ich rüber, zu mir nach Hause.«

»Sie wohnen nicht in der Pastorei?«

»Nein. Ich habe nur ein kleines Zimmer im Gästehaus. Wann wollen Sie frühstücken?«

»Um 8 Uhr. Ist das zu früh?«

»Nein, das geht in Ordnung.«

»Vielleicht können Sie mir morgen noch das Dorf zeigen? Ich würde mich freuen.«

»Ja, gerne. Wir sehen uns morgen. Gute Nacht.«

»Gute Nacht. Und vielen Dank für das vorzügliche Essen.«

»Gern geschehen. Schlafen Sie gut.«

»Danke, ebenfalls.«

Jung verließ die gute Stube durch die niedrige Tür und wechselte in die weiße Welt jenseits von Udos Einsiedelei mitsamt der freundlichen Haushälterin, der imposanten Küche und dem großen Kachelofen. Er ging nachdenklich die Treppe hinauf. Im Flur öffnete er die Tür zum Bach-Zimmer. Er wollte sehen, welcher Text dort hinter der Tür zum Klo hing. Er las:

›Befiehl Du Deine Wege / und was Dein Herze kränkt
Der aller treusten Pflege / des, der den Himmel lenkt.
Wer Wolken, Luft und Winden / gibt Wege, Lauf und Bahn,

Der wird auch Wege finden, / da Dein Fuß gehen kann.‹

Hatte Bach diesen Text vertont? Er konnte sich nicht daran erinnern.

DIE RÜCKFAHRT

Jung machte sich bettfertig, löschte das Licht und sah aus dem Fenster. Vor der Pastorei brannte die einzige Laterne in der Straße. Obwohl es taute, lagen Straßen und Häuser noch immer unter einer hohen Schneedecke. Nach einer Weile sah er Greta Driefholt aus dem Haus kommen und die Straße hinunter in der Dunkelheit verschwinden. Sie trug einen dunklen Kapuzenmantel und hatte Stiefel übergezogen.

Jung schlief unruhig. Sein Hirn arbeitete fieberhaft. Er zwang sich zu Denkpausen, indem er die Strophen an den Badezimmertüren rekapitulierte. Dann schlief er für eine Weile ein. Gegen Mitternacht erwachte er und stand auf. Er ging hinüber in den Pastorentrakt, die Treppe hinauf in den ersten Stock. Ihn fröstelte. Er versuchte die Zimmertüren zu öffnen. Sie waren alle verschlossen bis auf eine, die ins Badezimmer führte. Es war unbenutzt. Es gab keine Handtücher oder Toilettensachen. Das wunderte ihn nicht. Udo war auf Reisen. Jung öffnete den Spiegelschrank über dem Waschbecken. Ihm kam eine Parfümwolke entgegen, obwohl der Schrank lediglich eine Flasche Mundwasser und eine Medikamentenschachtel enthielt. Auf der Schachtel las er Tofranil. Er stellte das Medikament zurück und sah sich noch einmal um. Die Birnen in den Leuchten über dem Waschbecken waren herausgeschraubt. Er ging zurück in sein Zimmer und schlief bis zum Morgengrauen, dabei träumte er sehr schlecht. Als er auf die Uhr sah, war es weit nach acht Uhr. Leise fluchend verschwand er im Bad und zog sich rasch an.

*

»Ich habe verschlafen. Sind Sie mir böse?«, entschuldigte er sich, als er in die Küche trat.

»Guten Morgen. Macht gar nichts, wenn Sie nur gut geschlafen haben«, lachte Greta Driefholt. »Mögen Sie Kaffee oder Tee?«

»Guten Morgen. Ich nehme Kaffee, wenn's recht ist. Der macht mich sicherlich munter.«

Sie wirkte fröhlich und sah ihn mitleidig an.

»Das Frühstück ist nebenan angerichtet«, erklärte sie. »Gewöhnlich frühstücken die Gäste drüben. Ich will da nicht extra einheizen.«

Sie hatte ein opulentes Frühstück aufgetragen. Jung roch frische Brötchen und geräucherten Lachs. Seine Lebensgeister regten sich.

»Haben Sie schon gefrühstückt?«, fragte er sie.

»Ja. Ich stehe früh auf, jogge eine Runde und frühstücke nach dem Duschen«, plauderte sie drauflos. »Meistens ein Müsli mit Joghurt, selten ein Knäckebrot mit Frischkäse. Danach trinke ich einen Vitamin-Mineraliencocktail. Dann bin ich für den Rest des Tages fit.« Sie sah ihn mit hochgezogenen Brauen und großen Augen an.

»Ich komme mir schlecht vor, wenn ich das höre. Warum stellen Sie mir so verführerische Sächelchen auf den Tisch, zum Beispiel diese leckeren Marmeladen? Selbst gemacht, nicht wahr?«

»Greifen Sie nur zu, und machen Sie sich nicht so viele Gedanken. Das verdirbt nur den Appetit«, erwiderte sie mit freundlicher Strenge. Jung folgte ihrem Rat und ließ es sich schmecken. Zwischendurch fragte er: »Welches Frühstück bereiten Sie für Udo, meines oder Ihres?«

»Ich frage ihn. Oft frühstückt er gar nicht.«

»Wird er nicht krank? Er arbeitet viel, wie Sie sagten.«

»Ich kenne ihn überhaupt nicht krank. Er geht nie zum Arzt. Ich würde ihn gerne einmal hinschicken«, erwiderte sie aufmüpfig.

»Beneidenswert, der gute Udo.« Jung dachte an die Packung Tofranil. Sie war rezeptpflichtig. Das hatte er auf der Packung gelesen. Er würde sich bei Endert erkundigen müssen, was es mit dem Medikament auf sich hatte. Greta Driefholt verschwand in der Küche, und Jung hörte sie in der Folgezeit emsig werkeln.

Jung hatte sein Frühstück beendet und lehnte sich zufrieden zurück, als sie wieder in der Küchentür erschien.

»Was darf ich Ihnen vom Dorf zeigen?«, fragte sie und sah ihn aufmunternd an.

»Es interessiert mich, wo Udo arbeitet. Zeigen Sie mir seine Werkstätte? Vielleicht auch die Kirche?«

»Okay. Ich räume schnell ab, und dann kann es losgehen. Haben Sie festes Schuhwerk?«

Ja, das hatte er. Dieses Mal hatte er vorausgedacht. Dichter Nebel verschluckte das Tageslicht und tauchte die Straße vor der alten Pastorei in eine trübe Dämmrigkeit. Der Schnee lag noch immer hoch, obwohl es taute. Matsch bedeckte die Straßen und Gehsteige. Die Eiszapfen an den Dachtraufen waren abgeschmolzen. Die Löcher im Schnee vor dem Haus hatten sich bis zu den Rundlingen des Pflasters vertieft. Jung fröstelte. Greta Driefholt hatte die Kapuze ihres Mantels über den Kopf gezogen. Ihre Füße steckten in hohen Stiefeln. Sie schritt kräftig voran und schien guter Dinge.

»Haben Sie etwas Schönes geträumt?«

»Nein, nichts Angenehmes«, erwiderte er.

»Wollen Sie mir Ihren Traum erzählen?«

»Ach, ich weiß nicht. Das trübsinnige Wetter reicht mir eigentlich.«

»Mich interessieren Träume. Erzählen Sie.«

»Haben Sie in Stade Psychologie studiert? Als Profigastgeberin könnte das von Vorteil sein.«

»Aber nein, wo denken Sie hin«, rief sie lachend. »Ich finde Träume nur spannend.«

»Also gut. Ich träumte, dass meine Frau die Terrasse an unserem Haus mit Glassplittern zugeschüttet hatte. Als ich nichts ahnend aus der Tür trat, stand sie daneben, sagte kein Wort und ließ mich in die Scherben treten. Schluss. Ich wachte auf.«

»Huch, das ist ja entsetzlich.«

»Erschreckend, ja. Und Ihre Deutung?«

»Ich kann traumhaft kochen, aber keine Träume deuten«, lachte sie erneut. Ihre Munterkeit ging Jung langsam auf die Nerven. Sie gingen nebeneinander her. Nach ein paar Ecken rief sie: »So, da sind wir!«

Sie waren an einem niedrigen Gebäude angekommen. Ein paar wenige Stallfenster gingen auf die Straßenseite hinaus. Ein mächtiger Kaminabzug überragte das hohe Reetdach. Als sie über die buckligen Feldsteine des Vorplatzes zum Eingangstor rutschten, mussten sie sich aneinander festhalten, um nicht zu stürzen. Sie schloss das zweiflügelige Tor mit einem großen Bartschlüssel auf. Die alte Schmiede war ein einziger Raum und nahm das ganze Haus ein. Die Wände waren, soweit sie von den Werkbänken und Werkzeugen nicht zugestellt waren, verdreckt und schmutzig von Öl und Ruß. Im Hintergrund standen ein gewaltiger Amboss und eine mächtige Esse. Daneben waren einige Reihen Fettkohle aufgestapelt. Den Raum füllte ein Chaos aus Sportgeräten aller Art, Schrott, Metallteile, Berge von Eimern, Fahrradrahmen, Hacken, Forken und alle möglichen landwirtschaftlichen Geräte.

»Das ist die Welt von Udo und seinen Jungs«, sagte Greta Driefholt und machte eine einladende Rundumbewegung. Sie traten ein.

»Sieht aus wie bei ›Wieland der Schmied‹ von Richard Wagner«, bemerkte Jung.

»War das auch so ein Verrückter?«

»Fiel mir nur gerade so ein. Ich glaube, Wagner hat den Text nie vertont«, sagte Jung traumverloren und sah sich interessiert um.

»Sie fummeln hier alles zusammen, was ihnen in

den Sinn kommt und was das herumliegende Zeug hergibt«, erklärte sie.

Sie gingen langsam in den hinteren Teil der Werkstatt.

»Sie reparieren viel: Skateboards, Rollerskates, Schlittschuhe, natürlich Mopeds und vor allem Fahrräder; Fahrräder von anno dazumal bis zu den Hightech-Dingern von heute. Hier hinten gammeln noch die Fahrradwimpel von Jahrzehnten. Heute gelten sie bei den Kids als uncool.« Sie zeigte in eine Ecke an der Rückwand.

Ein mit Spinnweben überzogener Haufen Glasfiberstangen lehnte in der schmuddeligen Ecke. Die Wimpel erinnerten Jung an die Erzählung des Klavierlehrers, wie er sehnlichst darauf gewartet hatte, den Fahrradwimpel seiner Schülerin Imke Carl an der Ecke auftauchen zu sehen. Jung näherte sich. Zwischen den unzähligen roten Wimpeln lugte das winzige Stück eines andersfarbigen hervor. Jung trat noch näher. Er griff nach dem Fetzen und zerrte ihn hervor. Er zuckte zusammen. Er war schwarz und weiß und der Tastatur eines Klaviers nachempfunden. Jung erstarrte. Er konnte nicht glauben, was sich ihm aufdrängte.

»Was haben Sie? Was ist an den Dingern so interessant?«, fragte Greta Driefholt ungläubig lachend.

»Nichts, nichts«, erwiderte Jung fahrig. »Es ist wirklich nichts.« Er hatte Mühe zu antworten. »Mich überkam gerade die Erinnerung an meine Tochter. Sie hatte einen Fahrradunfall, der sie fast das Leben kostete. Zum Glück kam sie mit dem Schrecken davon.«

»Mein Gott. War es so schlimm?«

»Ja. Sehr schlimm.« Jung schwieg.

»Man hört öfter von Fahrradunfällen. Vor Jahren las ich in der Zeitung über den Unfall eines kleinen Mädchens auf dem Festland. Ich erinnere mich nur sehr dunkel. Ich mag solche Sachen nicht.« Sie schwieg ebenfalls. Als Jung keine Regung zeigte, sagte sie aufmunternd:

»Gehen wir. Ich führe Sie jetzt zur Kirche. Zu Fuß ist es ganz schön weit. Wollen wir laufen oder mit dem Auto fahren?«

»Wir fahren«, sagte Jung abwesend.

Sie verließen die alte Schmiede und gingen den Weg zurück zur Pastorei. Was hatte der Wimpel zu bedeuten? Hatte er Imke Carl gehört? Wenn ja, was mehr als nur wahrscheinlich war, wie kam er hierher? Hatte Udo etwas damit zu tun? Hatte er tatsächlich Schuld auf sich geladen? Was könnte da passiert sein? Hatte Immo davon gewusst? In Jungs Kopf flitzten die Gedanken hin und her wie ein Haufen Billardkugeln, zwischen die der weiße Spielball gerollt war.

»Wir sind da«, weckte sie ihn auf. »Können wir fahren?«

Jung riss sich zusammen.

»Ja, schon gut. Entschuldigung.«

Er schloss das Auto auf, und sie fuhren die kurze Strecke bis St. Laurentii. Jung hatte Mühe, sich auf die Straße zu konzentrieren. Zum Glück gab es keinen Verkehr. Greta Driefholt fühlte, dass Jung mit irgendetwas kämpfte, wagte er aber nicht, ihn danach zu fragen.

Als sie den Friedhof durch das weiße Gatter betraten, hatte er seine Gedanken verdrängt und sich soweit unter Kontrolle, dass er begann, seine Umgebung wieder bewusst wahrzunehmen.

»Es ist vorbei«, sagte er. »Es nimmt mich halt immer wieder mit.«

»Nehmen Sie es nicht so tragisch«, munterte sie ihn auf. »Es ist ja gut gegangen, nicht wahr?«

Jung mochte darauf nichts erwidern und ging mit gesenktem Kopf über den Friedhof

*

»Greta, wo ist Udo?«

Eine hohe, unmelodische Stimme rief aus dem Gräberfeld zu ihnen herüber. Jung sah sich um und entdeckte einen dicken Jungen vor einem Grab stehen, auf das gerade frische Blumen gelegt worden waren.

»Moin Peter. Udo ist nicht da«, rief Greta Driefholt zurück. »Ich gehe kurz rüber«, sagte sie zu Jung gewandt. »Entschuldigen Sie mich für einen Moment.«

»Ich komme mit«, erwiderte Jung.

Sie gingen Seite an Seite die paar Meter, bis sie vor dem Jungen standen. Er trug keine Kopfbedeckung und seine Winterkleidung hing an ihm, als wollte er sie am liebsten loswerden. Unter seinen kurzen strubbeligen Haaren sah er aus geröteten runden

Augen zu ihnen herüber. Sein Mund stand offen. Er hatte seine Arme und Hände angewinkelt und hielt die Daumen mit den Fingern fest umschlossen.

»Wo ist Udo?«, fragte er noch einmal.

»Udo ist weg. Du hast Blumen gebracht, nicht wahr?«

»Ja, für Udo.«

»Udo ist bald wieder da. Du musst jetzt nach Hause gehen, Peter.«

»Ja, Peter geht jetzt nach Hause. Für Udo.«

»Tschüss Peter. Grüß deine Mama von mir.«

»Tschüss Greta. Grüße an Mama. Von Greta.«

Er lief an ihnen vorbei in Richtung des Hinterausganges, der in das Wäldchen führte.

»Er ist furchtbar lieb und ganz harmlos«, erklärte sie Jung.

»Warum legt er mitten im Winter Blumen auf das Grab?«

»Das ist sein Tick. Er hat Udo öfter mal Blumen auf das Grab legen sehen. Nun glaubt er, es für ihn weitermachen zu müssen. Einfach so.«

»Wer liegt denn da begraben?«

»Der Tote, den Udo nicht einäschern konnte, weil die Anlage ausgefallen war.«

»Der, von dem Sie gestern erzählten?«, fragte Jung ungläubig.

»Ja, genau.«

»Und danach war dann alles anders? Sagten Sie das nicht?«

»Ja, das ist richtig«, erwiderte sie.

Jung dachte angestrengt nach. Hier war nicht der

richtige Platz und nicht die richtige Zeit, Ordnung in seine Gedanken zu bringen. Er entschloss sich spontan, seinen Besuch abzubrechen und so schnell wie möglich nach Flensburg zurückzukehren. Er konnte nur hoffen, nicht unhöflich zu erscheinen. Schließlich wollte er noch einmal zurückkommen, zu ihr und zu seinem Klassenkameraden. Er wollte unbelastet und in aller Ruhe mit Udo sprechen können.

»Nehmen Sie es mir sehr übel, wenn ich mir die Kirche das nächste Mal ansehe?«, fragte er bittend. »Ich komme wieder. Ich will Udo treffen. Wann würde es am besten passen? Was meinen Sie?«

»Lassen Sie ihn ein paar Tage verschnaufen. Vielleicht am Sonntag, aber erst nach 11 Uhr. Er hat vormittags Gottesdienst. Ich kann uns einen ordentlichen Sonntagsbraten machen. Was halten Sie davon?«

»Das ist wirklich verlockend. Aber dieses Mal lieber nicht. Ich möchte ihn überraschen. Bitte erzählen Sie nichts. Versprechen Sie mir das?«

»Ja. Wie Sie wollen. Gehen wir«, entgegnete sie resolut.

Sie gingen über den Friedhof zurück zum Eingang. Dabei zeigte sie ihm einige originelle Grabsteine mit Namen und Schicksalen, die nur auf Föhr zu finden waren. Jung hörte ihr gerne zu. Es lenkte ihn ab, und er konnte sich entspannen. Sie machte ihn auf den Grabstein von Jung Göntje aufmerksam. Sie war die Frau von Jakob aus Oldsum und Mutter von vier Söhnen und fünf Töchtern gewesen. Er war Seefahrer und lange Jahre Kapitän. Jung drängte

sich die Frage auf, wie Göntje und Jakob es hingekriegt hatten, so viele Kinder in die Welt zu setzen.
Damals waren die Schiffe Monate, wenn nicht sogar
Jahre auf den Meeren unterwegs. Aber vielleicht war
Jakob ja Küstenschiffer gewesen. Jung Göntje war
jedenfalls Großmutter von 28 Enkeln und Urgroß-
mutter von vier Urenkeln. Sie starb am 12. Mai 1857
im Alter von 78 Jahren und drei Tagen, sieben Jahre
vor ihrem Mann.

Jung ging nachdenklich neben Greta Driefholt
her. Er war jetzt in den Fünfzigern, sein Sohn ein
Twen und seine Tochter ein Teenager. Beide machten nicht den Eindruck, als wenn sie ihn in absehba-
rer Zeit zum Großvater machen wollten.

Sie fuhren zurück zur alten Pastorei. Jung packte
seine wenigen Sachen und bezahlte die Übernach-
tung. Sie berechnete ihm 50 Euro für die Nacht und
vergaß nicht, die obligatorische Kurtaxe zu erheben.
Für das, was er dafür bekommen hatte, war der Preis
lächerlich gering, dachte Jung. Sie verabschiedeten
sich herzlich voneinander. Jung hatte nicht den Eindruck, dass er sie verstimmt hatte. Vielleicht freute sie
sich auf ein Wiedersehen und die Aussicht, mit ihm
ein oder zwei Gläser Wein trinken zu können. Die
Regeln der Gastfreundschaft würden Udo sicherlich
daran hindern, engstirnige Einwände zu erheben.

*

Die Rückreise verlief wie die Hinreise. Der Schnee
deckte das Land noch immer zu. Die wenigen, vom

Schnee entblößten dunklen Flecken auf den Äckern und Wiesen waren größer geworden, soweit Jung das von der B 200 aus sehen konnte. Er musste sich auf den Verkehr konzentrieren. Der dichte Nebel war ostwärts über den Geestrücken hinweg bis nach Flensburg vorgedrungen und hatte sich über die Stadt gewälzt.

DIE KOLLEGEN

Nachts war Wind aufgekommen, der Jung aus dem Schlaf gerissen hatte. Am frühen Morgen trommelte Regen auf das Dach. Als er nach dem Aufstehen aus dem Küchenfenster sah, war der Nebel verschwunden.

Auf seiner Fahrt zur Inspektion auf Norderhofenden sah Jung erstaunt, wie schnell die hohen Schneeberge links und rechts abgeschmolzen waren. Ein schneller Blick auf das Display sagte ihm, dass die Temperatur über Nacht rapide angestiegen war. Der Verkehr floss ruhig, und die Stadt war morgens, nach 8 Uhr angenehm leer. Er stellte das Auto auf dem Parkstreifen im Innenhof der Polizei-Inspektion ab und begrüßte Petersen am Aufgang zum Treppenhaus.

»Moin, Petersen.«

»Moin, Herr Oberrat. Wo sind Sie so lange gewesen? Ich habe Sie vermisst.«

»Ich bin ein paar Tage im Nebel des Grauens umhergeirrt«, erwiderte Jung schmunzelnd.

»Und da haben Sie die Orientierung verloren, ich verstehe.«

»Ja und nein«, erwiderte Jung munter.

»Wie darf ich das verstehen, Herr Oberrat?«

»So, wie ich es sage, Petersen. Ich hatte Erleuchtungen, und es gab dunkle Momente, die mich in Verwirrung stürzten.«

»Na ja, jetzt sind Sie wieder bei uns. Da können Sie sich von den Verwirrungen erholen«, meinte Petersen amüsiert.

»Da könnten Sie recht haben, Herr Polizeiobermeister. Schönen Tag noch.«

»Gleichfalls, danke Herr Jung.«

Jung stieg das Treppenhaus hinauf in sein Büro. Er hatte es eilig. Nachdem er seine alte Lederjacke an den Garderobenhaken gehängt hatte, griff er sofort zum Telefon und wählte Enderts Nummer.

»Endert, Gerichtsmedizin.«

»Guten Morgen, Herr Kollege. Jung hier.«

»Guten Morgen«, rief Endert erstaunt. »Sie schon wieder? Was kann ich denn dieses Mal für Sie tun? Haben Sie noch ältere Leichen im Keller als das letzte Mal?«

»Nein«, lachte Jung. »Ich kann Sie beruhigen. Es geht nur um ein Medikament.«

»Ein Medikament? Das klingt ziemlich harmlos. Es kann aber auch welterschütternd gefährlich sein.« Enderts Stimme hatte einen kryptischen Klang angenommen.

»Was wollen Sie damit sagen?«, fragte Jung alarmiert.

»Sagen Sie mir einfach, um welches Medikament es sich handelt. Dann sehen wir weiter.«

»Ich möchte etwas über Trofanil wissen«, sagte Jung.

»Trofanil? Oje! Das gehört eher zur zweiten Sorte«, erwiderte Endert sibyllinisch.

»Wie meinen Sie das?«

»Trofanil ist ein starkes Antidepressivum aus der Gruppe der trizyklischen Antidepressiva mit schlimmen Nebenwirkungen. Wollen Sie es Holtgreve empfehlen, Herr Oberrat?«

»Wie kommen Sie darauf?«

»Damit er nicht mehr so weiter machen kann wie bisher.«

»Sie geben mir Rätsel auf, Endert. Wollen Sie mich auf den Arm nehmen?«

»Keineswegs, nichts läge mir ferner, Herr Kollege. Ich denke nur, dass beim Zustand der Welt, wie sie nun einmal ist, jeder einigermaßen gesunde Mensch depressiv sein muss. Wer sich aber benimmt wie Holtgreve, ist krank. Er braucht Hilfe, verstehen Sie?«

Jung fragte sich, was er falsch gemacht hatte, dass Endert seine alte Leier abziehen konnte. Er hatte eigentlich keine Zeit für diese Spielchen, nahm sich aber vor, ihn nicht zu verärgern. Er wollte an nützliche Informationen kommen. Deswegen erwiderte er: »Das ist aber wenig logisch, was Sie da sagen, Herr Doktor.«

»Mag sein. Aber ich denke an die Nebenwirkungen. Und ich könnte mir vorstellen, dass sie bei Holtgreve Wunder bewirken könnten.«

»Nun werden Sie zynisch, Herr Doktor.« Jungs Ironie schwappte durch das Telefon. »Ich warne Sie. Was Sie sagen ist nahezu kriminell. Ich müsste unter Umständen gegen Sie einschreiten, ist Ihnen das klar?«

»Völlig klar.«

»Dann erzählen Sie mal. Von welchen Nebenwirkungen reden Sie?«

»Es gibt viele. Ich nenne mal die schönsten: Libidoverlust, erektile Dysfunktion, das heißt er kriegt keinen mehr hoch, Herzrhythmusstörungen, Obstipation*, Hypotonie** …«

»Das ist nicht mehr witzig, Endert«, unterbrach ihn Jung.

»Gut, dann nenne ich Ihnen ein paar harmlosere: Gewichtszunahme, Hautausschlag, Kopfschmerzen, Schwindelgefühle, aber die müsste Holtgreve eigentlich auch ohne Trofanil haben.«

»Endert, können wir jetzt mal ernst werden?«, unterbrach Jung ihn erneut. Sein Langmut war erschöpft.

»In Ordnung, Herr Kollege. Was ich aufgezählt habe ist kein Scheiß, sondern bittere Wahrheit. Ein Arzt, der seinem Patienten glaubt, Trofanil verschreiben zu müssen, muss eine deutliche und äußerst gravierende Depression diagnostiziert haben. Andernfalls handelt er fahrlässig, meiner Meinung nach.«

»Was kann denn der Grund für eine derartige Depression sein?«

»Der Zustand der Welt im Allgemeinen reicht dafür nicht aus, das gebe ich gerne zu.« Endert machte eine kurze Pause und fuhr wenig später im Stile eines Dozenten fort: »Die Ursachen sind schwer zu fassen, weil sie vielfältig sind. Das geht von genetischen Dispositionen über neurobiologische Faktoren bis zu Medikamentenmissbrauch. Wann und wie eine

---

* Verstopfung
** Bluthochdruck

Depression ausbricht, dafür gibt es diverse Erklärungstheorien.«

»Welcher Auslöser ist am häufigsten?«, fragte Jung gespannt.

»Da bin ich eigentlich überfragt, weil ich in erster Linie an Leichen arbeite. Als interessierter Beobachter würde ich allerdings zu der Auffassung neigen, dass sie hauptsächlich auf der psychischen Ebene zu finden sind.«

»Was heißt das konkret?«, drängte Jung.

»Kaputte Familienverhältnisse, persönliche Katastrophen, unbearbeitete Traumata, Dauerüberlastung, exorbitante Erwartungshaltungen. Na ja, eigentlich das, was wir überall zu sehen kriegen.«

»Aber nicht alle Menschen gehen damit gleich gut um, nicht wahr?«, warf Jung ein.

»Das ist nur zu offensichtlich, ja. Meiner Meinung nach ist für eine mehr oder weniger gute Bewältigung einer Depression ein mehr oder weniger gesundes Gefühlsleben verantwortlich.«

»Was heißt das denn nun schon wieder? Nun werden Sie endlich mal konkret, Herr Doktor.«

»Ist ja gut, Herr Kollege, nun mal langsam, nicht immer diese Hektik. Ich will sagen, man sollte seine Gefühle zuerst einmal wahrnehmen und akzeptieren. Einfach zulassen, das ist das Geheimnis. Sie sich nicht ausreden, selbst wenn sie unangenehm sind, oder sich bequatschen lassen, dass alles ganz anders ist oder sie nur eingebildet seien. Das Wichtigste ist, sich nicht von seinen Gefühlen abzulenken oder ablenken zu lassen.«

»Wenn wir das alle täten, wo kämen wir da hin, Herr Doktor?«

»Ich habe ja nicht gesagt, dass Sie Ihren Hass und Ihre Wut austoben sollen, Herr Kollege. Sie sollen sie spüren, mehr nicht.«

»Klasse, und dann sitz ich mit meinen Gefühlen da. Und was tue ich damit?«

»Nichts. Einfach aushalten, bis sie abgeflaut sind. Aber Sie haben ja eine bessere Lösung gefunden, Herr Kollege.«

»Jetzt werden Sie aber persönlich, Endert.« Jung fühlte sich angegriffen.

»Das war meine Absicht, Herr Oberrat. Unpersönlich sind Holtgreve und Compagnons. Und Sie sehen ja, was dabei heraus kommt.«

Jung sah ein, dass er Endert nicht bremsen konnte. Seine Ausführungen lösten in ihm zwiespältige Gefühle aus. Darüber hatte er die sachlichen Inhalte fast vergessen. Schließlich sagte er übertrieben höflich: »Gut, Herr Doktor, ich glaube, Sie haben meine Neugierde in Sachen Trofanil erschöpfend befriedigt. Ich danke Ihnen vielmals.«

»Aber gerne doch, Herr Oberrat. Stets zu Ihren Diensten. Und nehmen Sie meine Worte nicht zu ernst. Sie werden noch Zeiten erleben, wo Sie darüber lachen werden, glauben Sie mir. Tschüss auch.«

»Tschüss, Herr Doktor Endert.«

Endert ist doch ein komischer Kauz, dachte Jung, als er den Hörer zurücklegte.

*

Er schlug noch einmal die Akte auf und suchte den Fahndungsaufruf, mit dem das Mädchen gesucht worden war. In der langen Liste der Gegenstände, die einen Hinweis auf das Mädchen hätten geben können, fand er einen Fahrradwimpel (schwarz-weiß) und einen Inhalator aufgeführt. Er musste sich eingestehen, dass er bei der ersten Durchsicht über diese beiden Punkte nicht gestolpert war.

Er fragte sich, wer damals die Ermittlungen im Fall Imke Carl geleitet hatte. Als er den Namen las, seufzte er und atmete tief durch.

Kopper-Carlson war ein Fall für sich. Er war mittelgroß, hager, rotblond, gab sich betont ruhig und besonnen. In der Polizei-Inspektion trat er als der konservative Hanseat mit einer Vorliebe für britisches Understatement auf. Zu diesem Zweck hatte er sich einen Schnauzer wachsen lassen und stellte seine Armbanduhr 20 Minuten nach. Er las in jeder freien Minute renommierte deutsche und englische Zeitungen. Es fehlte nur noch, dass er Pfeife geraucht hätte, um das Bild des überlegenen, coolen Ermittlers so perfekt rüberzubringen, dass es zu seiner eigenen Karikatur getaugt hätte. Stattdessen löffelte er Joghurt, trank Tee aus großen Bechern, schälte Bananen und kaute geräuschvoll seine mitgebrachten Äpfel. Er haderte mit der Welt, in der ihm noch niemand begegnet war, der in der Lage gewesen wäre, seine wahre Klasse zu erkennen und ihm die verdiente Hochachtung entgegenzubringen. Das hatte dazu geführt, dass er seine Schrullen pflegte, weil sie ihm Aufmerksamkeit zu verschaffen versprachen.

Letztlich hatten sie ihm aber nur den Spitznamen ›Die Diva‹ eingebracht. Er spielte Tennis. Da lachte er manchmal, und wenn er mit seinen dünnen, o-beinigen Stelzen auf den Platz schlurfte, konnte man den Eindruck gewinnen, welch verträglicher, munterer Knabe er einstmals gewesen sein musste.

Jung wählte seine Nummer und hatte ihn nach achtmaligem Läuten am Apparat.

»Ja?«

»Guten Tag, Herr Kollege, Jung hier.«

»Guten Tag.«

»Ich bearbeite den Fall Imke Carl. Sie haben seinerzeit die Ermittlungen geleitet, nicht wahr?«

»Nun ja. Nein. Also, das kann durchaus sein. Wann genau soll das gewesen sein?«

»Das ist jetzt 16 Jahre her.«

»Ja, nein, ich müsste …« Eine längere Pause entstand. »Jetzt erinnere ich mich.«

»Gut«, sagte Jung erfreut. »Können Sie aus dem Stehgreif ein paar Fragen zu den beteiligten Personen und den Tatumständen beantworten?«

»Nein. Nun ja, ich erinnere mich dunkel. Um wen handelt es sich denn?«

»Zuerst habe ich eine Frage zu dem verschwundenen Mädchen.«

»Ah ja, mag sein, aber ich müsste … Ja, was denn da?«

»War bekannt, dass sie Asthmatikerin war?«

»Ja. Es wurde erwähnt.« Jung war von der Präzision der Antwort überrascht.

»Und? Weiter?«

»Was weiter?«, schnaubte Kopper-Carlson.

»Hat die Krankheit in Ihrer Ermittlungsarbeit eine Rolle gespielt?«

»Wieso? Sie spielte keine Rolle. Sie hatte einen Inhalator. Sie können das alles nachlesen.«

»Ja natürlich. Ich frage mich, ob zum Beispiel der Inhalator irgendwo gefunden worden ist?«

»Dann hätten wir das in den Akten vermerkt. Das ist doch nicht so schwer zu begreifen, Mann.«

»Also gab es nichts, was ihre Krankheit zum Gegenstand näherer Untersuchungen gemacht hätte?«

»Ich bitte Sie, warum denn? Das war unwichtig. Sie war weg, also auch ihr Asthma und ihr Inhalator. Weder sie noch ihr Asthma noch ihr Inhalator tauchten wieder auf. Das kann man doch begreifen, selbst wenn es Ihnen schwer fällt.«

Jung war geneigt, ihm eine passende Antwort zu geben, unterließ es aber und beherrschte sich.

»Haben Sie bei Ihren Befragungen der Familienangehörigen etwas über die sexuelle Orientierung der Familienmitglieder erfahren?«

»Sex? Was soll das denn? Das spielte keine Rolle.«

»Die sexuelle Orientierung des Bruders wurde demzufolge niemals erwähnt?«

»Wir suchten das Mädchen und nicht die Vorlieben ihres Bruders.«

»Okay. Also von Sex war nie die Rede?«

»Nein. Jedenfalls nicht bei ihrem Bruder.«

»Bei wem denn sonst?«

»Hören Sie mal, wir untersuchten das Verschwinden des Mädchens. Es hätte ein Sexualdelikt vorliegen können.«

»Und?«, drängelte Jung

»Diesbezüglich war überhaupt kein Anhaltspunkt zu finden. Wir schlossen diese Möglichkeit absolut aus.«

Jung kannte die Antwort. Er hatte sie sich schon selbst gegeben. Auch auf die Gefahr hin, sich Beschimpfungen anhören zu müssen, fragte Jung weiter: »Ich habe noch eine Frage zu den Begleitumständen. Ich möchte wissen ...«

»Das können Sie doch alles in den Akten lesen. Was soll das denn hier?« Kopper-Carlson wurde unwillig. Jung ließ sich nicht beirren.

»Ich möchte wissen, ob nach dem Verschwinden des Mädchens irgendetwas Auffälliges auf dem elterlichen Hof passiert ist. Ein besonderes Auto zum Beispiel, das nicht auf den Hof gehörte oder das da noch nie gesehen worden war. Irgendetwas, das aus dem Rahmen fiel.«

»Das Mädchen war vom Hof gefahren und danach weg. Was soll denn später passiert sein, was für ihr Verschwinden von Wichtigkeit hätte sein können? Später haben in Husum die Kirchenglocken geläutet. Wollten Sie das wissen?«, antwortete Kopper-Carlson barsch.

»Sie hätte ja eventuell umkehren können, nicht wahr?«, insistierte Jung unverdrossen.

»Das ist doch absoluter Quatsch. Der Bruder ist der Letzte gewesen, der sie gesehen hatte, und er hat sie vom Hof fahren sehen. Danach war sie weg.

Punkt, Schluss, aus und vorbei. Daran war überhaupt nicht zu rütteln.«

»Und vor dem Verlassen des elterlichen Hofes, haben Sie da etwas über den Autoverkehr in der Umgebung herausgefunden?«

»Jedes Auto, das gesehen wurde, haben wir überprüft. Da war nichts.«

»Sind Sie da ganz sicher?«

»Ja. Was glauben Sie denn?«

»Ich glaube gar nichts. Ich frage nur.« Jung wappnete sich mit Geduld und Stärke.

»Mein Gott. Was soll das?« Kopper-Carlsons Coolness löste sich zusehends auf. »Das ist doch horrender Unfug. Fragen Sie, was Sie wollen. Aber erwarten Sie nicht, dass Sie auf jede blöde Frage eine Antwort kriegen. Lesen Sie die Akten. Dann können Sie sich Ihre Fragen selbst beantworten.«

»Herr Kopper, der Fall ist bis jetzt nicht aufgeklärt worden. Also muss es offene Fragen geben.«

»Ja klar. Aber nicht an mich.«

Jung ersparte sich und ihm weitere Fragen, obwohl er gerne noch nach dem Fahrradwimpel gefragt hätte.

»Ich bedanke mich für Ihre Bereitwilligkeit mir zu helfen. Es war mir ein Vergnügen«, beendete Jung das Gespräch ironisch.

»Ja, bitte.« Kopper-Carlson hatte aufgelegt.

Obwohl das Gespräch kein Gespräch gewesen war, hatte Jung wichtige Informationen gewonnen. Die Krankheit Imke Carls und die sexuelle Orientierung der Angehörigen war nie Gegenstand von

Überlegungen bei der Aufklärung des Falles gewesen. Das Mädchen war vom Hof gefahren und danach verschwunden. Alle Arbeit war in die Überprüfung ihres Weges vom Hof zu ihrem Klavierlehrer geflossen. Diese Überprüfung hatte nichts erbracht. Jung fiel die spontane Reaktion Bolls ein. Hatten sie überhaupt an den richtigen Stellen gesucht? Wenn außerhalb des Hofes nichts von ihr zu finden war, dann eben innerhalb. Aber da war natürlich genug von ihr zu finden, auch ohne Verbrechen. Was hätte denn auf ein Verbrechen hinweisen können?, fragte er sich.

Er kam in seinen Überlegungen nicht weiter und stand deshalb von seinem Schreibtisch auf, um das Fenster zu öffnen. Mit tiefen Zügen atmete er die frische und milde Luft ein, während sein Blick über die Förde in Richtung Ballastbrücke schweifte. Das Eis war bis auf ein paar schwimmende Schollen abgeschmolzen. Der kräftige Wind trieb sie in Richtung Innenförde der offenen See entgegen. Der Himmel sah aus, wie er über Norddeutschland immer aussah, wenn es länger regnete: tiefgrau, nahezu konturlos und deprimierend eintönig.

Jung schloss das Fenster und setzte sich wieder an den Schreibtisch. Die kurze Sauerstoffdusche hatte sein Hirn nicht beleben können. Er beschloss, seine Denkarbeit vorerst einzustellen.

SVENJA

Er wünschte sich jetzt jemanden, mit dem er über den Fall hätte reden können, nicht Menschen vom Schlage Kopper-Carlsons, Enderts oder Holtgreves, und auch nicht Boll. Er wünschte sich jemanden, der in der Lage war zuzuhören, unvoreingenommen, nicht vom Fach, lebenserfahren, mit Menschenkenntnis, spontan, originell und ausgestattet mit spekulativer Fantasie. Am liebsten hätte er mit seiner Frau gesprochen. Warum eigentlich nicht? Was hinderte ihn daran, sie darum zu bitten? Jetzt sofort und ohne falsche Rücksichtnahme auf Amtsgeheimnisse und Verschwiegenheitspflichten. Wenn er ehrlich war, hatte er in seinen Gesprächen mit Svenja nie Rücksicht darauf genommen. Er griff zum Telefon und rief sie an.

»Jung, guten Tag.«

»Hallo, Svenja, ich bin's. Ich habe ein Attentat auf dich vor.«

»Oh, mein Gott. Das ist ja aufregend. Worauf darf ich mich freuen?«

»Ich brauche dich.«

»Nein, Tomi«, unterbrach sie ihn lachend. »Das ist mir ja lange nicht passiert. Wo denn?«

»Können wir uns im Viva treffen?«

»Aber Tomi. Findest du das nicht etwas anstößig? Außerdem sind dort die Toiletten nicht gerade stimulierend.« Sie lachte.

»Svenja, lass das. Ich meine es ernst«, erwiderte Jung ungehalten.

»Was meinst du ernst, Tomas?«

»Ich möchte mit dir über meine Arbeit reden. Ich glaube, du bist die Einzige, die mir helfen kann. Ich lade dich zum Mittagessen ein.«

»Du enttäuschst mich, Tomi. Findest du ein Mittagessen im Viva nicht etwas knauserig? Ist dir meine Hilfe nur ein paar schlabberige Flautas wert? Ich weiß nicht, ob ich da mitmachen kann«, sagte sie bedauernd.

»Gut, dann schlage etwas vor, wo du mitmachen kannst.«

»Komm nach Hause. Ich werde eine Überraschung im Backofen haben, und die Toiletten bei uns sind auch hübscher, okay?«, sagte sie amüsiert.

Jung war freudig überrascht. »Ich hätte das nicht zu hoffen gewagt«, erwiderte er charmant. »Ich mache mich auf die Socken. Bis nachher.«

»Bis dann, Tomi.«

Als Jung das Treppenhaus hinunter dem Ausgang zustrebte, überraschte ihn Petersen, als er seine Wachstube passierte.

»Herr Oberrat, haben Sie Ihre Orientierung wieder?«

»Habe ich, Petersen. Danke der Nachfrage.«

»Und? Was machen Sie jetzt damit? Mittagessen?«

»Warum nicht.«

»Und was noch, Herr Jung?«

»Ich werde mir letzte Klarheiten verschaffen, Petersen.«

»Wo finden Sie die denn, wenn ich fragen darf. Ich hätte auch gerne letzte Klarheiten, Herr Oberrat.«

»Bei meiner Frau, Petersen. Das hoffe ich wenigstens.«

»Bei Ihrer Frau? Da müssen Sie aber ein Glückspilz sein. Ich beneide Sie.«

»Danke, Petersen. Bis bald. Tschüss.«

»Tschüss, Herr Jung.«

*

Als Jung die Haustür aufschloss, kam ihm der unverwechselbare Duft eines in der Backröhre schmelzenden Appenzellers entgegen. Er versetzte ihn in freudige Erwartung auf einen Kartoffelauflauf mit Tomaten, Zucchini, Peperoni, Lammhack und Schafskäse, eine von Svenjas besonderen Spezialitäten. Jung schmeckte bereits im Voraus den scharfen Piri-Piri auf der Zunge, der dem Auflauf seinen einzigartigen Pfiff verlieh. Er stieg aus seinen Schuhen und begab sich in die Küche, wo Svenja eine Gurke für den Salat in Scheiben schnitt.

»Hallo Tomi«, begrüßte sie ihren Mann und sah ihm entgegen. Er trat hinter sie und schaute ihr über die Schulter.

»Hallo, Svenja. Das riecht ja fantastisch«, erwiderte er überschwenglich.

»Schön scharf. Das befeuert unsere Geister.«

»Das brauchen wir auch.«

»Komm, setz dich. Der Tisch ist schon gedeckt.«

»Welchen Rotwein?«, fragte Jung hoffnungsvoll.

»Keinen. Wir wollen doch denken und nicht schlafen, Tomi. Oder habe ich dich falsch verstanden?«

»Nein, nein, ist schon gut.« Jung war leicht verstimmt, besann sich allerdings schnell, weil sie recht hatte. Ein Arbeitsessen stand an und keine Chill-out-Party. Sie setzten sich an den gedeckten Tisch.

»Schmeckt ausgezeichnet, Svenja. Weißt du überhaupt, wie die höchsten Schärfegrade für Pfeffer heißen?«, fragte Jung, nachdem er die ersten Bissen genossen hatte.

»Nein. Aber du wirst es mir gleich sagen.«

»›Mother in law hellfire‹ und ›mother in law exterminator‹.«

Sie lachte herzhaft. »Wo hast du denn das her, Tomi?«

»Von der Haushälterin des Inselpastors, meines alten Klassenkameraden.«

»Ah, ja. Ich ahne etwas. Dann leg mal los«, ermunterte sie ihn.

Jung berichtete haargenau, ohne die abwegigste Kleinigkeit auszulassen. Er bemühte sich um kurze, präzise Sätze, da er fürchtete, Svenja mit den nüchternen, nackten Fakten zu langweilen. Dabei wunderte er sich selbst, dass die Menge an harten Fakten so klein und der Umfang an Nebensächlichkeiten,

Mutmaßungen und Spekulationen so groß war. Seine Abschweifungen auf weit entfernte Nebenschauplätze irritierten ihn, aber er wusste plötzlich mit großer Klarheit, warum er darauf gekommen war, sich an Svenja zu wenden. Sie hatte langsam gegessen und ihm zugehört, ohne ihn zu unterbrechen. Nachdem er geendet hatte, schwieg sie noch immer.

»Ist das alles?«, fragte sie endlich.

»Ich glaube, ja. Ich habe nichts ausgelassen.«

»Gut.«

Sie schwiegen wieder, und nur Jung aß weiter. Nach einer Weile sagte Svenja: »Für mich steht fest, dass das Verschwinden des Mädchens mit dem zu tun hat, was danach passierte. Ich meine in erster Linie das Zerwürfnis zwischen Immo und Udo.«

»Und der Bruder? Meinst du, Udo ist schwul, und sie haben sich um den Lustknaben gestritten?«

»Udo ist ganz bestimmt schwul«, antwortete sie lapidar.

»Bist du dir da so sicher?«

»Ja. Seine Haushälterin liebt ihn und wartet noch immer darauf, dass er sie erhört. Sie will ihre Rolle komplett machen und legitimieren. Wenn er das nicht gemerkt hat, dann ist er entweder ein totaler Idiot oder schwul. Aber so idiotisch kann man gar nicht sein, selbst ein Pastor nicht. Er verschanzt sich.«

»Wie meinst du das?«

»Unter den Talaren steckt der Muff von 1.000 Jahren. Das kennst du doch, nicht wahr? Aber auch Geheimnisse lassen sich darunter gut verstecken.«

»An welche denkst du da?«

»Na, das ist doch wohl sonnenklar: zuerst seine Homosexualität und mit an Sicherheit grenzender Wahrscheinlichkeit auch noch anderes.«

»Gut«, räumte Jung ein. »Ein schwuler Jugendpastor wird von der Amtskirche wahrscheinlich nicht toleriert werden.«

»Sein Engagement entlarvt ihn ja geradezu selbst. Sagtest du nicht, die Haushälterin sei eifersüchtig auf seine Jungs? Wo sind die Mädchen? Gibt es keine auf Föhr?«

»Ja, stimmt, das war auffällig.«

»Tomi, es ist doch überhaupt keine Frage, dass er etwas vor sich und seiner Umgebung verbirgt. Seine Lage muss so total bedrückend sein, dass er die Birnen aus den Leuchten über dem Spiegel dreht, weil er seinen eigenen Anblick nicht erträgt. Er sprüht sich ein, um sich nicht riechen zu müssen. Er hat einen fauligen Atem, sonst bräuchte er kein Mundwasser. Er schluckt starke Antidepressiva, um einigermaßen funktionieren zu können. Die Nebenwirkungen helfen ihm zusätzlich, sich nicht zu outen oder auffällig zu werden. Er trinkt keinen Alkohol, nicht einmal Wein, und arbeitet wie ein Idiot. Wenn der nicht etwas zu kompensieren hat, wer denn sonst? Ich habe das sichere Gefühl, dass das Verschwinden des Mädchens damit zu tun hat. Der Wimpel in seiner Werkstatt – wie treffend und sinnig übrigens – ist Hinweis genug. Und es gibt etliche Hinweise mehr.«

»Welche?«, fragte Jung kühl.

»Seine Abwesenheit von der Insel und seine nachträgliche Unruhe. Beides fällt in die Zeit, als das Mädchen verschwand.«

»Das könnte ich genauer überprüfen.«

»Mach das. Ich bin mir sicher, dass du fündig wirst.«

Svenja hatte sich erregt. Jung war beeindruckt, jedoch etwas skeptisch. Für das Herausdrehen von Glühbirnen könnte es ganz banale Gründe geben. Und zu überdosierten Parfüms neigten auch andere ohne kriminellen Hintergrund, besonders Frauen. Das Antidepressivum brauchte er vielleicht gar nicht mehr, ebenso wie das Mundwasser. Könnte es nicht einfach nur vernünftig sein, keinen Alkohol zu trinken? Und wenn er Spaß an seiner Arbeit hatte, warum sollte er davon zu viel kriegen? Nur der schwarz-weiße Wimpel war ein Zeichen, das nicht einfach auf diese Art relativiert werden konnte. Darüber hinaus war die zeitliche Koinzidenz zwischen dem Verschwinden des Mädchens und den nachfolgenden Veränderungen von zwei Seiten unabhängig voneinander bezeugt worden. Aber auch das könnte ganz andere Gründe haben.

»Was könnte er denn außer seiner Homosexualität noch kompensieren wollen?«, fragte Jung vorsichtig.

»Ich glaube, Immo weiß das«, erwiderte sie. »Er gibt sein Wissen nicht preis, weil es seine bürgerliche Existenz gefährden könnte. Und Udos vielleicht auch.«

»Deswegen verleugnet Immo alles, einschließlich

Udo«, sagte Jung sinnend. »Wie könnte ich ihn zum Reden bringen?«

»Ich würde mich lieber an den Pastor halten. Die Kirchenleute haben ein gut trainiertes Gewissen. Sie sind es gewohnt, zur Beichte zu gehen. Das gefällt ihnen.«

»Du meinst, ich soll als Beichtvater auftreten?«

»Ja. Du hast doch überhaupt keine Beweise für seine vermeintliche Schuld oder Mitschuld an dem Verschwinden des Mädchens. Aber wenn er Schuld auf sich geladen hat, dann musst du ihn dazu bringen, freiwillig damit herauszurücken. Du hast doch der Haushälterin nicht gesagt, wer du bist, oder?«

»Nein, ich bin sein alter Klassenkamerad, weiter nichts.«

»Und das Klassentreffen bei Immo hast du auch nicht erwähnt?«

»Nein. Ich kam als unbeschriebenes Blatt und ging auch so.«

»Dann ist ja alles in Butter, mein Bester. Sehr gut gemacht«, lobte sie. »Du hast genug in der Hand, ihm langsam einzuheizen und ihn sanft unter Druck zu setzen.«

»Warum bist du eigentlich nicht bei der Kripo?«, bemerkte Jung nach einer kurzen Denkpause und sah seine Frau an. »Du würdest dich als Ermittlerin gut machen.«

»Ach, Tomi. Warum greifen Frauen nicht mit gleicher Selbstverständlichkeit zu Berufen wie Männer? Doch nicht etwa weil sie blöder sind, oder?«

Sie schwiegen, während sie sich in die Augen blickten.

»Fahr rüber und bringe ihn zum reden«, sagte Svenja abschließend. »Dann wird sich dein Fall klären. Ich bin mir ganz sicher.«

Jung nickte. Ihre Sicht auf die Dinge hatte eine beeindruckende Evidenz. Die spärlichen Fakten fügten sich nahtlos ein. Aber zu wenig war wirklich zu beweisen.

DER INSELPASTOR

Es hatte aufgehört zu regnen. Der Wind hatte nicht nachgelassen und wehte milde Luft in den Norden. Die Wolkendecke riss langsam auf, und die ersten blauen Löcher waren am Himmel zu sehen.

Der Verkehr auf dem Weg nach Dagebüll war dünn. An den Straßenrändern und Knicks schmolzen die Reste der riesigen Schneewehen. Die offenen Felder glänzten braun und schwarz in der weiten Landschaft. Jung genoss die Autofahrt, obwohl ihn auf der Insel eine Aufgabe erwartete, die ihn bedrückte und ihm Kopfzerbrechen bereitete. Zu welchen Konsequenzen würde er gezwungen sein, wenn Svenja recht behielte? Er fühlte sich unwohl, als er an die Taktik dachte, die er sich zurechtgelegt hatte. Er würde über sich und die Gründe seines Besuchs lügen oder zumindest schweigen müssen, was aufs Gleiche hinauslief.

In Dagebüllhafen rollte er auf eine fast leere Fähre. Die Durchsagen über die Bordsprechanlage waren bald verklungen. Er stellte sich an Oberdeck und ließ sich den Wind um die Nase wehen. Das verscheuchte für eine Weile seine trüben Gedanken. Die See war kabbelig. Es herrschte Niedrigwasser, und auf den Sandbänken an Steuerbordseite, nach Sylt zu, sah er einige Robben, die auf dem flachen Sand zu schlafen schienen. Am westlichen Horizont konnte er die flachen Konturen und den Leuchtturm von Amrum ausmachen. Davor erhob sich Föhr und die Silhouette von Wyk aus dem Wattenmeer. Es dauerte nicht lange, und sie hatten im Fährhafen auf Föhr fest gemacht.

Es war Sonntag. Jung wollte den Vormittagsgottesdienst in St. Laurentii besuchen und einen ersten Eindruck von Udo als Seelenhirten seiner Gemeinde gewinnen. Er fuhr zügig auf der Ausfallstraße zu den Inseldörfern über Nieblum nach Süderende. Er glaubte, die Schafe an der Straße wiederzuerkennen, die ihn mit gelangweiltem Blick verfolgten, und er lachte bei dem Gedanken, dass es ihnen genauso gehen könnte wie ihm. Er hatte Mühe, auf dem Parkplatz gegenüber der Kirche einen freien Platz zu entdecken und fand die Kirche gut gefüllt. In der letzten Bankreihe setzte er sich auf einen der freien Plätze.

Das Kircheninnere war glanzlos, fast karg und ungewohnt hell. Wenige Kirchenbilder schmückten die großen, weiß gekalkten Wände. Jung zählte von seinem Platz aus nur drei Bilder. Die Sonne schien, von jeglichem Buntglas ungebrochen, durch schlichte Scheibenfenster ins Kircheninnere. Ihr Licht fiel auf das einsame Modell einer dreimastigen Kriegskogge, das im Seitenschiff von der Decke hing. Die Messingkandelaber unter der Decke und an den Wänden fielen auf. Ihre Pracht und ihr Glanz wirkten in dem schlichten Kirchenschiff heimatlos.

Der Organist beendete gerade ein Präludium von Bach. Udo stand vor seiner Gemeinde und begrüßte sie mit leiser, strapazierter Stimme: ›Im Namen des Vaters und des Sohnes und des Heiligen Geistes‹. Die Gemeinde antwortete laut und deutlich: ›Amen‹. Jung kam sein Klassenkamerad im Talar noch fremder vor als der Mann, den er im Fernsehen gesehen hatte. Sein Körper war unter dem langen, schwarzen Gewand vollständig verschwunden. Hager und zurückgenommen stand er vor dem Altar unter dem Kreuz wie ein Schmerzensmann, dem sein Gott tiefe Wunden in das schmale, blasse Gesicht geschlagen hatte. Nur sein grauer, strubbeliger Haarschopf und die knochigen Schultern verströmten den Hauch eines verbliebenen Trotzes gegen ein unverdientes Schicksal. Sein Anblick erschütterte Jung.

›Unsere Hilfe steht im Namen des Herren‹, ergänzte Udo leise. Die Gemeinde nahm laut und deutlich seine Worte auf: ›der Himmel und Erde gemacht hat. Wir bekennen Gott, dem Allmächtigen, dass wir gesündigt haben in Gedanken, Worten und Werken. Wir bekennen unsere Schuld. Gott erbarme sich unser, er vergebe uns unsere Sünde und führe uns zum ewigen Leben.‹

Jung hatte an Udos Lippen abgelesen, dass er den Text leise mitgesprochen hatte. Nun sprach er allein weiter: ›Nimm von uns Herr, unsere Sünde und verleih uns, dass wir mit reinem Herzen vor dein Angesicht treten und dich loben und preisen. Durch Jesus Christus, unseren Herrn.‹ Ein lautes Amen der Gemeinde beschloss den ersten Teil der alten Liturgie.

Jung sang das anschließende Kirchenlied mit. Es war das Lied, dessen Text er im Bach-Zimmer des alten Pastorats an der Badezimmertür gelesen hatte. Er kam sich schlecht vor. Eigentlich durfte er nicht hier sein, dachte er. Udo predigte über Lukas 11, 5-13. Er predigte nicht von der Kanzel, sondern stellte sich in den Gang zwischen die Bankreihen und sprach inmitten seiner Gemeinde zu ihr. Seine Predigt war kurz. Er sprach leise. Seine Zuhörer hingen an seinen Lippen, keiner tuschelte, hüstelte oder schnäuzte sich die Nase. Die Kinder blieben ruhig. Vielleicht lag es an der Intensität der Glaubensgemeinschaft, vielleicht lag es am Predigttext oder an Udos feiner Auslegung, Jung vergaß jedenfalls für den Rest des Gottesdienstes sein Anliegen, das ihn hierher geführt hatte.

»Der Herr behüte euch und beschütze euch, der Herr lasse sein Angesicht leuchten über euch und schenke euch seinen Frieden. Denn der Frieden Gottes, der höher ist als alle menschliche Vernunft, bewahre eure Herzen und Sinne in Jesum Christum, unseren Herrn. Amen.«

Nachdem Udo seiner Gemeinde mit ausgebreiteten Armen den Segen erteilt hatte, wechselte Jung zurück in die herbe Gegenwart. Der Organist improvisierte über einen Choral von Dietrich Buxtehude. Udo strebte den Mittelgang entlang zum Ausgang. Die Gemeindemitglieder folgten ihm. Er schüttelte vor dem Kirchenportal zum Abschied ihre Hände und wechselte ein paar leise Worte mit ihnen. Das Klimpern und Klappern der Münzen in den Opferstöcken ebbte ab. Jung war sitzen geblieben und verließ die Kirche als Letzter. Udo reichte ihm die Hand, und Jung hielt sie fest.

»Ein neues Gesicht. Sind Sie Gast auf der Insel?«, fragte Udo unbewegt.

»Ja, aber ich bin deinetwegen hier«, erwiderte Jung.

Er sah ihm gerade in die Augen. Udos Blick kam aus dunklen Höhlen. Ein entferntes Staunen huschte über sein Antlitz.

»Ich bin Tomas Jung, wir haben zusammen Abitur gemacht.«

Eine kurze Pause entstand. Jung ließ die Hand seines alten Klassenkameraden los.

»Tomas Jung«, sagte Udo sinnend. »Ja, ich erinnere mich. Dein Spitzname war Pingo, nicht wahr?«

»Richtig, ja.«

»Was führt dich zu mir?«, Udos Stimme hatte sich belebt, ließ aber keine große Neugierde erkennen.

»Der Fernsehbericht über deine Schneehochzeit«, sagte Jung einfach.

»Ach ja. Furchtbar lästig. Du bist nicht der Einzige, der mich erkannt hat.« Udos Stimme hatte sich weiter belebt.

»Ich wohne nicht weit weg, in Flensburg.« Jung hielt sich bewusst zurück.

»Ich verstehe. Nett von dir vorbeizuschauen.«

»Ich sah dich und dachte, das muss er sein. Ich habe dich erst auf den zweiten Blick erkannt.«

»Ja, die Jahre gehen nicht spurlos an uns vorbei. Willst du mit zu mir kommen? Wir können eine Tasse Tee trinken.«

»Danke, gern«, erwiderte Jung freudig. Udo schloss die Kirchentür ab. Jung war erleichtert, dass er es ihm einfach gemacht hatte. Während sie nebeneinander über den Friedhof gingen, sah Jung Udo von der Seite an. Kein aufdringlicher Geruch oder sonstige Auffälligkeiten, die er und seine Frau vermutet hatten, ließ sich erkennen. Nur sein langer Talar erinnerte Jung an Frauenkleider. Dazu fiel ihm ein, dass die Kleiderordnung der katholischen Kirche weit mehr Anlass gab, sich über die Kompensation verdeckter Traumata und ungelebter Wunschträume ihres Personals Gedanken zu machen. Er schüttelte innerlich den Kopf. Waren seine Gedankenassoziationen nicht abwegig? Gab es nicht auch Priester und Pastoren aus Berufung und Glauben, die die Kleiderordnung ihrer Kirche akzeptierten wie das heilige Abendmahl?

»Was hat dich auf diese Insel verschlagen, Udo?«, begann Jung ein Gespräch.

»Ich hatte schon von jung auf eine Vorliebe für abgelegene Plätze«, erwiderte er leise lächelnd.

»Dann hast du Glück gehabt. Es ist schön hier.«

Udo erwiderte nichts darauf. Er ging den Kopf gesenkt das Gräberfeld entlang. Jung entdeckte die mit Blumen geschmückte Grabstelle. Er blieb vor dem Grab stehen. Der Todestag des Verstorbenen lag zwei Tage vor dem Tag des Verschwindens von

Imke Carl. Udo war vorausgegangen und sah sich jetzt nach ihm um.

»Wer liegt da begraben?«, fragte Jung, als er zu Udo aufgeschlossen hatte.

»Warum interessiert dich das?« In Udos tiefen Augen glaubte Jung ein Flackern zu sehen.

»Nicht jeder Tote bekommt mitten im Winter Blumen aufs Grab. Es muss ein besonderer Mensch gewesen sein.«

Udo hatte sich abgewandt und strebte ohne ein Wort der Erwiderung dem Ausgang zu. Jung folgte ihm auf den Parkplatz jenseits der Straße.

»Fahre mir einfach nach. Es ist nicht weit.«

»Okay, ich komme hinter dir her. Bis gleich.«

Sie bestiegen ihre Autos und fuhren die kurze Strecke bis zur alten Pastorei. Jung fragte sich ängstlich, ob Greta Driefholt ihnen die Tür öffnen würde. Er wollte Udo nicht zu früh mit der Tatsache konfrontieren, dass er schon einmal hier gewesen war. Zum Glück schloss Udo die Haustür mit einem Schlüssel auf, den er unter seinem Talar hervorgezogen hatte.

Sie betraten die Diele.

»Ich zieh mich rasch um. Geh schon voran in die gute Stube.« Udo öffnete die Tür zum Kaminzimmer und winkte Jung freundlich hinein. Er kam nach wenigen Minuten zurück und setzte sich zu ihm auf die Eckbank. Er hatte sich umgezogen und trug einen schwarzen Rollkragenpullover über einer schwarzen Cordhose. Zusammen mit seinem wilden, eisgrauen Haarschopf verlieh ihm sein Aufzug eine ungeahnte Attraktivität. Daran änderte auch seine magere Gestalt und sein verhärmtes Gesicht nichts. Jung war beeindruckt.

»Ich werde meine Haushälterin bitten, Tee für uns zu machen«, begann Udo. Er nahm ein Handy aus der Tasche und führte ein kurzes Telefonegespräch.

»Hast du jemanden gefunden, der deine Vorliebe für ruhige Plätze teilt?«, spottete Jung freundlich. Udo sah ihn aus dunklen Augen an.

»Ja«, sagte er lapidar. Er beließ es dabei, stand auf und schaute unruhig aus dem Fenster.

»Sie kommt. Ich mache ihr die Tür auf. Entschuldige mich.«

Jungs Herz klopfte. Er ahnte, dass der nächste Augenblick über den Erfolg oder Misserfolg seiner Mission entscheiden konnte. Als Udo allein zurück kam, atmete Jung erleichtert auf.

»Ihr müsst über Neujahr eine schwere Zeit auf der Insel gehabt haben«, nahm Jung das Gespräch wieder auf.

»Schwer?« Udo zog die Augenbrauen hoch. »Ich weiß nicht. Selten, vielleicht. Aber ich mag außergewöhnliche Herausforderungen.«

»Diese Vorliebe teilst du aber nur mit einigen waghalsigen Irren, Udo«, bemerkte Jung daraufhin.

»Das ist nicht das Einzige, was mich von den vielen trennt.«

»In der Kirche hatte ich einen anderen Eindruck. Deine Gemeinde steht hinter dir.«

»Bist du dir da so sicher?« Udo verzog skeptisch die Mundwinkel.

»Sie hörte dir jedenfalls gespannt zu. Das war auffällig.«

»Ja, mag sein.« Udo klang desillusioniert, weit weg von Stolz und Eitelkeit.

»Du predigst nicht von der Kanzel.«

Udo sah ihm in die Augen, als hätte er dort etwas entdeckt, das er aufgegeben hatte, jemals zu Gesicht zu bekommen. Dann sagte er mit zweifelndem Unterton in der Stimme: »Die Kanzel verträgt keine schwachen Typen.«

»Deine Gemeinde liebt dich. Das spürt man. Gibt dir das nicht Kraft? Bedeutet dir das gar nichts?«

»Ich kenne meine Pappenheimer. Sie hören mich, aber sie handeln ganz anders als du denkst.« Eine Pause entstand.

»Hat es dir eigentlich wehgetan, das Schneebrautpaar über einem Biertresen trauen zu müssen?«, lenkte Jung das Gespräch in seichtere Gewässer.

Ein angedeutetes Lächeln huschte über Udos Gesicht. »Besondere Umstände erfordern besondere Maßnahmen. Dafür wird Gott Verständnis haben. Ich mag nur kein Bier.«

»Aber Tee.« Greta Driefholt steckte den Kopf aus der Küchentür. »Ich habe gelauscht. Ist das sehr schlimm?« Sie lachte herzerfrischend.

»Komm herein Greta. Darf ich dir einen alten Klassenkameraden vorstellen?«

»Wir kennen uns bereits. Guten Tag, Herr Jung.«

»Guten Tag.« Jung blieb einsilbig. Udo sah ihn ungläubig an.

»Woher?«, fragte er mit einer Lebhaftigkeit, die neu an ihm war.

»Ich war anfangs der Woche schon einmal hier, traf aber nur Frau Driefholt an.« Jung beeilte sich vor Greta Driefholt zu antworten. »Du warst mit deinen Konfirmanden unterwegs.«

»Was habt ihr gemacht?«, fragte Udo irritiert. Er war aus seiner tiefen Reserve aufgescheucht worden. Jung fühlte, wie Angst und Wut hinter seiner Frage lauerten.

Greta Driefholt musste das ebenfalls gespürt haben. Ihr war unheimlich. Sie redete kopflos drauflos. »Wir haben Tee getrunken und ich habe Herrn Jung ein wenig herumgeführt. Wir hatten eine nette Zeit zusammen.«

»Herumgeführt? Wohin?«

»Unter anderem in die alte Schmiede. Da hatten wir es allerdings weniger nett«, sagte sie enttäuscht. Sie redete, als müsse sie sich rechtfertigen.

»Warum?«

»In der Schmiede sah ich etwas, das mich an ein schlimmes Erlebnis erinnerte«, antwortete Jung rasch.

Udos Fragerei klang inquisitorisch. Er beschwor eine lähmende Atmosphäre herauf. Sie legte sich Jung auf den Magen.

»Ja, Herr Jung klappte fast zusammen«, beeilte sich Greta Driefholt hinzuzufügen. »Der Anblick der schmuddeligen Wimpel in der Ecke erinnerte ihn daran, dass seine Tochter bei einem Fahrradunfall beinahe ihr Leben verloren hätte. Entsetzliche Vorstellung.«

Die Männer drehten die Köpfe zu ihr um. Udo sah ihr starr in die Augen. Eine Energie erfüllte plötzlich den Raum, als wäre eine stille Bombe explodiert.

»Ich wollte nicht ... Ich muss ... Ich hole den Tee und lass die Herren dann allein.« Greta Driefholt war durcheinander. Ihre offene Freundlichkeit war einer quälenden Unsicherheit gewichen. Sie flüchtete. Aber die Energie blieb und hielt die Männer stumm beisammen, bis der Tee serviert war.

»Ich gehe jetzt rüber. Wenn Sie mich brauchen ...«

»Geh, Greta. Es ist in Ordnung.« Udo winkte fahrig ab.

»Also, auf Wiedersehen, Herr Jung.«

»Auf Wiedersehen, Frau Driefholt.«

Sie tranken schweigend ihren Tee. In der lastenden Stille spürte Jung, wie sich die unsichtbaren Schwingungen allmählich verwandelten. Die Spannung flaute ab und machte einer tiefen Traurigkeit Platz. Im Raum hing ein trostloser Jammer, der jedes Wort erstickte. Udo ließ seinen Tee kalt werden und starrte reglos auf den Tisch. Endlich fragte er leise:

»Wie alt war deine Tochter?«

»Acht Jahre.«

»Und sie hat überlebt?«

»Sie kam mit dem Schrecken davon.«

»Dann hat dich Gott mehr geliebt als mich.«

»Wie meinst du das?«

»In meinem Fall starb das Mädchen in meinen Armen.«

Jung hielt den Atem an. Sein Herz schlug schneller. Er musste alle Kraft aufbieten, sich nicht zu bewegen. Er wusste, dass er sich nicht bewegen durfte und besser daran tat, den Mund zu halten und zu schweigen. Was sollte er jetzt auch tun können? Er kam sich vor wie ein Verräter.

Udo hatte den Kopf gesenkt. Nach einer Weile hob er ihn und sah Jung an. Die Trostlosigkeit und Qual auf seinem Gesicht trieben Jung Tränen in die Augen. Er drückte seine Nasenwurzel. Udo sah ihn aus zerstörten Augen an. Sein Kummer war heillos.

»Udo, ich muss dir etwas sagen«, brach Jung schließlich das Schweigen.

»Dann sag es«, erwiderte Udo.

Jung glaubte so etwas wie Hoffnung in seiner Stimme zu hören.

»Wir hatten über Silvester ein Klassentreffen, in Husum, in Immos Hotel.«

»Und?« Alle Hoffnung, wenn es denn je eine gegeben hatte, war aus Udos Stimme gewichen. Er hatte sich gewappnet, einen Streich entgegenzunehmen, auf den zu warten für ihn schmerzhafter geworden war, als ihn nun endlich zu empfangen.

»Bis auf dich und Jost waren alle da. Jost ist schon viele Jahre tot.« Jung schwieg und machte keine Anstalten, weiterzusprechen. Auf Udos Gesicht breitete sich ein abgründiges Lächeln aus.

»Du hast mit Immo gesprochen«, stellte er resigniert fest.

»Ja.«

Udo schüttelte den Kopf, immer wieder. Endlich hielt er still.

»Er hat dir also erzählt, wie wir ein Mädchen verschwinden ließen.« Seine Feststellung kam leise, endgültig und unausweichlich.

»Nein.«

»Nein?« Er zögerte nur kurz. »Das hätte auch nicht zu ihm gepasst, dem alten Stecher.«

»Und was passt zu dir, Udo? Du bist schwul, nicht wahr?«

»Ja, ich bin schwul, und keiner darf es wissen, nicht mal ich selbst.« Er lachte tonlos.

»Was ist passiert?«, fragte Jung leise.

»Ich weiß nicht, wie alles passiert ist. Das Mädchen kam zurück und lief ins Haus. Die beiden waren da drin und machten, was weiß ich. Sie kam hysterisch aus dem Haus gerannt und schmiss sich auf den Boden. Ich wollte ihr helfen, sie beruhigen und trösten.«

Nein, Udo, dachte Jung, das wolltest du überhaupt nicht. Du wolltest dir selbst helfen. Alles andere war dir völlig egal. Laut sagte er: »Und dann?«

»Dann war sie tot. Ich bekam Panik.« Udo schwieg.

»Wie ging es weiter?«

»Das weiß ich nicht mehr so genau. Erst auf der Fähre kam ich wieder halbwegs zu mir. Die Panik brachte mich fast um. In Immos Wagen lagen das Mädchen und ihr Fahrrad. Immo war nicht da.«

»Und weiter?«

»Ich bestattete sie, wie es sich gehört.«

»Christlich?«

»Ja, christlich. Ich hatte eine Feuerbestattung, die sich verzögerte. Ich bestattete sie beide zusammen.«

»Und du legtest Blumen auf ihr Grab.«

»Ja, ich legte ihr Blumen aufs Grab.«

»Und das Fahrrad?«

»Das Fahrrad war alt und unansehnlich. Ich gab es in die Werkstatt.«

»Und Immos Auto?«

»Ich brachte es mit der ersten Fähre zurück aufs Festland und stellte es Immo vor die Tür. Ich hatte in Husum zu tun.«

»Und weiter?«

»Der Mechaniker, der den Ofen reparieren sollte, nahm mich mit zurück auf meine Insel.«

Jung schwieg. Er hatte genug gehört. Es verstörte ihn, wie harmlos und gefällig sich Udo angehört hatte. Aber er schwieg dazu, wie er auch über alles andere schwieg, das ihn noch bedrängte. Eine Familie war zerstört worden, weil zwei Männer nicht gewagt hatten, sich zu erkennen zu geben. Wo lagen die Gründe? Lag es am Unverständnis und der Aggression der anderen oder an ihrer Feigheit? Ihm wurde schlecht, und er hätte sich übergeben mögen. Stattdessen sagte er: »Ich muss dir noch etwas sagen, Udo.«

Udo reagierte darauf nicht. Er sah Jung mit einer trostlosen Ergebenheit an, die nichts mehr befürchtete. Er war fertig. Es reichte. Und wenn die Welt über ihm zusammengebrochen wäre, er hätte sich nicht gerührt. Jung sagte vernehmlich: »Udo, ich arbeite bei der Kripo.«

Udo reagierte immer noch nicht. Jung hätte auch sagen können, er sei der Kaiser von China.

»Ich muss jetzt gehen, Udo«, sagte Jung schließlich.

»Was willst du tun?«, erwiderte dieser tonlos.

»Ich weiß es nicht. Wenn ich soweit bin, werde ich es dich wissen lassen. Ich fahre zurück aufs Festland.«

»Danke, Pingo«, sagte Udo leise.

Jung hätte schreien können. Stattdessen sagte er: »Das Mädchen war übrigens krank, Udo.«

»Was hatte sie?«

»Asthma.«

*

Als Jung aus der Tür trat, empfing ihn ein nahezu wolkenloser Himmel. Die untergehende Wintersonne tauchte die Schneereste an den Straßenseiten in ein rosa Licht. Jung atmete tief durch. Mit jedem Schritt fühlte er sich leichter. Als er sein Auto auf der Fähre abgestellt hatte, freute er sich auf sein Zuhause. Er ging an Oberdeck und streckte die Nase in die salzige Seeluft. Der Wind wehte jetzt von achtern. An Oberdeck schien er eingeschlafen zu sein. Die Flut hatte die Seehundbänke an Backbordseite in Richtung Sylt überspült. Die Robben hatten ausgeschlafen und waren im Meer untergetaucht.

JUNGS BAUCHSCHMERZEN

»Müsli oder Brötchen, Kaffee oder Tee, Tomi? Wonach ist dir?«, rief Svenja aus der Küche.

»Ich bin für Brötchen und Tee. Heute darfst du mich verwöhnen, Svenja«, erwiderte Jung in freudiger Erwartung.

»Was sagst du, Tomi?« Svenja untersuchte die Äpfel in der Obstschale auf Druckstellen. Sie sah über die Schulter zu ihrem Mann hinüber, der den Frühstückstisch deckte. »Ich weiß gar nicht, wo das Haushaltsgeld geblieben ist. Kannst du mal den Betrag auslegen? Ich möchte gerne die backfrischen mit Haferflocken oben drauf. Du weißt schon, wo du die bekommst.«

Jung wusste, wo er die Brötchen bekam, und es ärgerte ihn. Er hätte es lieber nicht gewusst und sich dumm gestellt.

»Bringst du bitte auch noch Butter und Katzenfutter mit? Ich setze inzwischen den Tee auf. Möchtest du ein weichgekochtes Ei?«

»Ja gerne«, antwortete Jung.

Verdrießlich verließ er das Haus. Der Supermarkt mit der Bäckerei war nur fünf Minuten entfernt. Er überlegte, ob er mit dem Fahrrad fahren solle. Das hätte der ganzen Aktion noch eine sportlich positive Note abgerungen. Er entschloss sich für das Auto. Er wollte es hinter sich bringen.

*

»Wie war dein Ausflug auf die Insel? Ich bin schon ganz gespannt«, begann Svenja das Gespräch, nachdem sie Platz genommen hatten. Brötchen. Butter, Eier, Tee und der Rest standen auf dem Frühstückstisch. Das Katzenfutter hatte Jung vergessen zu besorgen.

»Du hattest recht, Svenja«, erwiderte er unterkühlt.

»Was ist los? Du sagst das so lustlos. Nun erzähl doch mal.« Sie klang ungehalten und neugierig.

Jung hätte lieber nicht erzählt. Ihm war nicht danach. Er fühlte sich nicht gut. Auf der anderen Seite konnte er Svenja die Geschichte nicht wirklich vorenthalten. Schließlich hatte sie einen guten Anteil an seinem Erfolg. Es fiel ihm nur schwer, sich darüber zu freuen. Er zweifelte. Er hatte Mühe, die Blickwinkel auseinanderzuhalten, aus denen so unterschiedliches Licht auf die Ereignisse und die Ergebnisse seiner Ermittlungen fiel.

»Also gut«, entschloss er sich. »Ich erzähle dir die nackten Tatsachen, okay?«

»Warum so spärlich? Es interessiert mich wahnsinnig, wie du ihn zum Reden gebracht hast«, drängte sie ihn.

»Das glaube ich dir gerne. Aber es bereitet mir Bauchschmerzen.«

»Deine Sensibilität finde ich putzig. Sonst bist du doch auch nicht so zimperlich.«

»Ich sagte ja schon, dass du mit deinen Vermutungen recht behalten hast. Udo, der Inselpastor, ist schwul. Das Mädchen ist in seinen Armen gestorben. Ich vermute, sie hatte einen Asthmaanfall mit tödlichem Ende. Die beiden haben das Mädchen anschließend verschwinden lassen, weil sie befürchteten, geoutet zu werden. Sie konnten das nicht zulassen, weil sie ihre bürgerliche Existenz bedroht fühlten.«

»Wegen des feschen Bruders des Mädchens? Was ist mit dem?«

»Das weiß ich noch nicht genau. Er ist sehr wahrscheinlich auch schwul. Anders ergibt das, was passierte, keinen Sinn.«

»Was meinst du damit?«

»Udo erzählte, dass die beiden im Haus waren und was weiß ich machten. Das waren seine eigenen Worte. Das Mädchen kam zurück, ging ins Haus, stürzte wenig später hysterisch aus der Tür und fiel zu Boden. Als er ihr helfen wollte, starb sie. Danach bekam Udo Panik.«

»Und dann?«

»Sie luden sie und ihr Fahrrad in ihr Auto und verschwanden.«

»Und hinterher war Schluss zwischen den beiden, weil sie nicht daran erinnert werden wollten. Ich verstehe.«

»Ja, so sehe ich das«, sagte Jung entschieden.

»Dass Immo seinen Lustknaben noch ausgebildet und in seine Nähe bugsiert hat, das ist ja total abgefahren. Meine Güte.« Svenja schüttelte den Kopf.

Daran hatte Jung noch gar nicht gedacht. Svenjas Hinweis deprimierte ihn.

Sie sahen durch das hohe Wohnzimmerfenster.

Der Teich war vom Eis befreit, die Terrasse schnee-frei. Nur in dem angrenzenden Knick hielten sich noch schmutzige Reste der Schneewehen, die hier der Sturm besonders hoch aufgetürmt hatte.

»Und wo ist das Mädchen abgeblieben?«, fragte Svenja nach einer Weile.

»Udo nahm sie in Immos Auto mit auf seine Insel und bestattete sie christlich.«

»Was? Das kann doch nicht wahr sein? Wie denn?«

»Er äscherte sie zusammen mit einer anderen Lei-che ein und begrub sie anschließend.«

»Absolut unglaublich.«

»Er legte regelmäßig Blumen auf ihr Grab. Diese Aufgabe übernimmt jetzt ein behinderter Junge, der ihm offensichtlich sehr ergeben ist.«

»Gott im Himmel. Total wahnsinnig. Wie hast du ihn überhaupt dazu gebracht, dir das zu erzäh-len?«

»Das war relativ einfach, aber ich kam mir schlecht dabei vor.«

»Du musst das mal so sehen, Tomi: Du hast gemacht, wofür du bezahlt wirst, und das absolut erfolgreich.«

»Du hast wieder einmal recht. Schön, wenn ich das auch so sehen könnte.«

Das Gespräch war vorbei. Sie schwiegen und hin-gen ihren Gedanken nach. Jung dachte an Immo. Einige Zeit später hatte er sich entschlossen, ihn vor-zuladen und mit der neuen Situation zu konfron-tieren.

»Was würdest du eigentlich an meiner Stelle tun?«, fragte er seine Frau beiläufig.

»Das ist doch sonnenklar. Zuerst würde ich Immo in die Mangel nehmen«, antwortete sie.

Jung war zufrieden mit ihrer Antwort. Er fühlte sich bestätigt. Das brauchte er jetzt.

*

Als Jung sein Auto von der Auffahrt lenkte, strahlte die Sonne von einem blauen Himmel. Er fuhr über die Husumer Straße in die Innenstadt. Nachdem er im Hof der Polizei-Inspektion ausgestiegen war, gönnte er sich einen kurzen Spaziergang auf der Promenade entlang der Förde. Der Wind war weg. Ihm war angenehm warm in seiner alten Jacke. Drüben sah er St. Jürgen über dem Ostufer wachen. Der Anblick, der ihn sonst angenehm beruhigt hatte, ließ ihn sauer aufstoßen. Er wandte die Augen ab in Richtung Hafenausgang. Im Schwimmdock der Werft lag der Neubau einer RoRo-Fähre und wartete auf die Montage des Brückenhauses. Es lag aufgebockt und in einem Stück auf der angrenzenden Pier. Zwei riesige Kräne standen bereit, es auf die Haken zu nehmen und über den Rumpf des Schiffes einzuschweben. Einen Moment lang dachte Jung, wie schön es sein müsse, als Schiffbauingenieur arbeiten zu dürfen.

Zurück in der Polizei-Inspektion begrüßte ihn Petersen am Treppenaufgang.

»Moin, Herr Oberrat. Alles klar?«

»Moin Petersen. Das weiß ich nicht.«

»Was ist los? Hat Ihre Tochter nichts aus Japan hören lassen?«

Jung hatte lange nicht mehr an seine Tochter gedacht. Petersens Frage heiterte ihn auf.

»Danke, dass Sie mich daran erinnert haben. Schönen Tag, Petersen.«

»Da nich für, Herr Oberrat. Schönen Tag.«

Als Jung an seinem Schreibtisch saß, wühlte er die Schreibtischschublade nach Immos Telefonnummer durch. Dabei fand er auch die Teilnehmerliste des Klassentreffens. Udo Harmsen stand so unschuldig auf dem Papier, wie alle anderen. Sogar Immos Telefonanschluss fehlte nicht.

Jung wählte die Nummer. Immos Sekretärin meldete sich.

»Hotel ›Altes Gym‹. Beate Schirmer am Apparat. Guten Tag, was kann ich für Sie tun?«

»Jung hier. Guten Tag, Frau Schirmer.«

»Hallo, Herr Jung. Das ist aber nett, dass Sie anrufen. Wie geht es Ihnen?«

»Danke der Nachfrage. Und selbst? Was machen die Sprösslinge?«

»Danke gut, alles bestens. Die beiden machen sich prächtig. Ich bin so stolz auf sie. Wenn Sie wüssten, wie gut mir das tut. Mein Mann sagt immer, Bea …«

»Entschuldigen Sie vielmals, Frau Schirmer, wenn ich Sie einfach so unterbreche. Ich habe ein wirklich wichtiges Anliegen an Ihren Chef. Das kann einfach nicht warten, Sie verstehen sicherlich. Ist er im Hause?«

»Aber selbstverständlich, Herr Jung. Kein Problem. Er ist da. Ich stelle Sie durch. Auf Wiederhören.«

»Vielen Dank, Frau Schirmer. Auf Wiederhören.«

»Hallo Jungi, altes Haus. Wie geht's? Was verschafft mir die Ehre?«, meldete sich Immo.

»Guten Tag, Immo. Ich möchte dich sprechen. Du weißt sicherlich warum.«

»Aber Jungi, du klingst, als hätten wir zusammen etwas ausgefressen. Was gibt es denn so Wichtiges? Ich bin gerade aus dem Urlaub zurück.«

»Wie war dein Urlaub? Hast du dich gut erholt?«

»Fantastisch. Du glaubst es nicht. Einfach wahnsinnig.«

»Syrien, das Thailand für Schwule, nicht wahr?«

»Sag mal, was ist denn mit dir los? Spinnst du?«

»Also Immo, wann?«

»Was ist denn? Du klingst so komisch.«

»Immo, ich möchte dich sprechen. Wann passt es dir?«

»Äh, was soll denn das? Dein Ton ...«

»Immo, wann?«

»Ja, jetzt, wenn du unbedingt willst.«

»Ich meine, hier bei mir in Flensburg.«

»Mensch, was ist denn ...«

»Gut Immo, ich lade dich hiermit für Donnerstag früh 9 Uhr in die Polizei-Inspektion in Flensburg vor. Brauchst du das schriftlich?«

»Nein, ich bin doch nicht schwerhörig. Was soll das ...«

»Tschüss, Immo, bis Donnerstag.« Jung drückte die rote Taste und hielt den Hörer einige Zeit in der Hand. War Immos Begriffsstutzigkeit gespielt? Oder hatte ihn sein Urlaub ins ewige Nirwana entführt? Jung fragte sich, ob Immo nicht schon seit geraumer Zeit, spätestens jedoch seit dem Klassentreffen, geahnt haben musste, was auf ihn zukommen könnte. Anders war sein Verhalten nicht zu erklären. Jung vermochte Immos Ausrutscher und Empfindlichkeiten erst nach Udos Beichte richtig einzuordnen.

Was sollte er tun? Sollte er sich jetzt mit frischer Kraft darum kümmern, den Fall gerichtsfest zu machen und die Täter ihrem Richter zuzuführen? Wem wäre damit gedient? Der Gerechtigkeit? Dem Rechtsstaat? Dem Anspruch der Gesellschaft auf Schutz vor kriminellen Übergriffen? Der Abschreckung? Durfte er sich überhaupt anmaßen, diese Fragen zu stellen und Antworten für sich zu finden? Waren dafür nicht andere Instanzen zuständig? Lag überhaupt ein kriminelles Delikt vor? Ja, allerdings nicht da, wo es gesucht worden war, sondern woanders, wo keiner ein Verbrechen vermutet hatte. Und auch das war nicht völlig eindeutig. Nur eines stand fest: Udo hatte unter seiner Tat gelitten und sie gebüßt. Er hatte sich selbst bestraft. Dazu brauchte es keinen Richter. Nicht er oder andere hatten ihn zu Höllenstrafen verurteilt, er selbst war seine eigene Hölle und hatte in ihr geschmort bis zu dem Tag, als Jung ihn aufgesucht und daraus befreit hatte.

Und Immo? Hatte er überhaupt realisiert, was er getan hatte? Dass er mit drinhing, weil er Mitwisser war? Dass er Udo mit der Leiche des Mädchens alleingelassen hatte? Er musste eine einzigartige Fähigkeit zur Verdrängung haben oder zum Überleben. Jung war sich nicht ganz sicher, ob er das bewundern oder verdammen sollte. Aber er würde es herauskriegen, nachdem er mit ihm hier in der Polizei-Inspektion, in seinem kargen Arbeitszimmer gesprochen hatte.

Jung empfand wieder das dringende Bedürfnis, sich mit jemandem auszutauschen. Aber mit wem?

Er stand auf und trat vor das Fenster. Die Wintersonne tauchte das Ostufer in rot-goldene Farben. Die Förde führte kein Eis mehr. Er stellte verwundert fest, dass in der Marina schräg gegenüber noch Segelschiffe im Wasser lagen. Sie hatten das Hochwasser und den Eisgang unbeschadet überstanden. Ihre Eigner hatten es nicht für nötig befunden, die Schiffe ins Winterquartier an Land zu nehmen. Das Glück hatte ihnen zur Seite gestanden. Jung lächelte. Audaces fortuna juvat*, dachte er.

Jung zog seine Jacke an. Er verließ das Büro, stieg das Treppenhaus hinunter und passierte Petersens Wachstube. Sie war verwaist und erinnerte ihn daran, dass Petersen zum Mittagessen gelegentlich um die Ecke zu McDoof ging. Er sah auf die Uhr. Es war kurz vor 13 Uhr.

Er schlug den Weg in die Fußgängerzone ein. Das

---

* Den Tapferen hilft das Glück

letzte Mal, als er hier entlang gehüpft war, hatte er zuerst nasse und später eiskalte Füße bekommen. Es hatte nicht viel gefehlt, und er hätte einen Arzt aufsuchen müssen. Das erinnerte ihn an Doktor Bär. Er wäre jetzt der richtige Gesprächspartner. Vielleicht aß er ja bei Braasch-Gegenüber zu Mittag. Entschlossen lenkte Jung seine Schritte in Richtung Südermarkt und Roter Straße. Hatte Bär nicht von sich behauptet, dem Willen Gottes zu dienen? Er musste es also wissen.

Jung hatte Glück und fand Bär in dem schmalen Laden vor einem Teller Pasta sitzend.

»Hallo, Herr Jung. Haben Sie bei Ihrer aufreibenden Arbeit Hunger bekommen?«, begrüßte ihn Bär amüsiert.

»Moin, Herr Doktor Bär. Ja, ich habe Hunger, aber nicht nur nach Pasta.«

»Setzen Sie sich zu mir. Wonach haben Sie sonst noch Hunger, wenn ich fragen darf?«

»Ich bin froh, Sie hier zu treffen. Ich dachte gerade an Sie.«

»Wie schmeichelhaft, Herr Kriminalrat. Wollen Sie nicht bestellen und mir beim Essen Gesellschaft leisten?«

Jung begrüßte nun auch die kleine Köchin und bestellte Spaghetti Carbonara und ein Glas Lugana.

»Wir wollten uns treffen, wenn ich den Tod Ihrer Patientin aufgeklärt habe, Sie erinnern sich?«

»Ja, ich erinnere mich. Und? Haben Sie?«

»Ja.« Jung unterrichtete Bär in knappen Sätzen

von dem Ergebnis seiner Ermittlungen. Der Fall lag schon etwas zurück.

»Aber das ist nicht der Hauptgrund, warum ich an Sie gedacht habe«, gestand er schließlich.

Jungs Essen kam. Er prostete Bär zu und nahm einen Schluck Lugana. Der Wein versetzte ihn sogleich in eine bessere Stimmung. Dann schob er sich eine große Gabel heißer Spaghetti in den Mund.

»Ich vermute, Sie haben etwas auf dem Herzen, nicht wahr?« Bär sah Jung skeptisch an.

»Sie vermuten richtig«, erwiderte Jung noch kauend. »Wir wollten uns auch darüber unterhalten, woher Sie wissen, was Gottes Wille ist. Sie wollen ihm dienen, sagten Sie das nicht?«

»Ah, daher weht der Wind. Sie haben ein Problem. Ich höre.«

»Haben Sie etwas Zeit? Ich werde nicht in fünf Minuten fertig werden. Um Ihre Verschwiegenheit muss ich Sie auch bitten. Können Sie mir das versprechen?«

»Ja. Legen Sie los«, antwortete Bär einfach.

Jung erzählte Bär alles, was er im Fall Imke Carl zusammengetragen hatte. Bär unterbrach ihn nicht. Als Jung geendet hatte, schwiegen sie. Bär machte ein nachdenkliches Gesicht.

»Was ist nun Ihr Problem? Das habe ich noch nicht verstanden.«

»Ich bin im Zweifel darüber, was ich tun soll.«

»Genau diese Zweifel verstehe ich nicht. Das ist doch klar, meiner Meinung nach.«

»Gut. Dann sagen Sie mir bitte, was für Sie klar ist.«

Bär holte noch einmal tief Luft.

»Sie nehmen das Geständnis des Pastors zu Protokoll, einschließlich aller Details, an die er sich erinnern kann. Sie konfrontieren den Hotelier damit. Sie setzen ihn unter Druck, mit den noch unbekannten Details herauszurücken. Damit gehen Sie zum Staatsanwalt und überlassen alles Weitere ihm und dem Richter. Allerdings setzt das voraus, dass der Pastor bei seinem Geständnis bleibt. Wenn er sich inzwischen eines anderen besonnen hat, erst dann haben Sie wirklich ein Problem.«

»Es gibt ein paar harte Fakten, die nicht mehr aus der Welt zu schaffen sind«, gab Jung zu bedenken.

»Richtig. Und der Pastor wird nicht zurückwollen, schätze ich mal.« Bär hob sein Wasserglas und prostete Jung zu. »Es gibt aber noch etwas anderes.« Bär setzte sein Glas hart auf den Tisch.

»Und das wäre?«, fragte Jung gespannt.

»Der Pastor könnte sie wirklich ermordet haben. Oder es war Totschlag, ich weiß das nicht.«

»Wie?«, entfuhr es Jung.

»Wenn seine Angst ausgereicht hat, den Leichnam verschwinden zu lassen, warum nicht auch dafür, das Mädchen wirklich zu töten?«

»Warum?«

»Aus demselben Grund: Um sich vor Entdeckung zu schützen. Sie hätte ja tatsächlich im Haus etwas gesehen haben können, das das ganze

Arrangement hätte auffliegen lassen. Dann wären die beiden Alten und der Junge geoutet gewesen. Die Motivlage ist doch völlig unverändert, nicht wahr?«

Jung fühlte sich peinlich berührt. Warum war er nicht selbst darauf gekommen? Er hatte Udos Beichte hingenommen und so verstanden, wie er es verstehen wollte. Wollte er sich selbst täuschen? Er nahm einen Schluck Wein.

»Nun, ein Pastor ist auch nur ein Mensch.«

»Nicht nur auch, sondern ganz besonders. Verstehen Sie, was ich damit sagen will?« Bär sah Jung intensiv in die Augen.

»Ja, ich glaube schon.« Jung schwieg.

»Überlegen Sie mal. Sie haben eigentlich gar nichts in der Hand, außer dem Wimpel in der Werkstatt. Sie müssten einen Leichnam exhumieren können, um ihn zu identifizieren. Ich bin mir nicht sicher, ob das überhaupt geht. Da müssten Sie Ihren Gerichtsmediziner fragen.«

»Es war eine Feuerbestattung«, sagte Jung kleinlaut.

»Halleluja, das kann ja heiter werden. Entschuldigen Sie.«

Ja, das wird heiter werden, dachte Jung. Er stellte sich vor, wie Immo vor ihm auf dem kargen Besucherstuhl vor seinem Schreibtisch sitzen würde, und er sich abmühte, ihm ein Geständnis zu entlocken. Er nahm einen großen Schluck aus seinem Glas. Seine Gedanken kamen ihm trotz der Einlassungen von Bär lange nicht mehr so schwerwiegend und bedrückend vor wie noch am Vormittag, obwohl sich nichts geändert hatte. War er nur durch die Tatsache befangen gewesen, dass es sich bei den vermeintlichen Tätern um seine ehemaligen Klassenkameraden handelte? War die Befangenheit so unmerklich und unterschwellig?

»Ich danke Ihnen, Herr Doktor Bär. Sie haben mir sehr geholfen«, versicherte Jung, nachdem er noch einen Schluck Wein genommen hatte.

»Dem Willen Gottes sind wir nun noch gar nicht auf die Spur gekommen, Herr Kriminalrat«, bemerkte Bär daraufhin schmunzelnd.

»Ich glaube, das ist auch nicht mehr nötig. Sein Wille geschieht, ob nun mit oder ohne unser Zutun, jedenfalls wenn wir seinen Propheten Glauben schenken wollen. Letztlich bin ich ja inzwischen auch ohne mein Zutun Oberrat geworden.«

»Meinen Glückwunsch. Darauf trinken wir einen Grappa. Auf Ihre Kosten natürlich.«

»Natürlich«, fügte sich Jung der Aufforderung Bärs.

Nach dem ersten Grappa hatten sie jedoch noch einen heißen Espresso, danach einen weiteren Grappa und danach noch einen. Sie unterhielten sich angeregt über Gott und die Welt und verabschiedeten sich schließlich voneinander, gut gelaunt und tatendurstig.

Jung überquerte den Südermarkt in Richtung Holm. Er steckte den Kopf in den Jackenkragen und zog die Schultern hoch. Seine Hände hatte er tief in den Taschen vergraben. Eine wohlige Wärme war an die Stelle seiner Bauchschmerzen getreten. Vielleicht lag es an den Grappas? Als er zur Turmuhr von St. Nikolai hinaufsah, fragte er sich, ob es ihm wohl jemals wieder gelingen werde, eine Kirche ohne ein Gefühl der Unsicherheit und Vergeblichkeit zu betreten. Die Uhr zeigte 16.17 Uhr.

UDO UND IMMO

Jung verbrachte die Zeit mit Routinearbeiten. Er
räumte sein Büro auf und warf alles überflüssige
Papier weg. Im Wegschmeißen war er ein großer
Könner, denn er liebte leere Schreibtische und Regale.
Ihr Anblick gab ihm das Gefühl, fleißig gewesen zu
sein und zum Wohl der Menschheit beigetragen zu
haben. Im Übrigen tröstete er sich im Zweifelsfall mit
der Gewissheit, dass alles, selbst die blödsinnigsten
Kommentare, Aktennotizen und Memos im Zentral-
computer gespeichert waren. Zu Beginn der Einfüh-
rung des EDV-gestützten Büros hatte es geheißen,
dass die stetig anwachsende Papierlawine nun endlich
ein Ende haben werde. Aktenberge sollten fortan nur
noch im Bürokratiemuseum zu besichtigen sein. Das
Gegenteil war schließlich eingetreten. Das Papierauf-
kommen war noch weiter angestiegen. Die Kopier-
kosten und die Aufwendungen für die Anschaffung
und Wartung des Maschinenparks waren sprunghaft
in die Höhe gegangen. Jung verstand sich als Vorrei-
ter moderner Zeiten. Es bereitete ihm Vergnügen, bei
passender Gelegenheit darauf hinzuweisen.

*

Vor Immos Besuch wollte Jung noch einmal mit Udo
sprechen. Er rief ihn auf seiner Insel an.

»Pastorat St. Laurentii, Driefholt am Apparat.«

»Guten Tag, Frau Driefholt, Jung hier. Wie geht es Ihnen?«

»Hallo, Herr Jung. Schönen guten Tag. Ausgezeichnet. Und selbst?«

»Danke, soweit gut. Ich möchte mit Pastor Harmsen sprechen.«

»Ja sicher, gern. Was haben Sie eigentlich mit ihm gemacht?«, fragte sie aufgekratzt.

»Wie darf ich das verstehen? Ist er krank?«

Sie lachte aus vollem Halse.

»So könnte man das auch nennen.«

»Sie geben mir Rätsel auf. Was ist passiert?«

»Er hat ein paar Gläser von dem köstlichen Wein mit mir getrunken, dem weißen, Sie erinnern sich doch, nicht wahr?«

»Ja natürlich. Wie haben Sie das geschafft?«

»Das frage ich Sie. Er ist zu mir in die Küche gekommen und hat sich mit mir unterhalten. Ich habe ihm von unserem Essen und dem köstlichen Wein erzählt. Dann hat er mich gebeten, eine Flasche zu holen. Wir haben getrunken und erzählt. Und es hat ihm geschmeckt, ich meine der Wein. Was sagen Sie dazu?«

»Es geschehen noch Zeichen und Wunder«, erwiderte Jung nachdenklich.

»Genau. Ich habe mit ihm noch nie so nett geplaudert. Was haben Sie also mit ihm gemacht?«

»Sie überschätzen mich, Frau Driefholt. Was hat er Ihnen erzählt? War er nach so langer Abstinenz nicht etwas benebelt?«

»Ach was. Ganz im Gegenteil. Ich hatte den Eindruck, als sei er noch nie so klar und präsent gewesen.« Sie schwieg.

»Und?«

»Nichts und. Es war einfach nur schön und entspannend.«

Jung beschlich ein Gemenge aus schlechtem Gewissen und Freude. Ihm fiel nichts ein, was er ihr hätte erwidern können.

»Ist er zu sprechen?«

»Aber ja. Ich stelle Sie zu ihm durch. Besuchen Sie uns doch wieder einmal, Herr Jung. Ich würde mich freuen. Bis hoffentlich bald.«

»Bis bald, Frau Driefholt.« Jung kamen die Worte nur zögerlich über die Lippen.

»Harmsen«, meldete sich Udo.

»Hallo, Udo. Hier ist Tomas Jung. Guten Tag.«

»Guten Tag, Tomas. Du hast eine Nachricht für mich?«

»Udo, bevor wir weitersprechen, muss ich dir sagen, dass unser Gespräch aufgezeichnet wird. Wenn du das nicht willst, brechen wir sofort ab.«

»Ist schon in Ordnung, fang an.«

»Als erstes möchte ich dich fragen, ob du seit unserer Unterhaltung mit Immo gesprochen hast?«

»Nein.«

»Er hat sich nicht bei dir gemeldet?«

»Nein.«

»Das ist gut. Du solltest daran auch nichts ändern.« Jung machte eine kurze Pause: »Ich beabsichtige, dich vorzuladen, um dein Geständnis zu Protokoll zu nehmen. Bist du dazu bereit?«

»Ja.«

»Kannst du dich an Details erinnern, die du mir noch nicht erzählt hast? Das wäre wichtig.«

»Ich werde mich bemühen. Das kann ich dir versprechen.«

»Gut. Wenn es soweit ist, werde ich mich bei dir melden.«

»War's das?«, fragte Udo kurz aber nicht unfreundlich.

»Ja. Ich stelle jetzt den Rekorder ab. Wir sind ab jetzt privat, Udo.«

»Hast du mir noch mehr zu sagen, Tomas?«

»Es fällt mir schwer, weil es mich eigentlich nichts angeht.« Jung unterbrach sich selbst und ließ seine Worte wirken.

»Dann behalte es für dich.«

»Ich sprach vor dir mit Greta Driefholt«, ließ Jung sich nicht aufhalten.

»Und? Ihr hattet einen schönen Abend zusammen, nicht wahr? Sie hat mir davon erzählt«, erwiderte Udo freundlich.

»Udo, du solltest ihr sagen, dass du schwul bist. Sie macht sich Hoffnungen.«

»Wie kommst du darauf?«, rief er bestürzt aus.

»Ich habe meiner Frau von ihr erzählt. Und Frauen wissen, was Frauen bewegt.«

»Aha.« Er machte eine Pause. »Gut zu wissen, Tomas. Wenn ich schon reinen Tisch mache, dann kann ich auch das gleich tun. Okay, danke für den Hinweis.«

»Von meiner Seite war's das, Udo. Hast du noch etwas?«

»Nein. Ich danke dir für deinen Anruf. Ich höre von dir.«

»Ich melde mich, Udo. Tschüss.«

»Tschüss.«

Das ging glatt, fast zu glatt, dachte Jung. Er war als Kripo-Mann das Gegenteil gewohnt und registrierte jede Abweichung als verdächtig.

*

Am Donnerstagmorgen saß Jung allein beim Frühstück. Seine Frau musste erst nachmittags arbeiten und schlief noch. Er las in der Wochenzeitung die ZEIT. Die Kolumne Harald Martensteins in der Beilage schien ihm die richtige Lektüre zur Vorbereitung auf Immos Vorladung. Martensteins unverstellte Realistik und seinen Humor hätte er gerne gehabt. Er hätte sich dann besser gefühlt. So überfiel ihn nur ein Grauen, wenn er sich den Klang von Immos ›Hallo Jungi, altes Haus‹ in Erinnerung rief.

Die Fahrt in die Stadt verlief entspannt wie fast immer werktags, nach acht Uhr morgens. Eine Wolkendecke hatte sich vor die Sonne geschoben. Es sah aber nicht nach Regen aus. Der Wind war schwach, für Norddeutschland ziemlich ungewöhnlich. Jung stellte sein Auto im Innenhof der Inspektion ab und betrat das Polizeigebäude. Petersen begrüßte ihn aufgeregt am Treppenaufgang.

»Moin, Herr Jung. Sie haben Besuch.«

Jung hatte selten, genau genommen gar keinen Besuch in letzter Zeit gehabt. Die Aufregung war also angebracht.

»Moin Petersen. Kenne ich ihn?«

»Nein. Ist so'n riesiger Kerl mit einer aufgeblasenen Stimme. Hab ich noch nicht hier gesehen.«

»Dann weiß ich schon. Er ist zu früh.«

»Wenn Sie was gesagt hätten, hätte ich ihn hier unten festgehalten«, lachte Petersen.

»Schon gut. Bis nachher, Petersen.«

»Bis später, Herr Oberrat.«

Jung stieg das Treppenhaus hinauf. Vor seinem Büro stand Immo und studierte das Namensschild an der Tür.

»Moin, Immo. Komm rein.«

»Moin, Jung.«

Sie betraten Jungs Arbeitszimmer.

»Kein Wunder, dass du hier depressiv wirst«, sagte Immo.

»Setz dich.«

»Wo?«

»Auf den Stuhl.«

»Vielleicht hätte ich lieber meine Krachledernen anziehen sollen.« Immo setzte sich beleidigt auf den schmalen Holzstuhl.

»Was wir in diesem Raum besprechen, Immo, wird aufgezeichnet. Ich wollte dich vorher darauf hinweisen.«

»Mein Gott, nun tu doch nicht so offiziell. Was willst du?«

Jung setzte sich in seinen Bürostuhl und schaltete das Aufnahmegerät ein. »Ich habe Udo gefunden und mit ihm gesprochen. Er hat gestanden.«

»Ja und? Was denn? Was hab ich damit zu tun?«

Das fängt ja gut an, dachte Jung und machte einfach weiter: »Ihr beide habt das Mädchen verschwinden lassen, das wir seit 16 Jahren suchen. Darüber ist die Familie des Mädchens zerbrochen. Das Mädchen ist tot und begraben.«

»Das ist doch Unsinn, Jung.«

»Dann erzähle mir, was nicht Unsinn ist, Immo.«

»Udo hatte das Mädchen in mein Auto gelegt«, fuhr er erregt fort. Jung hielt den Atem an. »Ich habe damit überhaupt nichts zu tun. Ich habe ihm nur geholfen, sein Problem aus der Welt zu schaffen.«

Jung zeigte mit dem rechten Zeigefinger auf Immos Brust und sagte betont: »Und auch dein eigenes Problem und das deines Lustknaben.«

»Was weißt du schon davon, du selbstgerechter Hetero. Halt dich da raus. Ich hab dir das schon einmal gesagt und ich sag es dir noch einmal: Ich habe Udo nur geholfen. Ich habe ihm erst die Chance eröffnet, auf vernünftige Art und Weise aus der Sache rauszukommen.«

»Was er ja auch gemacht hat.« Jung machte eine kurze Pause. »Das Mädchen wurde von der Polizei gesucht, Immo.«

»Was hätte ich denn tun sollen? Ihn verraten? Ich habe ihn geschützt, das ist die reine Wahrheit.«

»Einen Mörder?«

»Das ist doch Quatsch, Jung, das weißt du so gut wie ich. Udo kann keiner Fliege was zuleide tun. Es war ein Unfall. Der Süße hatte mir mal erzählt, seine Schwester sei krank und bekäme ab und zu schlimme Anfälle.«

»Und da habt ihr für ein unauffälliges und schönes Begräbnis gesorgt. Wie nett von euch.« Jung konnte sich seinen Sarkasmus nicht verkneifen.

»Was wäre denn die Alternative gewesen, du weltfremder Sesselfurzer in deiner Klosterzelle hier?«

»Du wirst es mir gleich sagen, Immo.«

»Ein Hetze, ja ein Progrom hätte stattgefunden, und Udo wäre das Opfer gewesen. ›Homosexueller Gottesmann killt junges, unschuldiges Mädchen‹. Das wäre die Schlagzeile auf der ersten Seite der Boulevardblätter gewesen. Vermutungen wären angestellt worden, ob er auch noch ihren Bruder verführt und mit AIDS angesteckt habe. Sie hätten ihm nicht nur seine Existenz geklaut, sondern ihn öffentlich hingerichtet. So 'n Beamter wie du, mit Festgehalt und Pension, hat doch überhaupt keine Ahnung, in welcher Scheiße wir in dieser kleinkarierten Spießergesellschaft leben müssen. Am liebsten würdet ihr uns doch alle einsperren, damit wir euch nicht mehr mit AIDS verseuchen. Die hohen Herren aus den Vorstandsetagen könnten dann viel ruhiger ihre minderjährigen Nutten vögeln, aus Brasilien, Thailand und sonst woher. Du gehst mir auf den Sack, Jung.«

»Ja Immo, das war's dann wohl. Oder hast du noch mehr zu sagen?«

»Du hast überhaupt keine Beweise, Jung. Ich werde Udo weiter schützen.«

»Vielleicht fragst du ihn lieber vorher, ob er deinen Schutz überhaupt will, Immo.« Eine längere Pause entstand, in der Immo ihn entgeistert anstarrte.

»Was hast du vor?«

»Wenn es soweit ist, wirst du von mir hören. Du kannst jetzt gehen.«

»Wie gnädig von dir. Ich dachte schon, du legst mir Handschellen und Fußfesseln an.«

»Tschüss, Immo.«

Immo stand auf. Er nahm den Stuhl in die Hand und hob ihn spielend leicht in die Höhe. Es sah so aus, als wolle er Jung damit bedrohen.

»Darf ich den als Andenken an die deutsche Kriminalpolizei mit in mein Hotel nehmen, Herr Kriminalrat?«, fragte er ätzend.

»Kriminaloberrat, Immo. Und stell den Stuhl wieder hin.«

Immo ließ den Stuhl fallen, öffnete die Tür und warf sie hinter sich zu.

Jung atmete hörbar aus und schaltete das Aufzeichnungsgerät ab. Das war schneller gegangen, als er erwartet hatte. Und deutlich genug war Immo auch geworden. Es würde reichen, ihn für den Richter weichzuklopfen. Er brauchte in der Geschichte Udos Namen nur durch Immos zu ersetzen, und die ganze Wahrheit läge auf dem Tisch. Immos und Udos Motive waren blank, deutlich und nachvollziehbar.

Jung stand auf und öffnete das Fenster. Er sah auf die Hafenspitze, über das graue Fördewasser, auf das Restaurant Bellevue und die über dem Wasser schwebende Terrasse. Er ließ den Blick schweifen über die Marina links davon, das Hafenkontor und das hässliche Silo der Raiffeisengenossenschaft am Harniskai. Dahinter reihten sich alte Mietshäuser, manche hübsch renoviert, manche, wie die in der Kurzen Straße, abgesackt, schief und kurz vor dem Abriss. Den Hang hinauf, nach Jürgensby schob sich ein unübersichtliches Gewirr aus Häuschen und Häusern, die durch enge Gassen, Treppen und Wege verbunden waren. Dazwischen kleine Plätze, Bäume, Buschgruppen und Kinderspielplätze. In Richtung Hafenausgang wurde das winklige Viertel von dem Neubau des regionalen Telekom-Anbieters abgeschlossen. Darüber erhob sich St. Jürgen wie das Mahnmal für eine bessere Welt. Und stadteinwärts, oberhalb der Hafenspitze, wachten die massiven Blocks hübscher Altbauten wie eine freundliche Festung über der Stadt, wehrhaft und doch einladend.

Er liebte diesen Anblick. Er liebte seine Stadt, gestand Jung sich ein. Er drehte sich um und schloss das Fenster.

*

Jung hatte beschlossen, den Rest des Tages freizunehmen. Er glaubte, das verdient zu haben, und belohnte sich selbst, weil es kein anderer tat. Nachdem er seine Jacke vom Haken genommen und das Büro verlassen hatte, kam ihm im Treppenhaus Holtgreve entgegen. Sein Chef strebte in Richtung Hofausgang, trug einen grauen Borsalino auf dem Kopf und einen dunkelblauen Wollmantel. Er hätte von Armani sein und 3.000 Euro kosten können. Jedenfalls legte die Attitüde, mit der der Leitende die Treppe hinunterstolzierte, diese Vermutung nahe. Wahrscheinlicher war jedoch, dass Holtgreve ihn bei C&A im Winterschlussverkauf erstanden hatte.

»Guten Morgen, Herr Holtgreve«, begrüßte ihn Jung.

»Guten Tag, Jung. Was macht die Arbeit?«

»Haben Sie schon etwas von der Amtskirche gehört?«, entgegnete ihm Jung betont höflich.

»Bis jetzt nicht. Ich schätze kein Aufsehen, das wissen Sie ja.«

»Argumentum baculinum«[*], erwiderte Jung nach wie vor höflich.

»Dann ist ja alles in Ordnung.«

Sie gingen zusammen das Treppenhaus hinunter bis zu Petersens Wachstube. Holtgreve verabschiedete sich. »Einen schönen Tag noch, Jung.«

»Guten Tag, Herr Holtgreve.« Jung ließ seinen Chef gehen. Er selbst blieb noch vor der Wachstube stehen.

»Na, Petersen, was liegt an?«

»Was soll schon anliegen? Immer das Gleiche.«

Jung mochte keine Antwort aus der großen Kiste von Unverbindlichkeiten herauskramen. Stattdessen stellte er apodiktisch fest: »Ich gehe. Tschüss Petersen.«

---

[*] Ein schlagendes Argument

»Schönen Feierabend, Herr Jung.«

Da war sich Jung nicht so sicher. Er dachte an Boll und daran, dass er ihn informieren sollte. Das war er ihm schuldig. Er hatte ihm geholfen. Wer hatte ihm noch geholfen? Svenja, Bär und all die anderen, die sich ihrer Hilfe für ihn wahrscheinlich nie bewusst geworden waren. Und Greta Driefholt? Der Gedanke an sie erfüllte ihn mit gemischten Gefühlen. Er gestand sich ein, dass er vor einem Wiedersehen mit ihr Manschetten hatte. Er lächelte gequält und kam sich schlecht vor. Ihn erfasste urplötzlich eine stille aber unumstößliche Entschlossenheit. Er musste Urlaub nehmen. Als er sein Auto aufgeschlossen hatte, wusste er, wo er sich erholen wollte. Die Telefonnummer, die sein alter Klassenkamerad ihm gegeben hatte, lag zu Hause auf seinem Schreibtisch unter dem Briefbeschwerer, einem aus schwerem Stein modelliertem Flusspferd.

EPILOG

Sie bestieg ihr Fahrrad. Ihr Bruder winkte ihr von der Haustür freundlich zum Abschied zu. Sie fühlte sich sicher, als hätte er seinen Mantel über sie gebreitet, der sie ewig beschützen würde. Er war ihr großer Bruder, und sie liebte ihn, weil er freundlich und stark war. Er beschützte sie: in der Schule vor den blöden Jungs, zu Hause vor den übermächtigen Ansprüchen der Mutter. Sie fuhr an dem Kleinlaster vorbei, der vor dem Hofladen geparkt hatte. Der Mann auf dem Beifahrersitz sah ihr freundlich nach. An der Ausfahrt zur Straße blickte sie sich noch einmal um. Hauke war schon wieder ins Haus getreten und hatte die Tür hinter sich geschlossen. Sicherlich kümmerte er sich um den Kunden, der aus Husum gekommen war, um Gemüse und Fleisch zu kaufen. Wenn Vater und Mutter unterwegs waren, übernahm er das. Wo war ihr Wimpel? Sie hielt an und stieg vom Fahrrad. Die dünne Glasfiberstange fehlte. Sie hatte den Wimpel selbst aus schwarzer und reflektierender, weißer Kunststoffplane genäht. Beim Muster hatte sie die Tastatur eines Klaviers im Kopf gehabt, ihr Lieblingsinstrument. Sie war stolz auf ihr Werk. Es war einmalig und unterschied sich um Klassen von den einfallslosen Wimpeln, die alle anderen an ihren Rädern führten. Sie fuhr noch einmal zurück zur Scheune. Die Stange musste im Geräteraum sein. Sie fand sie hinter der Tür an die Wand gelehnt. Sie nahm den Stab und schob ihn in die Führungen am Gepäckträger. Wie spät war es? Hoffentlich kam sie nicht zu spät zum Unterricht. Hatte sie jetzt alles? Sie überlegte und fühlte nach dem Inhalator in ihrer Jackentasche. Er war nicht an seinem Platz. Verdammt. Heute ging aber auch alles daneben. Hauke hatte ihr zu der Jacke geraten. Er war wegen des drohenden Regens um sie besorgt gewesen. Der Inhalator steckte wohl in ihrer anderen Jacke. Sie hastete über den Hofplatz zur Haustür. Der Mann auf dem Beifahrersitz des Kleintransporters starrte sie durch die Scheibe erschrocken an. Sie nahm die Treppenstufen in großen Sprüngen und fühlte, wie ihr der Atem knapp wurde. Nicht auch noch das, bitte. Wo war die Jacke? In ihrem Zimmer war sie nicht zu finden. Sie fing an zu keuchen. Verdammt, verdammt, verdammt. Im Flur musste sie stehen bleiben, das Atmen wurde immer schwerer, und die aufkommende Panik begann ihr die Kehle zuzuschnüren. Die Jacke musste im Fahrradunterstand hängen. Sie rannte keuchend die Treppe hinunter in den Hof und stürzte auf das Pflaster. Sie griff sich an den Hals. Sie bekam keine Luft und strampelte. Sie sah undeutlich den Mann aus dem Kleinlaster steigen und auf sie zukommen. Sie schöpfte Hoffnung. Der Mann aus dem Auto beugte sich über sie, nahm sie in die Arme und legte ihr die Hand auf den Mund. Ihr wurde schwarz vor Augen. Sie konnte nicht mehr schreien.

*

Er sah sie die Hofauffahrt hinunterradeln. Sie war ein hübsches Mädchen, zierlich und sportlich. Dann kehrte sie noch einmal um, stellte ihr Rad ab und verschwand in der Scheune. Sie kam wieder heraus und steckte eine lange Stange mit schwarzweißem Wimpel in die Führungen am Hinterrad. Sie zögerte einen Moment und rannte plötzlich über den Hofplatz in das Haupthaus. Er sah ihr erschrocken nach. Die beiden waren da drin. Was machten sie gerade? Hoffentlich entdeckte die Kleine die beiden nicht. Nach einiger Zeit kam das Mädchen panisch aus der Tür gerannt, stürzte und krümmte sich auf dem Boden. Was hatte die Kleine da drin gesehen und in eine derartige Hysterie versetzt? Er verließ aufgeregt den Wagen und rannte zu ihr hinüber. Er beugte sich hinunter und nahm sie in die Arme. Nur kein Geschrei. Nicht jetzt, nicht hier, nicht in aller Öffentlichkeit. Beruhigend legte er ihr die Hand auf den Mund. Sie sackte weg, wurde schlaff, entglitt seinen Armen und fiel leblos auf den Boden zurück. Was war das? Er schüttelte sie unbeholfen, schlug ihr leicht auf die Wange. Ihre Lippen verfärbten sich bläulich. Er tastete nach ihrer Halsschlagader. Nichts. Mein Gott, bitte hilf mir. Was ist hier passiert? Er tastete noch einmal. Nichts. Leblos. Seine Panik wuchs. Was sollte er machen? Wo waren die beiden? Was machten sie? Wo blieben sie? Konnte Immo sich nicht einmal beherrschen? Warum musste der alte Stecher immer und überall fummeln und vögeln? Mein Gott, er hätte ihn am liebsten erwürgt. Was hatte die Kleine da drin gesehen? Was konnte er tun? Nur nicht schreien. Keine Panik. Ganz ruhig bleiben. War sie tot? Er versuchte seine zitternden Finger zu kontrollieren und tastete noch einmal. Nichts. Kein Atem, keine Bewegung. Das durfte einfach nicht wahr sein. Alles, nur nicht das. Er musste nachdenken. Er konnte nicht nachdenken. Er musste Zeit gewinnen. Er nahm das leblose Mädchen und trug es zum Wagen, öffnete die Hecktür und legte sie auf die Ladefläche. Sie rührte sich immer noch nicht. Er sah ihr Fahrrad vor der Scheunenwand stehen. Er holte es und legte es neben das Mädchen. Dann breitete er die grüne Plane darüber, den Sonnenschutz. Er schloss die Türen und ging nach vorn, öffnete die Tür zur Fahrerkabine und setzte sich auf den Beifahrersitz. Schwitzend. Er war geistig weggetreten und stierte nur nach vorne, durch die Windschutzscheibe, auf das Pflaster.

*

»Hallo Udo, kleines Nickerchen gemacht? Wach auf.«

Er hob den Kopf und sah Immo nebenan auf dem Fahrersitz. Er glotzte ihn an wie ein Phantom. Dann brach es aus ihm heraus: »Was hast du gemacht? Kannst du dich nicht ein einziges Mal beherrschen?«

»Äh, was ist denn los mit dir? Hast du schlecht geträumt, oder was?«

»Das Mädchen hat euch gesehen. Weißt du, was das bedeutet?«

»Wer hat was gesehen? Sag mal, spinnst du?«

»Die Kleine hat euch belauscht und einen hysterischen Anfall gekriegt.« Er schlug die Hände vors Gesicht und fing an zu schluchzen.

»Jetzt reicht es aber. Der Süße hat mir sein neues Gedicht vorgelesen. Das machte uns glücklich und wir waren ein bisschen zärtlich. Niemand hat uns belauscht, schon gar nicht gesehen.«

»Und warum hat sie dann einen Schock gekriegt, der sie umgebracht hat?«

»Sag mal, was faselst du denn da? Wer ist umgebracht worden?«

»Die Kleine. Sie ist tot.«

»Was? Wo? Wo ist sie?«

»Hinten im Wagen, unter der Plane.«

Sein Freund sah ihm gerade in die Augen. Ein plötzlicher Ernst befiel ihn und breitete sich auf seinem Gesicht aus. Ihm dämmerte etwas, das er lieber nicht hätte wissen wollen. Er stieg aus der Fahrerkabine und lief nach hinten. Dort öffnete er die Hecktür und hob die grüne Plane an. Abrupt ließ er sie wieder fallen, schloss die Tür und rannte zurück nach vorn. Lange Zeit saß er in sich gekehrt da und überlegte. Irgendwann startete er den Wagen und fuhr vom Hof auf die nächste Zufahrt zur B 5. Er schwieg. Ab und zu sah er zu ihm hinüber. Seine Blicke enthielten Zweifel und Skepsis. Schließlich sagte er: »Schöne Scheiße, Herr Pastor. Was willst du nun tun? Hast du bei deinem Gott schon um eine Lösung angefragt?«

»Wie meinst du das?« Sein Entsetzen weitete seine Augen.

»Du hast ein totes Mädchen am Hals. Wie willst

du es loswerden? Willst du der Polizei erklären, sie wäre beim Anblick von zwei Schwulen vor Schreck mitsamt ihrem Fahrrad in dein Auto geflogen und dann gestorben?«

»Wieso mein Auto?«

»Weil es dein Auto ist, solange die Kleine da noch drin ist. Hast du mich verstanden?«

»Was soll das denn heißen?«

»Das heißt, du musst dir was einfallen lassen. Und zwar so, dass nicht herauskommt, dass du auch dazugehörst. Ein schwuler Pastor, das geht doch nicht auf eurer netten Familieninsel, oder?«

Ein Beben überfiel ihn und ließ ihn zittern.

»Ich fahre jetzt zurück nach Husum«, fuhr er fort, »lade das Gemüse und Fleisch aus und mache mich an die Arbeit. Morgen früh steht das Auto auf meinem Hof, ohne Leiche und Fahrrad. Hast du mich verstanden?«

Er schwieg einen Moment und fragte kurz darauf leise: »Warum hast du mich überhaupt mit hierhergenommen, Immo?« Ihn hatte eine Lethargie erfasst, die alles, auch alle Zumutungen und alle Enttäuschungen, an ihm vorüberziehen ließ. Ihn erreichte nichts mehr.

»Warum wolltest du denn mitkommen? Du wolltest doch deine geilen Blicke auf den süßen Kleinen werfen. Auf deiner Insel gibt es doch so einen wie ihn gar nicht. Und falls doch, darfst du ihn nicht anschauen. Selbst der Blödeste würde sehen, an welchem Ufer du stehst. Das läuft so nicht, Hochwürden.«

Ein endgültiges bedrohliches Schweigen breitete sich zwischen ihnen aus. Es dauerte an, bis sie in Husum vor Immos Hotel anhielten. Immo stieg aus, schob die Seitentür auf und trug die Kisten mit Fleisch und Gemüse weg. Er kam noch einmal zurück und schob die Tür zurück ins Schloss.

»Ich gebe dir zum Abschied einen guten Rat, Udo. Verschwinde so schnell du kannst auf deine Insel, wo die Nordsee lächelt. Und morgen früh steht der Wagen wieder hier, genau an dieser Stelle, ohne Leiche, ohne Fahrrad und mit dem Zündschlüssel im Schloss. Verstanden?« Er sah ihm beschwörend in die Augen.

»Hast du das verstanden, Udo?«, fragte er noch einmal leise aber eindringlich. Udo nickte und wechselte auf den Fahrersitz.

E N D E

*Weitere Krimis finden Sie auf den
folgenden Seiten und im Internet:
www.gmeiner-verlag.de*

Reinhard Pelte
Mordsee
978-3-8392-1393-3

»Faszinierende Einblicke in die Welt der Marine!«

Die Untersuchungen zum Fall einer ertrunkenen Kadettin sind abgeschlossen. Lediglich eine Panne zwingt die Soko der Staatsanwaltschaft Kiel noch einmal zu Befragungen auf der »Gorch Fock«, dem Segelschulschiff der Marine. Kriminaloberrat Tomas Jung ist dabei, unterstützt von der Praktikantin Charlotte Bakkens. Je länger sich die beiden mit dem Fall beschäftigen, auf umso mehr Ungereimtheiten stoßen sie. War es wirklich ein Unfall?

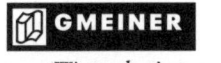

Wir machen's spannend

Reinhard Pelte
Tiefflug
978-3-8392-1236-3

»Ein brillanter Krimi um einen sensationellen Entführungsfall. Unbedingt lesen!«

Kriminalrat Tomas Jung ist ausgebrannt, sein letzter Fall hat ihn schwer mitgenommen. Um sich zu erholen, reist er mit seiner Frau an die Algarve und macht dort die Bekanntschaft eines Deutschen, der sich nur »Tiny« nennt. Nach und nach muss Jung erkennen, dass Tiny in einen Entführungsfall verwickelt ist, der gerade die ganze Welt in Atem hält: ein englisches Mädchen ist während des Urlaubs mit ihren Eltern spurlos aus dem Hotelzimmer verschwunden. Jung konfrontiert seinen Nachbarn mit seinem Wissen und erlebt einen Albtraum ...

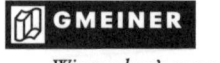

Wir machen's spannend

Reinhard Pelte
Kielwasser
978-3-8392-1082-6

»Intelligent gemacht, schnörkellos erzählt –
ein bemerkenswerter Roman!«

Ein merkwürdiger Fall lässt Kriminalrat Tomas Jung, Leiter der Abteilung für unaufgeklärte Kapitalverbrechen in Flensburg, keine Ruhe: Ein deutscher Mariner ist spurlos im Arabischen Meer verschwunden. Die Ermittlungen sind eigentlich bereits abgeschlossen. Der Soldat sei über Bord gegangen und ertrunken – so das Ergebnis. Aber seine Vorgesetzten mögen daran nicht glauben. Ein Unfall passt nicht zu dem Menschen, den sie kennen gelernt haben.

Jung und sein pensionierter Kollege Boll schalten sich ein. Nicht offiziell, sondern under cover …

Wir machen's spannend

Reinhard Pelte
Inselkoller
978-3-8392-1014-7

»Ein Krimi mit viel norddeutscher Atmosphäre.« *buechertreff.de*

Kriminalrat Tomas Jung ist auf dem Karriereabstellgleis gelandet, ins Abseits gelobt als Leiter und einziger Mitarbeiter der regionalen Abteilung für unaufgeklärte Kapitalverbrechen in Flensburg. In fünf Jahren hat er es gerade mal auf sechs bearbeitete Fälle gebracht – keinen davon konnte er lösen. Kein Wunder, dass niemand mehr an ihn glaubt. Doch dies soll sich als voreilig erweisen.

Sein neuer Fall: der Gifttod einer einflussreichen Sylter Immobilienmaklerin. Beging die einsame, kranke Frau Selbstmord? Langsam und zögerlich beginnt Jung mit den Ermittlungen. Als er im Garten der Toten einen grausigen Fund macht, scheint die Klärung des Falls nah …

Wir machen's spannend

Rolf Aderhold
Welfengold
978-3-8392-1402-2

»Der deutsche Indiana Jones.«

Hannover 1966. Jarre Behrend ist Kunsthistoriker und Unternehmer für Abenteuertouren. Einer seiner ersten Kunden ist der britische Colonel Kendrick-Wales. Sein Vater hatte angeblich nach dem Zweiten Weltkrieg Teile des verschwundenen Welfenschatzes gefunden, kurz danach wurde er ermordet. Zusammen begeben sich Jarre und der Colonel auf die Suche nach den als verschollen geltenden Kostbarkeiten. Dabei werden ihnen viele Steine in den Weg gelegt, bis sie schließlich selbst in einen Hinterhalt geraten …

Wir machen's spannend

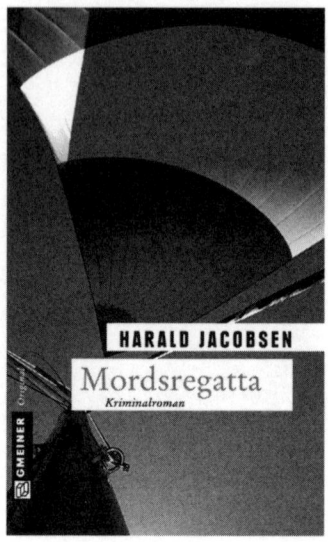

Harald Jacobsen
Mordsregatta
978-3-8392-1388-9

»Ein sympathischer Workaholic ermittelt im Rahmen des größten Segelsportereignisses der Welt.«

Während der Kieler Woche wird ein Toter aus der Förde gezogen, er wurde Opfer eines Gewaltverbrechens. Ausgerechnet jetzt, wo Kommissar Frank Reuter gerade begann, sich seiner Exfrau langsam anzunähern! Wieder einmal hat der Beruf Vorrang, und so begibt sich Reuter auf die Suche nach dem Mörder des jungen Bootsbauer-Azubi. Seine Ermittlungen führen schnurstracks zum Kollegen des Toten, dem Freund seiner Tochter. Ist etwa seine eigene Familie in den Fall verwickelt?

Wir machen's spannend

Hans-Jürgen Rusch
Gekapert
978-3-8392-1373-5

»Der Autor versteht es, die jeweiligen Situationen so bildlich zu beschreiben, als ob er persönlich dabei gewesen wäre.«
Vizeadmiral a.D. Hendrik Born; Chef der Volksmarine bis Oktober 1990

Nachdem die Raketenkorvette Hans Beimler 20 Jahre in Peenemünde lag, wird sie im August 2011 nach Dänemark überführt. Planmäßig verlässt der Schleppzug den Hafen und läuft an der Küste Rügens nach Norden aus. Kap Arkona ist passiert, da kapert eine Crew das Schiff, versenkt den vorausfahrenden Schlepper und die Korvette verschwindet in den Weiten der Ostsee. Bundespolizei und Marine starten eine groß angelegte Suchaktion – nicht wissend, dass ein verheerender Terroranschlag droht …

Wir machen's spannend

Alida Leimbach
Villenzauber
978-3-8392-1376-6

»Die Autorin versteht es glänzend, Spuren
zu legen, die nicht zum Ziel führen.«
Magazin Streifzug

Neid, Missgunst und Intrigen sprengen einen seit Kinderta-
gen bestehenden Freundeskreis. Muttersöhnchen Eberhard
hat genau das, was die anderen begehren: eine repräsentative
Villa in einem angesagten Osnabrücker Stadtteil, dem Wes-
terberg. Frühere Konflikte und alte Wunden brechen auf,
als eine von ihnen einem Verbrechen zum Opfer fällt. Die
Kommissare Birthe Schöndorf und Daniel Brunner nehmen
die Ermittlungen auf und finden sich bald in einem Netz aus
zerstörten Träumen und Eitelkeiten wieder …

Wir machen's spannend

Sandra Dünschede
Friesenkinder
978-3-8392-1398-8

»Nordfriesland in Angst und Schrecken. Ein hochaktuelles Thema!«

Vor der KZ-Gedenkstätte im nordfriesischen Ladelund wird die Leiche eines iranischen Arztes gefunden. Alle Hinweise deuten auf einen Mord mit fremdenfeindlichem Tatmotiv hin und schnell findet Kommissar Thamsen erste Verdächtige in der rechten Szene. Dann wird jedoch ein Neugeborenes aus dem Husumer Krankenhaus entführt und zwischen den beiden Fällen scheint es einen Zusammenhang zu geben. Kommissar Thamsen nimmt zusammen mit seinen Freunden Tom, Haie und Marlene die Ermittlungen in die Hand …

Wir machen's spannend

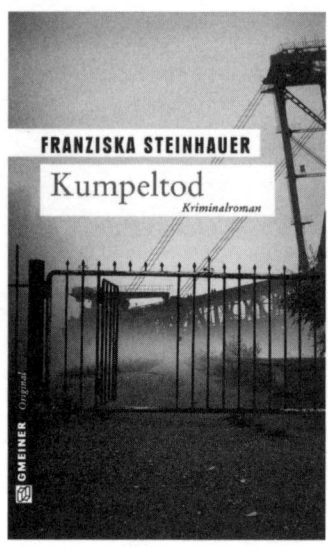

Franziska Steinhauer
Kumpeltod
978-3-8392-1374-2

»Wutbürger in der Lausitz.«

Trotz heftiger Proteste wird ein Dorf in der Lausitz abgebag-
gert, auch der Friedhof muss dem Kohlebagger weichen. Bei
ihrer Arbeit stoßen die Totengräber in einem alten Grab auf
eine frische Leiche. Kommissar Peter Nachtigall wird zum
Tatort gerufen, auf der Fahrt wird sein Wagen von der Straße gedrängt. Die Ereignisse überschlagen sich, als nach dem
Fund einer Bombe ein großer Bereich in der Stadt geräumt
wird und einer der evakuierten Mieter bei seiner Rückkehr
eine grausige Entdeckung macht …

Wir machen's spannend

Margit Kruse
Zechenbrand
978-3-8392-1382-7

»Tatort Zeche«

Auf einem alten Zechengelände, mitten im Ruhrgebiet, wird hinter den historischen Gebäuden ein toter junger Mann im Schalke 04-Dress gefunden. Margareta Sommerfeld, Damenoberbekleidungsverkäuferin und passionierte Hobbydetektivin, hatte den Jungen noch kurz zuvor gesehen. Ist er zwischen die Fronten einer Investorengruppe und einer Bürgerinitiative geraten, die beide um die alte Zeche »Bergmannsglück« streiten? Ein weiterer Mord macht nicht nur Margareta klar, dass Eile geboten ist …

Wir machen's spannend

Unsere Lesermagazine
2 x jährlich das Neueste aus der Gmeiner-Bibliothek

Alle Lesermagazine erhalten Sie in Ihrer Buchhandlung oder unter www.gmeiner-verlag.de.

24 x 35 cm, 32 S., farbig; inkl. Büchermagazin »nicht nur« für Frauen

10 x 18 cm, 16 S., farbig

GmeinerNewsletter
Neues aus der Welt der Gmeiner-Romane

Haben Sie schon unsere GmeinerNewsletter abonniert?

Monatlich erhalten Sie per E-Mail aktuelle Informationen aus der Welt der Krimis, der historischen Romane und der Frauenromane: Buchtipps, Berichte über Autoren und ihre Arbeit, Veranstaltungshinweise, neue Literaturseiten im Internet und interessante Neuigkeiten.

Die Anmeldung zu den GmeinerNewslettern ist ganz einfach. Direkt auf der Homepage des Gmeiner-Verlags (www.gmeiner-verlag.de) finden Sie das entsprechende Anmeldeformular.

Ihre Meinung ist gefragt!
Mitmachen und gewinnen

Wir möchten Ihnen mit unseren Romanen immer beste Unterhaltung bieten. Sie können uns dabei unterstützen, indem Sie uns Ihre Meinung zu den Gmeiner-Romanen sagen! Senden Sie eine E-Mail an gewinnspiel@gmeiner-verlag.de und teilen Sie uns mit, welches Buch Sie gelesen haben und wie es Ihnen gefallen hat. Alle Einsendungen nehmen automatisch am großen Jahresgewinnspiel mit attraktiven Buchpreisen teil.

Wir machen's spannend